The Great Shakespeare Fraud

シェイクスピア贋作事件

ウィリアム・ヘンリー・アイアランドの数奇な人生

パトリシア・ピアス
高儀 進［訳］　河合祥一郎［解説］

白水社

シェイクスピア贋作事件

ウィリアム・ヘンリー・アイアランドの数奇な人生

装丁　岡本洋平

ウィリアム・ヘンリー・アイアランドの肖像
1800年頃

シェイクスピア贋作事件　目次

謝辞

英国図書館（ロンドン）、ロンドン市庁舎図書館、演劇博物館、公演芸術国立博物館（ロンドン）、シェイクスピア・センター図書館（ストラットフォード＝アポン＝エイヴォン）、王立公文書館（ウィンザー城）、ヨーク中央参考図書館、ウェルシュプール図書館、フォルジャー・シェイクスピア図書館（マサチューセッツ州、ケンブリッジ）、デラウェアー大学図書館（ニューアーク）の職員の方々に謝意を表したい。

また、ヴェイナー・パークのウィリアム・コーベット＝ウィンダー氏、ウスター公文書館のウィテカー氏、マリオン・デント、サンディー・ランズフォード、サットン出版社のシニア原稿依頼編集者のジャクリーン・ミッチェル、編集者のマシュー・ブラウン、および私の著作権代理人サラ・メンガクにも謝意を表したい。

本書に登場する主な人物

アイアランド一家

ウィリアム・ヘンリー・アイアランド（一七七七年～一八三五年）　思春期の贋作者。

サミュエル・アイアランド（一八〇〇年没）　骨董品、工芸品の熱心な蒐集家。その大英雄はシェイクスピアであった。贋作者の父。息子が贋作者だということを認めようとしなかった。

アンナ・マリア・フリーマン夫人、旧姓バラ（一八〇二年没）　母。

アンナ・マリア・アイアランド　長姉。一七九五年十二月、ロバート・メイトランド・バーナードと結婚。

ジェイン・アイアランド　次姉、細密画家。

友　人

ジョン・ビング（一八一一年没）　サミュエルとウィリアム・ヘンリーの友人。

モンタギュー・トールボット（一七七四年～一八三七年）　俳優。ウィリアム・ヘンリーの親友。

オールバニー・ウォリス　事務弁護士。アイアランド一家の友人、隣人。シェイクスピアの本物の署名を二つ発見。

「シェイクスピア文書」を信じる者

ジェイムズ・ボウデン（一七六二年〜一八三九年）『オラクル』紙の編集長。（最初のみ「信じる者」）

ジェイムズ・ボズウェル（一七四〇年〜九五年）文人、ジョンソン博士の伝記作者。

クラレンス伯（一七六五年〜一八三七年）。のちのウィリアム四世。

サー・ハーバート・クロフト（一七五一年〜一八一六年）『恋と狂気』の作者。

サー・アイザック・ハード（一七三〇年〜一八三三年）紋章院ガーター紋章官。

ドロシア・ジョーダン夫人（一七六一年〜一八一六年）女優。クラレンス伯の愛妾。

サミュエル・パー博士（一七四七年〜一八二五年）著名な学者。

ヘンリー・ジェイムズ・パイ（一七四五年〜一八一三年）桂冠詩人。

リチャード・ビンズリー・シェリダン（一七五一年〜一八一六年）劇作家、劇場経営者、政治家。（最初のみ「信じる者」）

皇太子（一七六二年〜一八三〇年）のちのジョージ四世。

ジョーゼフ・ウォートン博士（一七二二年〜一八〇〇年）牧師、詩人、批評家。

フランシス・ウェッブ大佐（一七三五年〜一八一五年）ハードの秘書。

「シェイクスピア文書」を信じない者

ジェイムズ・ボウデン（鞍替え）

ヘンリー・ベイト・ダドリー（一七四五年〜一八二四年）『モーニング・ヘラルド』紙の編集長。

エドモンド・マローン（一七四一年〜一八一二年）一流の学者。アイアランド父子《おやこ》の大敵。

ジョーゼフ・リトソン（一七五二年〜一八〇三年）学者、文学の分野の古物研究家、恐れを知らぬ批評家。

リチャード・ブリンズリー・シェリダン（一七五一年〜一八一六年）（鞍替え）

ジョージ・スティーヴンズ（一七三六年〜一八〇〇年）学者、恐るべき敵対者。

エリザベス朝の人物

ヘンリー・コンデル（?〜一六二七年）俳優、シェイクスピアの友人。初版二つ折本《ファースト・フォリオ》の編纂者。

リチャード・カウリー　喜劇俳優。

エリザベス一世（一五三三年〜一六〇三年）

アン・ハサウェイ（一五五六年〜一六二〇年?）シェイクスピアの妻。

ジョン・ヘミング（一五五六年頃〜一六三〇年）俳優、シェイクスピアの友人。初版二つ折本の編纂者。

ベン・ジョンソン（一五七二年頃〜一六三七年）劇作家、シェイクスピアの友人でライバル。

初代レスター伯ロバート・ダドリー（一五三二年頃〜八八年）女王の寵臣。

ジョン・ロウイン（一五七六年～一六五九年）　一六〇三年頃から国王一座に加わる。
ウィリアム・シェイクスピア（一五六四年～一六一六年）
第三代サウサンプトン伯ヘンリー・リズリー（一五七三年～一六二四年）　シェイクスピアの初期のパトロン。

影響のあった贋作者
トマス・チャタトン（一七五二年～七〇年）　ロウリーの詩を贋作。
ジェイムズ・マクファーソン（一七三六年～九六年）　オシアンの自筆原稿を「発見」。

序章

　十九歳の若者ウィリアム・ヘンリー・アイアランドは、史上最大のシェイクスピアの贋作をした。金を儲けようとしてしたのではなく、ただ単に父サミュエルの愛情と尊敬の念を勝ち得ようとしてしたのである。ウィリアム・ヘンリーは、シェイクスピアが書いたように思われる文書、あるいはシェイクスピアに関連するように思われる文書を「発見」して父を感心させようとした。

　ウィリアム・ヘンリーは、自分が最初に贋作した、シェイクスピアの署名のある証書を見て父が大喜びし、自分に大いに関心を示し注目するようになったので、もっと多くの偽の文書を作ろうと思い立った。一七九四年十二月に初めての贋作が現われてから一七九六年三月末までの短い期間に、若き贋作者は詩聖《バード》、すなわちシェイクスピアにまつわるかなりの数の「値の付けようのないほど貴重な」宝物を、信じられない速さで次々に作り出した。それは、アン・ハサウェイに宛てた恋文から、シェイクスピアの「信仰告白」（自分がカトリック教徒ではなく新教徒《プロテスタント》である旨を宣誓したもの）に至る。ウィリアム・ヘンリーは自分が次に発見するであろうものについていっそう常軌を逸したことを言うようになり、父とほかの者を絶えずやきもきさせた。

　それは、シェイクスピアの文書を贋作するのにほぼ完璧な条件の整っていた時代だった。シェイクスピア崇拝あるいは詩聖礼賛《バードラトリー》はすっかり根を下ろしていたが、シェイクスピア学のレベルは、まだ低かった。そして、シェイクスピアの文書がいつの日か発見されるのではないかと長いあいだ思われていたが、その頃まで、発見された文書はじれったいほど数が限られていた。ロンドンの文学界は、ウィリアム・ヘンリーの「シェイクスピア文書」が本物であるのを信じたがっていたのである。その文書が大昔のものに見えるのは否定のしようがなかった――なぜなら、若者は大昔の材料を使ったからだ。そのうえ、その文書は判読しにくかった。それにともかく、シェイクスピアの真筆か否かを判定することができる者はほとんどいなかった。「シェイクスピア文書」は本物だと信じた者の中には、第十一代サマセット公、第八代ローダデイル伯のような貴族や、サミュエル・パー博士、ジョーゼフ・ウォートン博士のような学者や、大劇作家で政治家のR・B・シェリダンや、エドマンド・バーク、小ウィリアム・ピットらが含まれていた。歴史家、著述家、詩人、種々様々な知的職業に携わっている著名な人物が「シェイクスピア文書」を支持し、王族がそれに関心を示した。文人のジェイムズ・ボズウェルは「文書」を見たあと跪き、その貴重な遺物に接吻をした。新しい「発見」が矢継ぎ早に続き、父と息子は日ごと興奮の渦の中心にいた。新聞は、集まったその宝を巡る事件を毎日のように報じた。すると、「文書」に対する風向きが変わり始め、新聞は、真贋論争を間断なく楽しげに煽り立てた。

「文書」が当代随一のシェイクスピア学者エドモンド・マローンによって贋作であることが暴かれ、「シェイクスピア作の新たに発見された完全な劇」がドルーリー・レインで上演されたあとウィリアム・ヘンリーは、「文書」も劇もすべて自分が贋作したことを告白した。父もほかの大方の者も、その告白を信じなかった。そして、一向にぱっとしない息子は贋作者になるほどの知力を欠いているように見えたので、何の罪もない父のほうが世間から非難された。

ウィリアム・ヘンリー・アイアランドはその後の人生で数十冊の本を書き、借金が返せずに投獄され、折々フランスに住みナポレオンから勲章を貰ったが、思春期に贋作者としてほんのわずかなあいだ片鱗を示した才能を成年になって開花させることはできなかった。何とかして父の愛情を得ようとしたウィリアム・ヘンリーの不可思議で、かつ感動的な話は、しばしば面白おかしくはあるものの結局は十八世紀末の悲劇的な話であり、おそらく最大のシェイクスピア的悲劇であろう。

第一章　「此処《ここ》で自然は、その最愛の少年を育んだ」

　ウィリアム・ヘンリー・アイアランドは恐怖に襲われた。わかってしまったのだろうか？　「シェイクスピア文書」が贋作であることが、ついに暴かれてしまったのだろうか？　彼は、「シェイクスピア」という署名のある短い文書を初めて贋作したのだ。こんなものを「見つけ」たと言って、偏執狂的な蒐集家である父のサミュエル・アイアランドに渡すためだけに。しかし、そこでやめはしなかった。間もなく、シェイクスピアの覚え書き、証書、果ては二つの完全な戯曲さえ贋作したのである。彼の行なった何もかも、父の愛情を勝ち得ようとする欲求に彩られていた。若者は、詩聖《バード》の友人で俳優のジョン・ヘミングが署名した本物の文書を見ようと駆けつけた。その文書は、隣人のオールバニー・ウォリスが発見したばかりのものだった。ウィリアム・ヘンリーは、その署名が自分の贋作したものにいくらかでも似ていることを祈った――しかし、似てはいなかった。

　一体何でこんなことが、「シェイクスピア文書」を見せてもらおうと、皇太子がサミュエル・アイアランドをカールトン・ハウスに招いたまさにその日に起こらねばならなかったのだろう？　派手好きで自堕落な「プリニー」は（一八一一年に摂政の宮になり、一八二〇年にジョージ四世になった）、ロンドンのほかの誰彼と同じように、サミュエルの息子ウィリアム・ヘンリーがごく最近発見した、イギリスの「不滅の詩聖」の手になる、値の付けようのないほど貴重な「シェイクスピア文書」が見たかったのである。

一七九五年十二月三十日のもっと早い時間に、サミュエルが皇太子に謁見を賜るために家を出ようとした矢先に、サミュエルに至急、是が非でも会わねばならないという伝言がウォリスからあった。ウォリスは、一七六八年に、シェイクスピアがブラックフライアーズ修道院門楼《ゲイトハウス》（かつてはドミニコ派の修道院の一部だった部屋数の多い屋敷で、シェイクスピアは投資目的でこの家を百四十ポンドで購入した。八十ポンドを現金で払い残りは売り手の抵当権が設定された。ジョン・ヘミングは名目上の共同購入者。「ブラックフライアーズ」は「黒衣の僧」の意）を購入した際の本物の不動産譲渡抵当証書を見つけ出した。ウォリスはサミュエルに、自分は今度は、ジョン・ヘミングの本物の署名のある、修道院門楼の譲渡に関する証書を見つけたと言った。その署名は、サミュエルの息子のウィリアム・ヘンリーが「発見」したものにまったく似ていなかった。

サミュエルは動揺したけれども、恥ずかしからぬ服装をし平静を装い、ペルメル街にあるカールトン・ハウスに、そのまま決然として向かった。当時の著述家のホレス・ウォルポールは、ヨーロッパで最も完璧な宮殿だとカールトン・ハウスを評した。サミュエルは、シエナ産の茶色の大理石で出来たイオニア式の柱のある壮麗な玄関の広間を抜けて優美な二重階段を登り、精緻な装飾が施された皇太子の部屋に入った。二時間の謁見のあいだにサミュエルは、贋作のうちで最も重要なもの――自分が新教徒である旨を表明した、シェイクスピアの信仰告白と思われるもの――を読み上げたが、聞き終わった皇太子は、サミュエルがそれを「発見」したことを褒めはしたが、賢明にも旗幟を鮮明にしなかった。

家に戻ったサミュエルは、勤め先の不動産譲渡取扱人の事務所からウィリアム・ヘンリーが帰ってくるのを待った。それから二人は、近くにあるウォリスの家に大急ぎで行った。本物の署名を目にした途方もない若い贋作者は恐怖の虜《とりこ》になった。その結果、信じ難いほどの行動を起こした。本物の署名を脳裏に焼き付けて勤め先の事務所に走って引き返し、ヘミングの本物の署名を模写したもう一枚の受領証を、たちまちのうちに偽造したのである。そして、それをほかの古い文書に混ぜ、ウォリスの家に戻り——実に驚くべきことに、その間一時間十五分しかかからなかった——謎のH氏から新しい文書を、たった今貰ったと言った。H氏とは、ウィリアム・ヘンリーに「シェイクスピア文書」をくれたという人物だった。最初の証書の署名は依然として違っていたが、若者は、シェイクスピアの時代には二人のヘミングがロンドンの劇場に関わっていたという話をでっち上げた。若き贋作者は、まだ二十《はたち》にもなっていなかった。しかし今や欺瞞行為は暴露され始めたのだろうか?

シェイクスピアが一六一六年に死んでから百五十年ほど経った十八世紀後半には、詩聖礼賛とシェイクスピア崇拝が隆盛をきわめる機運は熟していた。拡大しつつあった大英帝国は、間もなく、かつてないほどに大きなものになるところで、ヨーロッパの岸の外れにある湿っぽい小さな島で産業革命がまさに起ころうとしていた。十八世紀末までには、大きな変革のおかげで、それまで以上に多くの人間が豊かになった。国王ジョージ三世は四十年にわたって良心的な立憲君主だった。そして、激しい変化の時代に、人心を安定させるような影響を与えた。もっとも今ではもっぱら、最後の二十年間は病み、精神が錯乱し、不運にも治世中にアメリカの植民地を失ったことで人々は彼を記憶しているけれども。

若い貴族たちはヨーロッパへの大旅行に出掛けるようになり、絵画を持ち帰り、自分たちの町屋敷や私有地の建物に大陸の建築様式を持ち込んだ。イギリスは、遥か彼方のアメリカ独立戦争の余波に適応しつつあった。もっとずっと近くでは、一七八九年に起こった、スリリングではあるが恐ろしいフランス革命の不気味な間接的影響が感じられ、共和制に共鳴する者が増えつつあった。しかし、フランスの動乱で、素晴らしい宝石類と優れた絵画、彫刻、最高級の古い遺物がイギリスの市場に流れ込んでもきた。その結果、ほとんどすべての階級の人間が、ジョージ王朝時代の立派な家具や家をいっそう見事なものにするために、骨董品や工芸品を蒐集したり取引したりしようという気持ちになった。初めて金銭が、古い遺物を売って得られるようになった。その事実が、銅版画と蒐集家好みの品を売るというサミュエル・アイアランドの商売が繁盛するのに打ってつけの環境を作り出したのである。

十八世紀は「理性の時代」と言われてきた。だが、人々の好奇心が強まり、世界が絶えず広がっていったということは、十八世紀という時代が、人が物事をごく安易に信じてしまう時代でもあったことを意味した。忘れられない一つの例は、サリー州のゴドルミングに住んでいたメアリー・トフツにまつわる話である。彼女は、一七二六年に十八羽の生きた兎を産んだと言い張った——自分の嘘の主張を裏付けてくれる医者さえ見つけていた。大勢の著名な医師が彼女の話を真に受けたので、高貴な生まれの夫人たちは、同じことが自分の身にも起こるのではないかと考えて身震いした。

十八世紀後半に、ロマン主義への流れが強まるにつれて、エリザベス朝と中世の文学に対する関心が凄まじい勢いで再燃した。人はそうしたものに魅了されはしたが、そうしたものに関する知識は皆無に近かった。本文《テキスト》研究は始まったばかりで、古文書学は、ほとんど知られていなかった。かくして文学上の詐欺と欺瞞の時代が始まる条件が整ったのである。

エリザベス朝の文学に対する関心が新たに高まるにつれ、シェイクスピアの作品が前面に出てきた。詩聖礼賛に最初に本格的な焦点が当てられたのは、デイヴィッド・ギャリックが一七六九年九月にストラットフォード＝アポン＝エイヴォンで催したシェイクスピア記念祭《ジュビリー》においてである。ギャリックは当時の高名な俳優であったばかりではなく、ロンドンのロイヤル劇場ドルーリー・レインの経営者兼座主でもあった。毎シーズン、シェイクスピアの約十の劇を演出し、それに出演した。

詩聖に非常に密接な関わりのある人物こそ、ストラットフォードの役人たちが心から望んでいた人物だった。役人たちは新しく出来た町政庁舎《タウン・ホール》の中に、次第に世間から尊敬されるようになった土地っ子の息子の肖像画あるいは彫像を置くための壁龕《へきがん》を空けておいた。今や、それを寄贈してくれる者が必要だった。一七六九年、その意図を抱きながら役人たちは、シェイクスピアの新屋敷《ニュー・プレイス》（シェイクスピアが晩年に住んだ家で、一七五九年に取り壊された）の庭に生えていた有名な桑の木で作った匣《はこ》をギャリックに贈呈しようとロンドンに出掛けた。切り倒された桑の木は骨董品を作るための永遠の供給源になった。桑の木を彫って匣を作るのに四ヵ月かかった。というのも、シェイクスピアの劇からの引用文と場面を精緻に刻みつけたからである。その場面には、リア王に扮しているギャリックが登場した。匣の中には、ギャリックがストラットフォードの名誉市民になったことを証明する、やはり立派な文書が入っていた。役人たちは理想的な獲物を釣り上げたのである——町政庁舎の壁龕に置くための作品をみずから委嘱するほどに虚栄心が強くて裕福な人物。ギャリックは、詩聖の胸像を寄贈した（現在、それはストラットフォードの町政庁舎の前で見ることができる）。

それがきっかけになってギャリックは、ストラットフォードで記念祭を催す決心をしたのである。その催しは、さまざまな形で世間に現われるようになったシェイクスピア崇拝熱を凄まじいほどに高めることになった。シェイクスピア記念祭は、シェイクスピアの生涯を祝う最初の記念祭だった。それはシェイクスピアの生誕二百年（つまり一七六四年四月二十三日）から五年後に催されたので、今になってみると後知恵のようなものに思える。

精力的なギャリックは記念祭の最高責任者で、したがって三日にわたる祝典の手筈を整える責任があった。彼の計画は野心的なものだった。ストラットフォードという、小さくて辺鄙な清教徒《ピューリタン》の町の二千二百八十八人の住民たちは、自分たちの町が生んだ天才をさほど理解してはいなかった。また、記念祭が一体何なのかも、よくわかっていなかった。住民たちは、やってくるロンドンっ子たちが自分たちの住むところで開こうとしている催しに疑念を抱いていた――連中は異教徒なのだろうか、それともカトリック教徒なのだろうか？ 大方の者は、ギャリックという名前を聞いたことがなかった。その点になれば、シェイクスピアという名も聞いたことがなかった。しかし、やがて、金が儲かるかもしれないということに気づき、記念祭のあいだ来訪者の眠る場所として、床を含め、家の隅から隅まで貸した。

余興を行なう場所として、主催者たちは千人が坐れる八角形の木造の仮設の円形劇場あるいは円形建物《ロータンダ》を作った。それは、当時ロンドンのラニラ庭園《ガーデンズ》で新たに公開されたロータンダに似ていた。円形劇場はエイヴォン川の畔《ほとり》に建てられた。現在、ロイヤル・シェイクスピア劇場、旧称シェイクスピア記念劇場が建っている場所である。それは、音楽の演奏、仮装舞踏会、仮面舞踏会に使われることになった。エイヴォン川が危険なほどに近くを流れているその建物は、一七九五年にサミュエル・アイアランドが出した『エイヴォン川上流あるいはウォリックシャーのエイヴォン川の景観』に描かれている。

記念祭の一日目である一七六九年九月五日水曜日、祝典は午前五時、エイヴォン川の畔に据えられた三十門の大砲の雷鳴のような砲声と、町中の教会の鐘の鳴る音とともに始まった。夜明けに、時代衣裳を身にまとった歌手のいくつかのグループが、来訪者たちの泊まっている家の寝室の窓の下で歌った。ギャリックは最高責任者に任ぜられ、町政庁舎で、誰でも参加できる朝食会が開かれた。それに続いて教会で催しが開かれ、シェイクスピアの像が花輪で包まれた。そして、ロイヤル劇場ドルーリー・レインのオーケストラが「ユデトのオラトリオ」（同劇場付きの作曲家トマス・アーンが作ったもの。ユデトは古代ユダヤの女傑）を演奏した。それがシェイクスピアとどんな関係があるのか誰もわからなかったが——それを聴くのをやめた者もいた。ギャリックに先導された一行は、教会から円形劇場に向かった。その途中、ヘンリー街のシェイクスピアの生家の前を通りかかると、その日のためにギャリックが作った歌詞の歌を歌った。

此処で自然は、その最愛の少年を育んだ、
少年からはすべての心配と悲しみは飛び去り、
詩神《ミューズ》は少年のハープの弦を張った。
心から心へと喜びを谺《こだま》させよ、
さあ、今やわれらは魅惑の土地を踏む、
ここでシェイクスピアは歩き、かつ歌ったのだ！

おそらく記念祭の一日目と思われる、魅力的で生き生きとした町の光景を描いた一枚の油彩が残っている。市場の十字架《マーケット・クロス》の上にテントが張られ、人が十字架に登って旗を立て、背景では、興奮した群衆が祝典の準備が進行している様子をじっと見守っている。

円形劇場では、一日目に盛りだくさんの催しがあり——歌や朗誦や舞踏会を含め——午前三時にめでたく終了した。川向こうの牧場では虹色の花火が打ち上げられた。シェイクスピアの万能の天才を象徴する虹が、いわば記念祭の視覚的テーマだった。チョッキ、薔薇形飾り、飾り帯、バッジは、記念祭用の虹の縞模様のリボンで出来ていた。記念祭メダルを下げている者もいた。メダルの表にはシェイクスピアの肖像が刻まれ、裏には、「又とはあるまじい人（『ハムレット』の一句）」という文句が彫ってあった。記念祭では、虹のテーマは雨の上がったことを告げたのではなく、雨が降り出したことを告げた。

　三日だけ天候が穏やかであれば済むのに、自然は、そのうちの二日間、ひどく荒れた。土砂降りの雨が二日目と三日目を台無しにした。行事は、まさしく天の洪水の洗礼を受けたのである。二日目の木曜日、野外劇は仮借ない雨のせいで延期された。ギャリックの仕事仲間のジェイムズ・レイシーはドルーリー・レインの貴重な舞台衣裳すべての責任者だったが、天候を心配し、もし最悪の事態になれば、「どの衣裳も外を歩かせない」と、きっぱりと言った。シェイクスピアの登場人物の野外劇が中止になったため、記念祭とシェイクスピアの劇との唯一の繋がりが断たれた。しかし、野外劇に出ることになっていた者は、それを最大限に利用した。婦人たちはその機会に休息した。それでもギャリックは、シェイクスピアの偉大な登場人物を油彩で描いた硝子《ガラス》絵で飾られた新しい町政庁舎の落成を祝うことができた。自作の「ストラットフォード＝アポン＝エイヴォンの或る建物の落成とシェイクスピアの彫像の安置を言祝《ことほ》ぐ頌歌《オード》」を朗誦していたギャリックは、恍惚状態にあるように見えた。そして、自分が寄贈したシェイクスピアの胸像を、ちらりちらりと見た。ゲインズボロは、胸像に片腕を回しているギャリックの姿を油彩で描いた。その油彩は失われてしまったが、ヴァレンタイン・グリーンがその油彩にもとづいて作った銅版画は今も残っている。

　その晩、大水が出たが、約二千人の観客が、その半分の人数を想定して建てられた円形劇場に殺到した。ほかに行くところがなかったからである。ぎゅう詰めの興奮した観客は、一人のソプラノ歌手の歌に、ぞくぞくとした。そのあと、ギャリックが数多くの連から成る「頌歌」を朗誦していると、大きな雨粒が屋根を打ち、「優しく流れる……銀のエイヴォン川」――第六連にそう歌われていた――は危険になった。川の水は溢れ出し、円形劇場の弱い壁（壁の内側には素晴らしい油彩と赤い天鵞絨《ビロード》の掛け布が垂れ下がっていた）に、ぼしゃぼしゃと当たった。偉大な演技者であるギャリックは母なる自然のこの激変をものともしなかった。そして、シェイクスピアを褒めるにせよくさすにせよ、ともかく大きな声で言い給えと観客に挑んだ。ギャリックは婦人たちに向かって詩的なエピローグを朗誦したあと、シェイクスピアのものとされている手袋を、芝居がかった仕草で嵌めた（それは自分の蒐集品の一つで、グレーの革で出来た、カフの部分に金属の刺繡が施されている手袋だった。以前、アン・ハサウェイの家を訪れた際に手に入れたのである）。畏敬の念を起こさせるその光景は観客のあいだに途轍もない興奮を呼び起こしたので、いくつものベンチが壊れた。そしてドアが外れて倒れた時、カーライル卿は危うく怪我をするところだった。誰でも参加できる晩餐会（料金はクラレットと葡萄酒込みで十シリング六ペンス）がそのあと開かれ、その際、不運な体重百五十ポンドの亀が人々の胃の腑に納まった。その夜も更けてから、耐久力のある来訪者は――乗合馬車で新しい有料道路を通ってロンドンに逃げ出すことのできなかった者は――仮面舞踏会に出席した。

　仮面舞踏会の会場である円形劇場はじめじめしていて寒くて泥だらけで、仮面舞踏会がうまくいくかどうか非常に気掛かりだったが、不運な状況のもとに一緒に足止めされた者たちの、いわば必死の陽気さが辺りに漲っていた。舞踏会に出た注目すべき人物の中に、ジェイムズ・ボズウェルがいた。彼は記念祭のどれかの催し物に参加した数少ないシェイクスピア注釈者の一人で、ヨーロッパ大陸を旅行中、コルシカ島の英雄、パスクワーレ・ディ・パオリ将軍に会った。何度も借金を抱えたボズウェルは、短剣を佩《お》びたコルシカ島の独立運動の首領の扮装をするのには金を惜しまなかった。そして、川の水が会場に流れ込み、靴の上部を越えてしまっている中で、魅力的なアイルランドの婦人と踊り続けた。その間、天辺に「エイヴォンの鳥」がいる杖を握っていた。ボズウェルはコルシカ島の独立運動を支持することと、一年前にその問題を扱って出版した本とで世間の注目を集めようと決意していた。彼にとっては、こうしてイングランドの真ん中に滞在して記憶すべき経験をするというのは、ロンドンで受けている性病の治療から逃げられる歓迎すべき機会だった。

　三日目の金曜日、誰の記憶にもないほどの最悪の天候のもとで、祝典は早々《はやばや》と幕を下ろした。野外劇は中止になったが、特別の記念祭《ジュビリー》スティープルチェイスは近くのショタリー牧場《メドーズ》で開催された。五頭の馬が、膝まで水浸しのコースを最後まで走った。午後四時に、祝典の進行係は一七六九年のシェイクスピア記念祭の終了を告げた。すると、雨は止んだ。祝典ではいくつかの楽しい催しが提供されたのだが、シェイクスピアの劇のどれかを上演しようとは誰も思いつかなかった。

　記念祭の内容は何とも過剰なほどだったが、同時に、嘆かわしいほどに不十分だった。ロンドンの俳優で劇作家、諷刺家でもあったサミュエル・フットは、「悪魔の定義」の中で記念祭をこう要約した。

　最近行なわれたある記念祭は一般大衆を招いたものだが、一般大衆は馬なしの早馬で辺鄙な町に行くようにとけしかけられた……偉大な詩人（その作品が彼を不滅にした）を祝うために。詩のない頌歌、メロディーのない音楽、食べ物のない晩餐会、ベッドのない下宿によって。仮面舞踏会には半数の者が素顔で現われた。競馬は膝まで水が溜まっているところで行なわれ、花火は点火されるや否や消え、けばけばしい円形劇場はトランプの家さながらに、役目が済むや否やバラバラに崩れた(1)。

大雨に祟られた催し物のわずか一月《ひと》後ギャリックは、もっと慣れていて自分の自由にできる状況の中で「シェイクスピア野外劇」を再演して成功を収めた。ロンドンの真ん中のロイヤル劇場ドルーリー・レインで。ギャリックは、その野外劇の中で「シェイクスピアに捧げる頌歌」を朗誦した。野外劇には、シェイクスピアの主な作品の主要な登場人物が素晴らしい衣裳をまとって現われた――キューピッドに扇で煽がせているクレオパトラも入っていた（原作ではキューピッドではなく宦官）。どの衣裳も、ストラットフォードの洪水の際にレイシーが断固として守ったので、真新しかった。その催しは人気を博し、公演は九十回に及んだ。正当な話だが、ギャリックは一七六九年のシェイクスピア記念祭で損をした金の幾分かを取り戻した。

しかし一番大事なのは、シェイクスピア崇拝が根を下ろしたことである。そして、シェイクスピア記念祭は、その後も人の記憶に残ることになった。ストラットフォードを訪れる者の数は絶えず増大した。記念祭の二十四年後に、サミュエル・アイアランドと息子のウィリアム・ヘンリーはストラットフォードにやってきたのである。記念祭が催された結果、人間シェイクスピアと、シェイクスピアに縁のあるストラットフォードの建物に対する人々の興味が掻き立てられた。シェイクスピアの新屋敷の最初の銅版画、一冊のシェイクスピアの伝記、偉大なシェイクスピアを文学好きではない者にも近づきやすい存在にするのに役立つような、シェイクスピアが使ったと思われる十六世紀の笑話集が世に出た。地元の町民は、降って湧いたような幸運に感謝した。まず第一に、遺物の「副産業」が大いに繁昌し、今日に至るまでとどまることなく発展し続けている。さらには、シェイクスピアの飼っていた馬車犬（ダルメシアンのこと。かつて馬車に付き添って走った）の末裔と称された犬さえ出現した。ギャリックがのちに自分の愚かな道楽と呼んだものが、後年最大のシェイクスピア贋作事件を生む土壌を豊かにするのに一役買ったのである。

　デイヴィッド・ギャリックは「不滅の詩聖」を大衆の意識の中にしっかりと根付かせた。のちに、自分は一七六九年のシェイクスピア記念祭を計画した際に、あまりに張り切り過ぎたかもしれないと認めてはいるが。ギャリックは二度とストラットフォード＝アポン＝エイヴォンを訪れなかったけれども、ある意味で、彼がストラットフォードで朗誦した「記念祭頌歌《ジュビリー・オード》」のリフレーンは、その後何年ものあいだ響き続けることになる。

かの愛され、敬われる不滅の名前！
シェイクスピア！　シェイクスピア！　シェイクスピア！

デイヴィッド・ギャリック

デイヴィッド・ギャリックは学生としてサミュエル・ジョンソンにラテン語とギリシャ語を教わり、法律を勉強し、葡萄酒商になったが、やがて舞台に立つ決心をした。一七三七年、年長のジョンソンと一緒にロンドンを出た。どちらも一旗揚げようと思ったのである。伝えられるところによると、その時、ポケットにギャリックは三ペンス、ジョンソンは二ペンス入っていただけだった。一七四一年までには、二十四歳のギャリックはリチャード三世を演じてロンドンで大評判になった。間もなく、悲劇、喜劇、笑劇で当時の指折りの俳優になったギャリックは、ロイヤル劇場ドルーリー・レインの経営者兼座主にもなった。当時、シェイクスピア劇の最も著名な興行主だったギャリックは、世の中の詩聖に対する関心を新たにするのにあずかって非常に力があり、人々の心の中でシェイクスピアと密接に繋がっていた。ギャリックは新屋敷の庭に生えていた桑の木で作った工芸品を蒐集したが、一七四二年、新屋敷に住んでいたクロプトン一族の最後の者が詩聖にまつわる逸話や伝説を語るのに耳を傾けながら、その桑の木がまだ立っているのを、おのが目で見たのである。そしてのちに、自分で使うため、その桑の木の六つの木片で出来た「シェイクスピアの椅子」を手に入れた。

　ギャリックは、ロンドンからテムズ川を溯ったところの畔にあるハンプトンの自分の土地に、シェイクスピアを祀《まつ》るための八角形の聖堂を建てた。設計をしたのはケイパビリティー・ブラウン（本名ランスロット・ブラウン。一七八三年に没したイギリスの造園家。依頼主に、この土地には「非常なケイパビリティー［可能性］がある」と言うのが口癖だった）で、その聖堂は今でも建っている。一七五八年に、ルイ＝フランソワ・ルービヤック（一七六二年にロンドンで没したフランスの彫刻家。後半生はイギリスで活躍）は、その中に置くために詩聖の彫像を作ったが（その彫像は現在大英博物館にある）、ギャリックがポーズをとり、自分をモデルにするようにと言われ、驚いた。「このエイヴォンの詩人を見よ」(2)というわけだった。シェイクスピア崇拝は、ほかの点では正気の人間に奇妙な影響を及ぼし、現実から半ば、あるいはすっかり遊離させてしまうことがあった。ギャリックはシェイクスピアに惚れ込んではいたものの、生涯にわたって現実的な考え方をする座主で、非常に人気のあった俳優だった。最後はウェストミンスター寺院に葬られた。

ジョン・ボイデルが示した熱意も、シェイクスピアの人気を高めた肥沃な、さまざまな成分からなる土壌に、もう一つの養分を与えることになった。シェイクスピア愛好家のボイデルは本人自身傑物で、こぢんまりとした風景や橋の銅版画を作って世に出した。イギリスの銅版画を初めて輸出し、大陸の銅版画をもっぱら一方的に輸入していた当時の傾向を逆転させた。一七八九年、数点の油彩をロンドン市自治体に寄贈し、ロンドン市庁舎の中にある画廊の同自治体の絵画コレクションの基礎を作り、一七八二年、ロンドン市庁舎のある自治都市チープの長老議員になった。そして一七九〇年から九一年まで市長を務めた。

ボイデルは、イギリスの絵画が外国人に理解され高く評価されるようになることを願っていた。一七八六年、シェイクスピアの劇の登場人物を描いた一連の銅版画を、公募寄付で出版することを企てた。それらの銅版画は、特にその企画のために描かれた油彩にもとづいていた。同年、ペルメルにある出版業者ロバート・ドズリーの家の広い庭に、シェイクスピア画廊を開いた。息子のほうのジョージ・ダンス（同名の父も建築家だった）が設計したその建物には、三十二人の有名な画家に委嘱した油彩が展示されていた。それらの画家には、ジョシュア・レノルズ、ライバルのジョージ・ロムニー、ジェイムズ・ノースコット、ベンジャミン・ウェスト、ジョン・オウピ、アンジェリカ・コーフマンが含まれていた。非常に気前のよかったボイデルは、彼らに十分な報酬を払った。画廊が最盛期を迎えた一八〇二年には百六十二点の油彩が展示されていた。そのうちの八十四点は途轍もなく大きかった。その間、ボイデルはシェイクスピアの劇の場面と登場人物を描いた銅版画を出版した。

ボイデルはそうした油彩に触発されて、シェイクスピアの作品を九巻本で出し（一七九二年〜一八〇一年）、その後、油彩の銅版画を集めたものを続巻として出した（一八〇三年）。完璧な仕上がりを目指して莫大な支出をしたためと、フランス革命のせいで本の売れ行きが悪かったため、落ち目になった。そして、結局破産した――シェイクスピアに憑かれたせいで。油彩と銅版と在庫品は公開の籤引きで売却された。ボイデルは一八〇四年に死んだ。

十八世紀の中頃から終わりにかけては、贋作者がうまうまと世間を欺き有名になった時代だった。ウィリアム・ローダーは一七四七年から五〇年にかけて、偉大なジョン・ミルトンが『失楽園』を書いた際に剽切をしたということを証明しようと、その証拠を偽造した。だが、数多くの贋作が現われたけれども、最も有名なのは何と言ってもやはり「オシアン」の贋作である。ジェイムズ・マクファーソンは厖大な量のゲール語の詩の原稿を贋作した。まずマクファーソンは、「スコットランド高地人」と題した一篇の詩で著述家になった。英雄詩格で書かれたその詩には、その後に現われるものを予告するような要素がある。彼はゲール語の詩を読んだ。そして、ゲール語の詩を翻訳したらどうかと人に勧められた。『スコットランド高地地方で蒐集せる古代詩断片。ゲール語あるいはエルス語より翻訳』は一七六〇年に出版され、文学界に温かく迎えられた。彼が出した本には、『フィンガル、古代叙事詩』（六巻、一七六二年）、『テモラ、古代叙事詩』（十巻、一七六三年）があり、すべてオシアンという名のゲール族の吟遊詩人が書いたことになっていた。それは一七六五年に纏められ、『オシアン作品集』として出版された。贋作ということになると、マクファーソンの精力は偏執狂的なほどに旺盛だった。のちのウィリアム・ヘンリー同様。

贋作であろうとなかろうと、オシアンの詩は非常な影響を及ぼした。それはロマン主義の礎《いしずえ》を作るのに一役買い、サー・ウォルター・スコットの詩が生まれる道を用意した。マクファーソンは相当の才能を持っていた。オシアンの詩は特にドイツで激賞された。どうやら詩人ゲーテはオシアンの詩に魅了されたらしい。オシアンの詩はヨーロッパの主な言葉に翻訳された。ナポレオン・ボナパルトは戦地に赴く時には、霊感を得るためオシアンの詩集を携行した。伝えられるところでは、就寝の際に好んでそれを読んだ。大衆は、手なずけられていない荒々しい自然の壮大さと非運の英雄たちのロマンスに酔い痴れた。贋作者マクファーソンは歴史書を書いて金を儲け、下院議員になり、田舎に土地を買い、ウェストミンスター寺院に埋葬された。オシアンの詩が贋作であることは、彼の死後十年以上経つまで、また、彼の原稿が始末されたあとまで明るみに出なかった。贋作であることがわかった時、スコットランド高地協会は、オシアンが生きていたとされる時代のゲール語の原詩を誰もが見ることのできるようにした。原詩は、マクファーソンが出版したものに照応しなかった。サミュエル・ジョンソンとその他の何人かは最初から懐疑的だった。そして、シェイクスピア学者のジョージ・スティーヴンズとエドモンド・マローンは——二人は一七九六年にウィリアム・ヘンリー・アイアランドの贋作を暴くことになるのだが——「ケルトのホメロス」の正体を見抜いていた。マクファーソンは、ウィリアム・ヘンリーが一七九四年の終わり頃に贋作に手を染めた時には、まだ生きていた。

文人ホレス・ウォルポール（第四代オックスフォード伯でサー・ロバート・ウォルポールの末っ子で、初代首相と言われることがある）は、最初はオシアンの原稿に騙された。驚くべき話だが、自分でも贋作をしてみようと思い立ったのは、その原稿のせいらしい。一七六二年——オシアンの『フィンガル、古代叙事詩』が出てからわずか二年後——超自然的な出来事が起こる『オトラント城奇譚《きたん》』

を発表し、大成功を収めた。それは偽名の翻訳者の名で出され、一五二九年にナポリで印刷されたことになっていた。しかし再版された際、ウォルポールは自分が贋作者であることを明かした。

同じ頃、もう一人の有名な贋作者が現われた。トマス・チャタトンである。『ロウリー詩集』を書いたチャタトンは、本書の中心人物とも言える。なぜなら、ウィリアム・ヘンリー・アイアランドはチャタトンにすっかり心酔してしまい、チャタトンから大きなインスピレーションを得たからである。

チャタトンの父親は、トマスがブリストルで生まれる四ヵ月前に死んだ。貧しい一家は壮大なゴシック様式の教会、聖メアリー・レッドクリフ教会のすぐそばに住んでいた。エリザベス一世はその教会を、「この英国で最も麗しく、立派で、最も有名な教区教会」と評した。この教会が、トマス少年にとって子宮のような避難所になった。この贅沢な環境のもとで若きチャタトンは、円天井に付いている千以上の美しい浮き出し飾りや、十二世紀の騎士の彫像や、教会の甲冑のコレクションに感銘を受けた。そこは、じっくりと考え、作品の構想を練ることのできる場所だった。彼は七年間、教会の中にある、読み書き算術だけを教える慈善学校に通ったが、学校ではうすのろと見なされた。このことからウィリアム・ヘンリーは、どうしようもない劣等生であることが天才の証拠だと思うようになったのだろうか？

チャタトンの叔父は教会堂の寺男だったが、教会に保管してある文書を甥が見るのを許した。チャタトンは、スペンサーの『仙女王』や、エリザベス朝の抒情詩人の作品や、チョーサーや、ジョン・リドゲイト（一四五一年に没した、チョーサーを模倣したイギリスの詩人）や、中世英語のいくつかの辞書に読み耽った。チャタトンは、教会の北玄関の上にある屋根裏の古い櫃《ひつ》に入っていた、昔の原稿の美しく彩色を施した文字に触発され、まず本を読むことに、次に文を書くことに興味を覚えたのである。その話は、ウィリアム・ヘンリーの想像力を掻き立てたに違いない。彼自身がでっち上げた話にも櫃が登場するからだ。

チャタトンは幼い頃から贋作に手を染めた。わずか十一歳の時、古い羊皮紙を選び出し、その上に詩を書き、中世の遺物だと言って学校友達にやった。誰もが信じたので、同じことをして教師を試した。またもやうまくいった。それほどに幼少の頃に古い文書を贋作し始めたのである。そして屋根裏部屋で熱に浮かされたように贋作に励んだ。

十五歳でチャタトンは『ロウリー詩集』に取り掛かり、詩人修道士トマス・ロウリーを作り上げ、ロウリーを、ウィリアム・キャニングズの聴罪司祭ということにした。キャニングズは豪商で教会の後援者で、五回ブリストルの市長を務め、二回下院議員になった。庇護者あるいは父親代わりの人物とも言えるキャニングズを中心に、チャタトンは十五世紀の雰囲気を想像の中で醸し出した。ブリストルの市民は、自分たちの先祖がロウリーの原稿に言及されているのを知って誇らしかった。というのもチャタトンは、地元の古い墓石の碑銘を自作に利用したからである。彼は、ブリストルとその住民に栄誉を与えることになるような数多くの歴史的文書を創り出した。

一七六七年、チャタトンは事務弁護士の事務所に勤めるようになったが——のちにウィリアム・ヘンリーも同じ道を辿った——勤務時間中に暇な時間がたっぷりとあった。彼は『ロウリー詩集』の原稿をロンドンにいるホレス・ウォルポールと、劇作家で出版業者のロバート・ドズリーに送った。

ウォルポールは中世研究家をもって任じていたので、最初は、チャタトンが「見つけ」た、どうやら忘れられたらしいが、しかし才能のある詩人についてもっと知りたいと強く思った。やがて友人の詩人、トマス・グレイが、チャタトンの言うことに疑念を抱くまで。チャタトンは金銭を要求はしなかったが、ウォルポールは、『ロウリー詩集』はオシアン事件流のいかさまだと信じたのかもしれない。チャタトンに返事を出した際、難詰はしなかった。自分も贋作を書いて楽しんだので、難詰などできるわけがなかった。しかしウォルポールは、『ロウリー詩集』を吟味したほかの者たちが、それが古いものであるということに疑問を抱いたとは言った。チャタトンは悔しがった。そしてのちにロンドンで、事あるごとにウォルポールを嘲った。

チャタトンは一七七〇年の四月にロンドンに行こうと決心したが、まず、願いを聞いてくれなければ自殺をすると脅して、雇い主の弁護士に年季奉公契約書を破棄させた。雇い主はチャタトンの気が狂ったものと思い込み、事務所から死人を出すのが嫌だったので契約書を破ったのである。

ロンドンに着くと、チャタトンは間もなく金目当ての雑文書きで忙しくなり、それに偏執狂的な熱心さで取り組んだが、すぐには稿料を払ってもらえなかった。無一文に近かったので、数ヵ月間、ひもじい思いをした。救い難いほど傲慢だった彼は、絶望的な状態にあった時、食べ物を恵んでやろうという申し出を断った。そして、ドラマチックな決断をした。敗北も施しも受け入れまいという決断を。一七七〇年八月、チャタトンは致死量の砒素を呷《あお》って自殺し、貧民墓所に葬られた。わずか十七歳だった。

チャタトンは十二点の「ロウリー」文書と八十六点のほかの原稿を贋作した。功成り名遂げた年長の文人が、悪戦苦闘している若き天才を見棄てたという考えが定着し、チャタトンが自殺をしたのはウォルポールのせいだと、いわれもなくウォルポールは非難された。チャタトンが自殺をしたのは、二人が接触してから一年半後のことだったにもかかわらず。

チャタトンの母と姉は、ひどく「覚えの悪い」(3)チャタトンが贋作者だったということを受け入れることはできなかった。二人は、原稿は実際に古い櫃にあったと信じていた。チャタトンの人生は終わったが、チャタトンの名声は高まり始めた。七年後に『ロウリー詩集』は出版された。チャタトンは自分の詩の売上から何の利益も得なかった。ウィリアム・ヘンリーも自分の贋作から何の利益も得なかった。しかしトマス・チャタトンの才能は、今日、次第に高く評価されつつある。なぜなら『ロウリー詩集』は、ロマン主義運動の発展に、それなりの刺激を与えたからである。

十八世紀にはいくつかのシェイクスピアの贋作が現われたが、その大方はたちどころに見破られた。当時は、シェイクスピアが署名した本物の文書を発見することは、依然として確かに可能だった——オールバニー・ウォリスは、そうした二つの文書を見つけた。まず一七六八年、ブラックフライアーズ修道院門楼の購入に関する不動産抵当証書を見つけ、次に、一七九六年、同不動産購入に関する譲渡証書を発見した。

それはすべて、ウィリアム・ヘンリー・アイアランドが大胆な贋作をする道を用意するのに一役買った。彼は贋作の対象として、得体の知れぬゲール語の詩を選びもしなかったし、無名の十五世紀の詩人の「失われた」詩を選びもしなかった。この見栄えのしない思春期の若者は、想像しうる限り最も意欲的な仕事に手を染めたのである。シェイクスピアが書いた文書と詩と劇を贋作をするという。

第二章 「学校の不名誉になるくらい、ひどく愚鈍」

サミュエル・アイアランドの家族の人間関係はやや謎めいていて、若き贋作者ウィリアム・ヘンリー・アイアランドの行動と密接に結び付いている。しかし、若者がなぜおのが才能を長いあいだ隠し続けたのか、なぜそんな欺瞞的な手段で自己表現をしたいという気持ちに駆られたのかが問題となるのは、彼が「シェイクスピア文書」の贋作者であることが暴かれたあとになってからなのである。

サミュエル・アイアランドの家族に関して一つのよくわからない点は、サミュエルと息子の奇妙な関係であり、もう一つのよくわからない点は、ウィリアム・ヘンリーの母親だと考えてほぼ間違いのない、家政婦兼愛人のフリーマン夫人とサミュエルの関係である。ウィリアム・ヘンリーは自分の親が誰なのかよくわからず、サミュエルは息子に対する父親らしい温かい愛情に欠けていた。それが原因で、無気力な息子は人の注目を惹き、名声を得ようと途方もない努力をしたのかもしれない。父は、おまえが大きくなったら親が誰かを話してやろうと息子につねづね言っていたが、結局、話してはやらなかった。サミュエルは自分の出自さえ曖昧なままにしていた。そうした問題が、ウィリアム・ヘンリーを終生ひどく苦しめることになるのである。

少年ウィリアム・ヘンリーは、サミュエルが自分の父であるということを受け入れていたにせよ、自分の母親が誰なのか確かには知らなかった——おそらく、フリーマン夫人ではあろうが。もっとも彼女も、ウィリアム・ヘンリーにほとんど愛情を示さなかったが。それどころか、悪意さえ示したであろう。彼女が少なくとも少年の二人の姉、アンナ・マリアとジェインの母親であったということはありうる（フリーマン夫人のクリスチャン・ネームはアンナ・マリアだった）。ところが、親は誰かという問題は、長い歳月にわたって複雑な様相を呈していた。若い頃のサミュエルは、三人の子供はずっと前に死んだ妻の子供だと人に匂わしていた。だが、のちに、アーウィン夫人という人物が三人の母親だと訪問客に説明した。そうだとすると、サミュエルはアーウィン夫人という女と関係を持ったのだろうか？　細心だが底意地の悪いシェイクスピア学者エドモンド・マローン(1)は、少年の母親は夫と別れたアーウィン夫人という女で、サミュエルは一時彼女と同棲したと述べた。加えてマローンは、嬰児は一七七七年、ストランド街の聖クレメント・デインズ教会でウィリアム・アーウィンという洗礼名を付けられたと断言しているが、それは教区記録にはない。何年ものあいだ、三人の子供すべてアーウィンという姓を使い、世間に対してはフリーマン夫人の姪と甥ということになっていた。のちにフリーマン夫人はそれを訂正し、三人は自分の子供だと言った。これが人を戸惑わせるようなことであるなら、子供たちの頭が、自分の親は誰かというきわめて重大な問題についてひどく混乱していたのは間違いない。とりわけ、自分は本当の両親の愛情を知らないと常日頃感じていたウィリアム・ヘンリーの頭が。

ほかの可能性もある。若い頃、フリーマン夫人は、どうしようもない放蕩者の第四代サンドウィッチ伯（賭博台から離れずに空腹を満たすことができるようにとサンドウィッチを発明した男）の愛妾だった。おそらくそのために、フリーマン夫人の裕福で社会的身分の高かった兄は彼女と縁を切ったのだろうし、サミュエルは彼女と結婚しなかったのだろう。伯爵が、三人の子供の誰かの父親だったのだろうか？　どうやらフリーマン夫人は一万二千ポンド（今の約四十二万ポンド）の財産を持っていたらしい。伯爵が手切れ金として与えた金かもしれない。その金の力でサミュエルは、スピタルフィールズのうだつの上がらない絹の織工から、ストランド街の外れに住む、景観の版画の彫版師および骨董品蒐集家にのし上がることができたのだろう。時折、サミュエルはフリーマン夫人に粗暴で意地の悪い態度をとることがあり、二人が口論をしている最中に、ウィリアム・ヘンリーの出自に関してフリーマン夫人の気持ちを傷つけるような当てこすりを口にした。のちに若者はそのことを思い出し、サミュエルに宛てた手紙に書いている。

それに加え、父のサミュエルは息子をいつも「サム」と呼んでいた。家族のほかの者や、親しい友人たち同様に。どうやらウィリアム・ヘンリーは双子だったようで、兄のサミュエルは死んだらしい。そのため時折ウィリアム・ヘンリーは、自分でも「サム」という名を使い、「S・W・H・アイアランド」あるいは「サミュエル・アイアランド二世」と手紙に署名したのだろう。「ウィリアム・ヘンリー」の「ヘンリー」はジャコバイト（名誉革命で王位を追われたジェイムズ二世の支持者）の大義名分に肩入れをしたトーリー党の政治家で文筆家のヘンリー・セント・ジョン・ボリングブルックにあやかって付けられた。「ウィリアム」は、たぶん、シェイクスピアにあやかって付けられたのだろう。つまり、少年は自分の名前で呼ばれさえせず、父の名前でいつも呼ばれたのである。こうしたことから、ウィリアム・ヘンリーの個人としての自我の感覚が常にあやふやだったであろうことが理解できる。

三人の子供の誰かが洗礼を受けたという記録はない。ウィリアム・ヘンリーの生年月日さえも疑わしい。父は、息子が生まれたのは一七七五年だと言ったが、ウィリアム・ヘンリー自身は一七七七年だと主張した（贋作者としてのウィリアム・ヘンリーは、いかに若くして天才的な仕事を成し遂げたかを始終、盛んに強調した)。実際の話はもっと複雑だったということは十分にありうるが、少年はウィリアム・ヘンリーという名であったということ、サミュエルが少年の父親であったということ、フリーマン夫人が少年の母親であったということ、少年は一七七七年に生まれたということにしてよかろう。この家庭状況においては、未知の「フリーマン氏」と「アイアランド夫人」は、おそらく、世間体を繕う必要上の存在だったのだろう。ところがウィリアム・ヘンリーは、自分はフリーマン夫人と謎のフリーマン氏の子供だと考えていたらしい。というのも、彼がその後の人生で時折使用したさまざまな署名の中に、「W・H・フリーマン」という署名があるからである。まるで、名前などというものはそもそも馬鹿らしいとでも思っているかのように。それは、自分の生年月日、クリスチャン・ネーム、姓、本当の両親に関して、少年が心底《しんそこ》、訳がわからなかった結果に違いない。

サミュエル・アイアランドは小柄で丸々と太った男で、勿体ぶってはいたが仕事熱心で、出世をしようという野心を抱いていた。そして、矛盾だらけの性格の持ち主だった。博識だったが騙されやすく、注意深く細心だったが衝動的で向こう見ずだった。虚栄心が強かったが子供のように無邪気なところがあった。その無邪気さは、有名な人物と関係があると思った工芸品を熱心に蒐めることに現われていた。その熱心さは偏執狂的なものになっていった。彼は、著名な歴史上の人物に関連した骨董品、古書を蒐集するのに熱中していたが、なかんずく、何であれウィリアム・シェイクスピアに関するものに取り憑かれていた。シェイクスピアの書いたものは十分には理解できず、しばしば誤ってシェイクスピアを引用したにもかかわらず。バーナード・グリバニエが数十年前に発表した研究によれば、サミュエルは「十八世紀の合理主義者というよりは、のぼせ上がった、栗鼠《りす》めいた小男」(2)だった。

尊大なサミュエルは自分の経歴を隠し続けたけれども、最初は建築を学んだらしい。そして建築物の水彩画をいくらか描き、美術協会からメダルを授与さえされている。オックスフォードの景色を描いた一枚の水彩画は一七六五年に王立職業技能検定協会に展示され、そのわずか三年後にロイヤル・アカデミーの名誉会員になった。一七六八年、建築の勉強を諦め、スピタルフィールズのプリンシーズ街十九番地で絹織工として生計を立てようとしたが、破産した。その家で初めてフリーマン夫人および死なずに残った三人の子供と一緒に住んだ。その後、一七八二年、ストランド街のちょっと外れのアランデル街に移った。

サミュエルは、素描、エッチング、彫版の仕方を独力で学んだのだろう。一七八〇年から八五年のあいだに風景のエッチングを始め首尾は上々だったが、主な商売は、自作の風景の銅版画の販売だった。生涯の最後の二十年間に、相当な数の巧みで感じのいい銅版画を作成した。ほとんど想像力は見出せず、人物は常に遠景にいるが、それにもかかわらず今でも復刻される、蒐集の価値のある貴重な歴史的記録である。

サミュエルは、ほかの銅版画、水彩と油彩、工芸品を売買するにつれ、自分の経済状態に応じて蒐集品を増やしたり減らしたりする貴族に出会うことが多くなった。そして、機会があり次第、自分の蒐集品を増やす用意が常にあった。サミュエルはそうやって、かねてから望んでいた社会的地位に昇っていった。

サミュエルの本来の天職は蒐集家だった。グリバニエは、サミュエルがそうなったのは、「美を崇拝した結果であるよりは、いわば、偉大な人物の名前に対する、中産階級の下の人間特有の畏敬の念のゆえ」(3)だと断じた。サミュエルの蒐集品は、素晴らしい質のものと――彼はイギリスで最良のホガースのコレクションを作り上げ、ルーベンスとヴァン・ダイクの何点かの油彩を持っていた――偉人と関係がある（つまり、有名な人物の所有していた）ものや、ある種の不思議な魅力のある工芸品と珍品の奇妙なごたまぜだった。そうした珍品の中には、ロッテルダムで手に入れた、ミイラを包んでいた蠟引き布と、チャールズ一世の外套の一部があった。

ウィリアム・ヘンリーは中背ですらりとし、髪は茶色の巻き毛だった。父が専横だったために、自信に欠けていた挙措には生気がなかったが、それは一見、少年の個性にふさわしかった。少年がやられた最初の学校は、親切なハーヴェスト氏がケンジントン広場の後ろで開いていた学校だった。ウィリアム・ヘンリーは『告白』（正式の題については本章の注（4）を参照のこと）にみずから書いているように、「何であれ勉強や集中力を必要とするものは大嫌いだった」。将来性のなさそうな外貌に加えて怠け放題に怠けたので、幼年の頃でさえ、人に与えた印象は甚だ悪かった。その後に通った、シュアリー氏が経営するイーリングの中等学校でのことだが、学期の終わりに校長から渡された一通の手紙を持って少年は家に帰った。それには、少年は「学校の不名誉になるくらい、ひどく愚鈍」なので、休暇後に学校に戻ってこないのが一番だろうと書いてあった。また、父親のアイアランドが授業料を払うのは金を盗《と》られるのにひとしい、とも書いてあった。[4]

少年は感傷的な夢想家で、甲冑《かっちゅう》を蒐集し、厚紙の劇場を作った。そして、幼い頃からドルーリー・レインの舞台裏の生活に馴染んでいた。というのも、サミュエルがトマス・リンリーの友人だったからだ。リンリーは同劇場の経営者の一人で、もう一人の経営者の劇作家リチャード・ブリンズリー・シェリダンの義父だった。そうした繋がりを通して少年は、ブルートン街にあるシェリダンの屋敷で、大勢の貴族を前にして、『優しい羊飼い』という劇にほかの子供たちと一緒に出演した。ずっとのちになって、二人は再び出会うことになる。シェリダンがウィリアム・ヘンリーの数奇な人生の転機における重要な人物になるからである。その劇ではウィリアム・ヘンリーは端役を務めただけだったが、「その時に覚えた熱意は冷めることはなく……芝居に対する私の偏愛はいっそう確固としたものになった」[5]。ウィリアム・ヘンリーは、感心している観客の前に出て初めて覚えたわくわくするような気持ちを終生忘れなかった。

それからウィリアム・ヘンリーは、バロー博士がソーホー広場の近くで開いていた中等学校に通った。その学校では、年次休暇の前に、生徒によって『リア王』が演じられた。こうした小さい頃の出来事が、数年後のシェイクスピア贋作事件の種を植え付けたのだろうか？　しかし、ともかく、この不思議なくらい頭の鈍い少年の教育に関する限り、どんな努力も役に立たないように思われた。

常に上を目指していたサミュエルは、『オランダ、ブラバント、フランスの一部の探勝の旅』と題する、文章と版画の入った本を出す計画を立て、一七八九年の秋、息子のウィリアム・ヘンリーを伴ってヨーロッパ大陸を旅し、魅力のある風景を探してスケッチをした。その途次、いくつかの劇場にも注目した。アムステルダムではオランダ人による『ハムレット』を観損なって二人ともがっかりしたが、一軒の公認娼館は訪れた。二人は、長くはそこにいなかった。濛々と立ち込める煙草の煙を通してヴァイオリン弾きとハープ弾きが演奏するのを見たが、「女たちの醜さと傲慢さ」のせいで、すぐに「さっさと退散した」。サミュエルはこう付け加えている。「そうした家の数は信じられないくらいである」。冒険的な観光として、また、徳性に欠けた人間はどういうことになるのかを若者に教えるために、ちゃんとした人間が娼館を訪れるのは世間から認められていたらしい。中産階級の美徳を誇示していたサミュエルのような人物が、娼館を訪れたことをおおやけに認めるというのは奇妙に思えるが、それもまた、彼の性格の矛盾の一つと考えられる。彼は世間に対して自分を堅物に見せようとしていたが、実際はそれほど堅物ではなかった。ロンドンの劇場の陽気で変則的な世界に長いあいだ馴染んでいたし、考えてみれば、結婚していない女と同棲していたのである。

アントワープで父子《おやこ》はルーベンスの家を訪れ（やがてサミュエルのコレクションの中に、ルーベンスの油彩と素描が入ることになる）、ルーベンスがかつて坐った、頭が真鍮の釘を打ち込み赤い革を張った椅子を見て、サミュエルは有頂天になった。そして、「神々しいルーベンス」は、「イギリスの舞台の偉大な父」に匹敵する人物に、一瞬、なりかかった。(6)

その年にバスチーユ監獄が襲撃されたという事実があったにもかかわらず、父子はパリを訪れた。そこでサミュエルは、わずか数ヵ月前にバスチーユ監獄で起こった有名な情景を落ち着いてとっくりと想像し、「あの忌むべき専制政治の道具」の残骸を素描した。それから二人はヴェルサイユ宮殿を訪れた。パリが混乱しているので国民議会が臨時にそこで会議を開いていた。そこから二人は故郷に向かって北に進み、ピカルディー地方のソンム県の県庁所在地、アミアンまで旅を続けた。アミアンはパリとカレーのほぼ中間にある。

アミアンでサミュエルは、足手まといになる厄介な息子を一時遠ざけた。期待外れの十二歳の少年を、法律の勉強をさせるために、ある学校に預けたのである。（それはサミュエルがロンドンの友人たちにするにはよい話のように聞こえるが、フランスの法律がイギリスでどのくらい役に立つというのだろう？）ウィリアム・ヘンリーは、その学校で問題があったらしい。というのも次に、郡役所の所在地のウーにある学校に移ったからである。ウーはノルマンディーにあり、アミアンのほぼ真西で、ブレル川の岸から内陸に数マイル入ったところである。それはウィリアム・ヘンリーにとっては、またも父から拒まれたことを意味したが、息子は少なくともフランス語は習得できると、父は一応理に適った考え方をした。

サミュエルのやり方は功を奏した。少年は、まさしくフランス語を完璧に話すことを学んだ。それは、一生、役に立つはずだった。外国で、それも最初はその国の言葉が話せなかった外国で、知っている人間が誰もいない寄宿学校に一人で預けられたことがウィリアム・ヘンリーにどんな影響を与えたにせよ、彼はのちに、自分の人生で一番楽しかった時期はフランスで学生として過ごした四年近い歳月だったと言った。

一七九〇年、サミュエルは父子で秋に旅をした成果を、『オランダ、ブラバント、フランスの一部の探勝の旅』と題した二巻本で出版した。ロッテルダムからデルフトまで、アムステルダムからアントワープまで、ブリュッセルからパリまで、父と息子は少なくとも二十三の町と都市を訪れた。その本が大成功を収めたので、一七九一年、一家はアランデル街(それは、テムズ川からストランド街に通じている)のすぐ近くで、西隣の通りにある、もっとよい家に引っ越した。聖クレメント・デインズ教会の教区にある、ノーフォーク街八番地のその家は前の家よりも広く、サミュエルの次第に高くなっていく立派な社会的地位と、どんどん増えていく蒐集品に一段とふさわしい家だった。新しい隣人の中に、事務弁護士で蒐集家のオールバニー・ウォリスと、サミュエルの旧友の劇場経営者トマス・リンリーがいた。

一七九三年の春、サミュエルはウィリアム・ヘンリーをイギリスに連れ戻した。同年、サミュエルの『メッドウェイ川の景観、ノア砂堆《さたい》からサセックスの源流付近まで』が出版された。それは、一七九二年に出した『テムズ川の景観』の続刊である。その二つの堂々とした本には、現地で描いた下絵にもとづいてサミュエルが作ったエッチングが入っていた。『メッドウェイ川の景観』はエイズルフォード伯爵未亡人に捧げられた。彼女の宏大な私有地のいくつかの眺めが、二十八点のエッチングの中に入っていた。サミュエルは、貴族に取り入るのは価値があるのをまえまえから知っていた。

自分では決して喜ばせることのできない高圧的な父から数年間自由の身だった、家では父に頭の上がらない息子は、イギリスと自分の家に、さほど帰りたくなかった。それどころか、帰るのは「苦痛だった」、「まるで嫌な予感がしたかのようだった……」(7)。彼自身の言うところによると、今や彼の英語はほとんど人にわからないものになっていた。しばらくは、誰も自分の言うことの多くが理解できなかったと彼は言っている。これが、ほぼ二年後にシェイクスピアの贋作をする若者なのだが、ノーフォーク街八番地で夜ごと、夕食後に詩聖の作品を頭に染み込まされたのが、その新しい問題を解決するのにあずかって力があったのだろう。ウィリアム・ヘンリーはのちにこう言っている。「シェイクスピアが持っていなかった神の属性は存在しなかった……要するに、エイヴォンの詩聖は、人に交じった神だった」(8)。家族と一緒にそのような文学的な晩を過ごしているうちに、「イギリスの演劇の偉大な父」を模倣しようという考えが、本人も十分に気づかぬうちに心を占めたのである。

彼は甲冑と劇場に対する興味と、チョーサーのような昔の作家を真似た韻文を書くということに対する興味を失うことはなかった。ぱっとしない外貌の下に、創作への意欲と野心の深い流れが渦巻いていることに誰も気づかなかった。彼が何かを書いてサミュエルに見せると、サミュエルは見下したような態度をとり、フリーマン夫人は嘲った。

息子を有給の仕事に就かせようと、サミュエルはウィリアム・ヘンリーをニュー・インのウィリアム・ビングリー氏のもとに徒弟にやり、不動産譲渡取扱人になるための法律の勉強をさせることにした。ビングリー氏は財産権を譲渡するための文書を準備する弁護士だった。

ロンドンに戻った若者のウィリアム・ヘンリーは――寡黙で頭が鈍く、どうしてかいつも人に好ましくない印象を与えた人物は――教養のある家庭に住み、サミュエルとその蒐集品と、サミュエルの裕福で有力な友人たちの圧倒的な影響に加え、フリーマン夫人の影響も受けた。彼女は十八世紀後半の女にしては珍しく、教育があり、いくつかの詩や劇を書いた。子供たちはその劇を家で演じた。彼女は少なくとも一冊の本を出版した。『解剖された医者あるいは台所のウィリー・キャドガン』（一七七一年）という題の諷刺的作品で、作者は「エステルという或る婦人」になっていた。一八〇〇年以降でさえ、ジェイン・オースティンの初期の小説は最初は匿名で出版され、著者はただ「或る婦人」だった。

ウィリアム・ヘンリーの姉たちも才能があった。長姉のアンナ・マリアは絵が好きで、油彩、エッチング、版画を楽しんだ。サミュエルは自著『ホガース画集、著者所有の油彩、素描、稀覯版画より』の序文の中で、六十点のエッチング（そのうちの何点かは折り込み紙葉）を完成させる際に二人の娘が「相当の手助けをしてくれ、ホガースの原画の精神と性格に非常な注意を払ってくれた」ことを褒めている。(9) そしてジェインは細密画を大変に巧みに描いたので、彼女の作品は一七九二年と九三年にロイヤル・アカデミーに展示された。彼女は一七九五年に弟のウィリアム・ヘンリーの細密画を描いたが、その頃には弟は一躍有名になっていた。波瀾に満ちたその年、アンナ・マリアはグリニッジにある東インド商会に勤めるロバート・メイトランド・バーナードと結婚し、ランベスに住むことになった（偶然だが、シェイクスピアの最後の子孫、孫娘のエリザベス・ナッシュが再婚した相手もバーナードという姓だった——サー・ジョン・バーナード）。

　時折、サミュエルの抜け目のなかったと思われる商売のやり方について問題が生じた。そのせいでサミュエルは、のちにしっぺ返しを受けることになる。蒐集の仕方が批判に晒されることがあり、贋作が明るみに出た時、敵に弾薬を与える結果になった。

　サミュエルのいかがわしいと思われる行為に、ホレス・ウォルポールに関するものがあった。古物研究家のウォルポールは才気煥発な手紙を書く人物として有名だった。一七五三年から七六年にかけて、「小さなゴシック城」とみずから名付けたもの——ストローベリー・ヒル館——を建て、「ゴシック」スタイルをファッションとして定着させた。それは、古典的、イタリア式デザインに対する嗜好を逆転するのに非常に大きな影響を与えた。その館《やかた》はロンドン南西のテディントンに今でも建っている。

　魅力的な建物を版画にするというのは人気があり、ウォルポールはストローベリー・ヒル館の版画の限定版を一七八七年に出版しようとしていたが、サミュエルに対する疑念を、アイルランドのアッパー・オソリー伯爵夫人に宛てた手紙に書いている。夫人は主な文通相手の一人だった。みずから作成していた限定版の小冊子——四十部——に触れて彼は、アイアランド氏という人物が自分の彫版師を買収して口絵の版画を売らせ、それを自分でエッチングにしたと文句を言った。サミュエルがそれを、おそらく売る目的で翻刻したという話を聞いたのだ。しかしサミュエルは、自分のコレクションに加えるために、ウォルポールの口絵の風景の試し刷りを作っただけなのだ。

　もう一つのエピソードがある。サミュエルが『ホガース画集』（一七九四年）を出版した際、二百点のエッチングのうちの多くはホガースによるものではなく、サミュエル自身か、ほかの誰かによるものであるのは明らかだった。なぜ、そんなことをしたのだろう? 彼はホガースの作品の見事なコレクション――イギリス一のコレクション――を持っていて（その多くはホガースの未亡人から購入したものだ）、それを使うことができた。彼は自分のしていることを知っていたに違いない。それは、おそらく、自分のコレクションを増やそうという衝動に駆られた子供っぽい無謀な行為、蒐集に対する狂気じみた情熱だったのだろう。（サミュエルは自分の利益にさとい人間らしく、その本の初めに、自分が払った代価のリストを挿入している。）

サミュエルの行動には常に後ろ暗いところがあった。ウォルポールに関するちょっとした事件は買収じみた行為であれ剽切じみた行為であれ金目当てのものではなかったが、サミュエルの人格の未熟で愚かな面を暗に語っている。彼は非常に多くの面で細心で注意深かったが、蒐集に対して過度に熱心だったので、あの男を信用するのは危ないという印象を人に与えてしまったのだろう。そうした出来事はウィリアム・ヘンリーが贋作の劇で大失敗をして悪名を馳せたほんの少し前に起こったので、サミュエルの敵は、それを大喜びで記憶にとどめることになる。また、敵の多くは、父が息子の贋作事件の黒幕だと、永劫に確信することになる。

第三章「蜜入りの毒を貪《むさぼ》るように飲みながら」

アイアランド一家の「シェイクスピア化」は徹底したものだった。サミュエルはシェイクスピアの作品に限りを知らぬ情熱を抱いていて、週に少なくとも四夜、夕食後の会話の話題は「神の如き劇作家」の「美しさ」だった。そのあと、シェイクスピアの劇の一つが選ばれ、役が家族の各人に振り当てられるのだった。サミュエルは何度となく、こう口にした。「シェイクスピアの署名だけでも手に入るなら、蔵書の半分を喜んで手放すのだが[1]」。若者は、いつも黙って、「蜜入りの毒を貪るように飲みながら[2]」その様子を観察し、サミュエルが息子である自分を自慢するようになる機会を窺っていた。

ウィリアム・ヘンリーは、姉のジェインが初めて描いた二十代の若い頃の肖像では、内気で、控え目で、乙女のようとさえ言える。茶色の髪は額の上でゆるやかにカールしている。憂いを帯びたポーズをしているが、それは当時、詩人気質の者にとっては粋だと思われていたポーズだった。寡黙で、引っ込み思案で、家族一同が朗読をする際に、それに加わるよりは聞き役に回るほうをいつも好んだこの若者を無視するのは、ほかの者にとってと同様、サミュエルにとっても、いとも容易なことだった。家族の者がウィリアム・ヘンリーを、鈍重で愚鈍な若者だと考えるのは容易だった。同じ頃に作られたエッチングでは、彼はぱっとしない、見所のあまりなさそうな青年だ。父を喜ばせることだけが望みだった繊細な若者に対して父は冷たかったが、それはおそらく、意図したものではなかったろう。サミュエルが自分のパートナーであるフリーマン夫人にひどく不愉快な態度をとったと当時の人々が言っているのを考えれば、サミュエルの生来少ない愛情は、本と骨董品の蒐集にのみ向けられたように思える。

アイアランド家では、夜ごとにシェイクスピアの作品が朗読されただけではなく、『恋と狂気』という小説も朗読された。その完全な題は、うんざりするほど大袈裟だ。ハーバート・クロフト著『恋と狂気、あまりにも真実の物語。さほど知られてもいず悼まれてもいなければその名が記されたでもあろう者同士の一連の往復書簡』。ウィリアム・ヘンリーは、「ブリストルのシェイクスピア」と呼ばれた贋作者トマス・チャタトンに、その小説の中で初めて出会った。その小説は、アイアランド家の「文化生活」において頻繁に中心的地位を占めた。

絶大な人気を博した『恋と狂気』は、実際にあったセンセーショナルな殺人事件を物語ったものとされていた。忌まわしい老サンドウィッチ卿の愛妾だった、若く美しいマーサ・レイは早くも、サンドウィッチの数人の子供の母で、おのが境遇に満足しているように見えた。ところが、陸軍中尉のジェイムズ・ハックマンが彼女に首ったけになり、結婚を申し込んだ。マーサが何度も何度もジェイムズを撥ねつけたにもかかわらず（ハックマンはマーサ・レイによい印象を与えようと、のちに牧師になった）。一七七九年の四月のとある晩、ジェイムズはコヴェント・ガーデン劇場の前で、劇場から出てきたマーサをピストルで射殺し、自分もピストル自殺を図ったが、傷は浅く、残念ながら死に切れなかった。殺人の廉で有罪になり、絞首刑に処された。

フリーマン夫人がかつてサンドウィッチ卿の愛妾だったこと、家の子供たちの父親がサンドウィッチだったことさえありうるのを考えると、どうしてフリーマン夫人とサミュエルは毎晩、それぞれの役を演じながらその小説を朗読し、話し合うことができたのだろう？　よく考えると妙な気持ちになる。嫉妬心を抱いていたサミュエルはフリーマン夫人を罰していたのだろうか、それとも、フリーマン夫人は自分を苦しめていたのだろうか、それとも、自分のあとにサンドウィッチの愛妾になった一人が不運に見舞われたのを大いに喜んでいたのだろうか？　驚くべきことにアイアランド家では、感傷的な戯言《たわごと》で有名なその小説は、シェイクスピアの作品に次ぐものとサミュエルによって高く評価されたのである。サミュエルの知的能力は、その程度だった。

著者のハーバート・クロフトはエセックスの教区牧師だったが多彩な経歴の持ち主で（著述家でもあったが、負債のために一時投獄された。ドイツにも行き、余生はフランスで送った）、贋作者の生涯に強く惹かれていたので、『恋と狂気』にそれを持ち込んだ。物語とは何の関係もないのだが。その小説の中で彼は、とりわけ、「オシアン」の贋作者ジェイムズ・マクファーソンと、『ロウリー詩集』の贋作者トマス・チャタトンに触れている。驚いたことに、百頁以上（小説の三分の一）がチャタトンに充てられている。クロフトはチャタトンの生涯を調べ、チャタトンについてのどんな話よりも詳しいものにしている。ウィリアム・ヘンリーがその小説、つまりクロフトがチャタトンの『ロウリー詩集』が出版されてからわずか二年後に書いたその小説の中のチャタトンの話に強い感銘を受けたのは容易に理解できる。類似点が多いのは薄気味が悪いほどなのだ。チャタトンは、自分とよく似た、世に認められない天才だとウィリアム・ヘンリーは信じた。贋作者と贋作に対するクロフトの態度は、若者のウィリアム・ヘンリーの考え方に大きな影響を与えた。もし贋作者の作品が褒められれば、贋作者は非難されるべきではなく称賛されるべきだとクロフトは言った。そして、チャタトンは贋作者であることによって、少なくとも世の注目は集めた。それは、ウィリアム・ヘンリーにとって満足すべきことだった。また、チャタトンは誰にも教わらなかったのに贋作の中でラテン語を少し使っているのも、クロフトは評価した。さらにクロフトは、自分たちは天才のパトロンなのだと思い込んだブリストルの市民たちに対して手厳しかった。それもウィリアム・ヘンリーにとって魅力的だった。十七歳で自殺をしたチャタトンは、蔑ろにされた天才を崇め奉るという風潮を生み出した。それはウィリアム・ヘンリーにとって素晴らしいことだった。彼はチャタトンに魅了され、チャタトンに共感すると同時に、自分をチャタトンに重ね合わせた。毎日毎日、シェイクスピアの作品とクロフトの贋作についての話を嫌というほど聞かされた結果、その二つが少年の心の中で結び付いたのも驚くようなことではない。

その小説は、もう一つの理由で、ウィリアム・ヘンリーに強く訴えかけた。自分が何を書いたところで無視されるだろう、なぜなら、過去のものしか、父やほかの者からまともに注目されないのだから。彼は実験をしてみた。そして、チャタトン同様、まず中世の詩を作った。息子は父を尊敬していて、父同様に珍奇なものとシェイクスピアに関心を抱いて父を見習おうとした。そして、父のためにいる稀覯本を探し当てれば褒められるのを知り、やがて、探し当てるのがうまくなった。父が大事にしている蔵書に加えるべき何冊かの稀覯本を見つけた。「偶然に、あるいは探した結果見つけた、ある小冊子を私が差し出してアイアランド氏をひどく驚かせるほどに満足感を与えてくれることはなかった」。父が大喜びをしたことに励まされ、彼はいっそう努力をし、「稀覯本の探求に対する本物の嗜好を身につけ、冷めることのない熱意をもって、その探求を続けた(3)」。

不動産譲渡取扱人の事務所では、多くの時間たった一人でいて、監督する者もいなかったので、夢見ているシェイクスピアの署名が運よく見つからないかと、彼はビングリー氏の事務室の中の証書や文書をいろいろ調べ続けたが、駄目だった。また彼には、十八世紀のロンドンの、ごたごたした通りや路地や市に無数にある古本の露店や本屋で稀覯本を探す時間があった。若者の彼がシェイクスピアの署名のある何かを本当に見つけるということは、まずあり得なかったが、不可能でもなかった。しかし、実際に起こったことは、それより遥かに信じられないことだった。

サミュエルは『景観』シリーズの第四巻を出す準備のための旅に出ることにした。一七九三年の夏、サミュエルとウィリアム・ヘンリーは、穏やかな流れのエイヴォン川に沿って、青草の多いイングランドの中央を歩いていた。サミュエルは、『エイヴォン川上流あるいはウォリックシャーのエイヴォン川の景観、ネイズビーの源流からテュークスベリーでセヴァン川と交わるところまで』（一七九五年）のために風景をスケッチした。したがって、その本にはストラットフォードが含まれることになり、例によってサミュエルは、その年の夏と前年の夏に描き上げたスケッチにもとづいた自作の版画を、その本に入れることにした。

父子は敬虔な気持ちを抱いて詩聖の生誕地に近づいて行くと、間もなく、地元の住人のジョン・ジョーダンに出会った。シェイクスピアについてのストラットフォードの自称案内人兼「専門家」のその人物に出会うのは避けられなかっただろう。シェイクスピアは、ギャリックの「シェイクスピア記念祭」が催された際に、ジョーダンの人生の中心になったのである。

ジョン・ジョーダンは大して教育はないのに自分は学問のある詩人だと思い込んでいたが、地元の名物男としてのほうがずっと成功していた。顔は浅黒く粗野で、体は農夫のような彼は、シェイクスピアについての地元のさまざまな話に精通している田舎者という役割を演じていた。その間ずっと、詩聖について独自の支離滅裂な理論を展開した。地元では、「ストラットフォードの詩人」としてさえ知られていた。彼の仕事には、シェイクスピアの署名の贋作も含まれていた。複製の署名を写し取って売り、それも副業になった。

のちにアイアランド家の嫌われ者になる偉大なシェイクスピア学者のエドモンド・マローンもストラットフォードに行き、ジョン・ジョーダンに会った。ジョーダンは彼に、「クラブ・アップルの木」についての耳新しい話をした。その多年生の小さな木は、すべてジョーダンのおかげで、「桑の木」に匹敵するような存在になった。ストラットフォードから約七マイルのところにある、エイヴォン川の畔の村、ビッドフォードで村の者と飲みくらべをして家に帰る途中の詩聖とストラットフォードの仲間たちは、ビッドフォードから程遠からぬところにあったクラブ・アップルの木の下で寝込んだらしい。サミュエルは、ビッドフォードの景色だけではなく、自分の本のために、その木もスケッチすることになる。しかし、何の罪もないその木はクラブ・アップルをではなく、シェイクスピアの記念品用の「神聖な」木材を無限に生み出すように運命づけられてしまい、その目的のために切り倒された。

学者のエドモンド・マローンは一七九〇年以降ジョーダンと文通をしていたが、情報源であるジョーダンの限界を十分に承知していた。ところが、騙されやすいウィリアム・ヘンリーにとっては、「詩人ジョーダン」は「非常に正直な男」、「礼儀正しく、悪気のない人物」(4)だった。サミュエルも、「この妖精の棲む場所」(5)を歩いた時、ジョーダンに一杯食わされた。

ストラットフォードでサミュエルは——そして、最初のうちは気乗りのしなかった息子も——自分は今、詩聖が吸った空気を吸い、詩聖が歩いた地面を歩き、詩聖が眺めた景色を眺め、詩聖が知っていた建物を見ているのだと思って恍惚となった。ジョーダンは二人を初老の大工、トマス・シャープの経営する店に案内した。彼は名前どおり機敏《シャープ》で、「シェイクスピア産業」が興《おこ》るのを早くから見越していた。抜け目のない彼は、ずっと前の一七五六年に、奇跡的にも絶えず生き返る伝説的な「桑の木」の残骸を買い取った。父のアイアランドは、その木から作られたとされているゴブレットを一つと装飾用小間物をいくつか買った。息子のアイアランドは、それは「カトリックの国の、キリストが磔刑に処された本物の十字架のかけらに似ている(6)」と言った。それは鋭い観察だった。シェイクスピアとその作品に対する崇敬は、サミュエルやほかの者にとって宗教のようなものになったからである。

それからジョーダンは、二人をホーリー・トリニティー教会に連れて行った。ウィリアム・ヘンリーは、父がシェイクスピア、トマス・ルーシー(若き詩聖は、荘園主である彼の所有地の鹿を密猟したと思われている)、ジョン・クーム(シェイクスピアは彼から土地を購入した)の記念碑をスケッチしているあいだ、辺りを探検した。教会に入ったウィリアム・ヘンリーは言った。「その時、私の魂を襲った戦慄がどんなものだったかを述べることはできない(7)」。

サミュエルは、シェイクスピアの墓の少し上の北壁に据えてある胸像の石膏模型像を作りたかったが、エドモンド・マローンに先を越された。たった一年前の一七九二年にマローンは、カラフルな胸像に、教区牧師を脅すようにして漆喰を塗らせ、新古典主義的な様式で「立派な石の色」にしてしまったのである。サミュエルはそれを、「自然な石の色に戻したのは……きわめて賢明な変更(8)」だと認めたが、ほかの者は認めなかった。(一八六一年、ほぼもとの色に塗り直された。)教会の来訪者名簿に、のちに誰かがマローンの蛮行について、シェイクスピアの墓碑銘を想わせる詩句を書き込んだ。

この記念碑を知る旅の人よ、

詩人の呪いがマローンにかかるように祈り給え。
奴のしつこい干渉癖を、奴の野蛮な嗜好が示している、
そして奴は、詩人の劇を損なうと同時に、詩人の墓碑を塗りたくる。(9)

アイアランド父子はシェイクスピアの生家で肉屋のハートに出会った。ハートは詩聖が衣服を遺贈した妹のジョウン・ハートの子孫だった。一七六九年の記念祭以来、ハート家もシェイクスピアの遺物を売る商売が繁盛した。荒廃したシェイクスピアの生家の一部は、今はパブになっていた。サミュエルは居間と台所をスケッチした。台所でサミュエルと息子は、シェイクスピアに縁のある、もう一脚の樫の椅子にまつわる話を聞いた。長年、宗教的な信仰の対象とも言えるものになっていたその椅子は暖炉の端にあって、そこに、「ロレト（イタリア中西部の町で、そこに聖母マリアの生家があったとされている）の聖母の有名な祀《し》堂に来る参拝者と同じくらいの数の参拝者」(10)が来た。ポーランド系リトアニア人のチャートーリスキ公爵夫人が訪れてきて、二十ギニー（今の約九百ポンド。一ギニーは約一ポンド）でそれを買い取るまでは。アイアランド父子がやってくる、たった三年前のことである。

ウィリアム・ヘンリーは、シェイクスピアの生家の屋根の瓦と垂木《たるき》のあいだで何が見つかったかという話を心に留めた。ジョン・シェイクスピア（詩聖の父）が、自分はカトリック教徒である旨の「信仰告白」を記した、肉筆の六葉から成る小冊子である——若者はのちに贋作を計画した際に、それを思い出すことになる。（その小冊子は、本当に存在していたならだが、見つかってから間もなく失くなり、誰も二度と見ることはなかった。）

父子は地元の一番古い住人からこういうことを聞いた。ストラットフォードで大火事があった際、

たぶんシェイクスピアのものだろうが、いくつかの文書が新屋敷から、町の約一マイル向こうにあるクロプトン屋敷に移された。その古い屋敷は一六六〇年代にサー・ヒュー・クロプトンによって建てられたものだった。そのストラットフォード生まれで裕福なロンドンの商人は、のちにロンドン市長になった。そしてシェイクスピアの孫娘――エリザベス・ナッシュ――は、サー・ジョン・バーナードと再婚して紳士階級の仲間入りをし、クロプトン屋敷に移り住んだ。

今ではウィリアムズ夫妻がその家に住んでいて、アイアランド父子が中を見るのを許した。ウィリアム・ヘンリーは、無数の暗い部屋の中に、ずっと昔から奇妙な家具が置かれていたことを『告白』に記している。サミュエルは一つの妙な遺物を貰った。遺骸が正装安置された際の「仔牛皮紙に描かれた絵は役に立たない、焚き付けにさえならないのだからと言うと、サミュエルは愕然とした。く描かれたヘンリー七世の妻、王妃エリザベスの姿」だった。ウィリアムズ氏が、仔牛皮紙に美しく描かれたヘンリー七世の妻、王妃エリザベスの姿」だった。ウィリアムズ氏が、仔牛皮紙に美し

宝物探しをする連中に嘘偽りなくすっかり嫌気が差していて、かつ、エリザベス王妃の絵についてそう言って世間知らずの父と息子をぎくりとさせた、人を担ぐのが好きな老夫婦は、何とも心を乱すような話をした。父子が来る二週間ほど前、数個の屑籠に入っていた手紙、書類、文書を火にくべて燃やした。「シェイクスピアと言えば、そう、彼の名前の書いてあるたくさんの紙の束があったね。そうさ、まさにこの暖炉でそいつをごうごう燃やしたよ……」。サミュエルは椅子から飛び上がって叫んだ。「いやはや！　世界が蒙った損失に、あなたは気づいておられない。もっと早く来ればなあ！」彼は老夫婦の許可を得て、家の中を隈無く綿密に探したが何も見つからなかった。老夫婦はのちに、どんなシェイクスピアの書類も持っていなかったことを認めたが、その話はシェイクスピア伝説の一部になった(11)。一七九六年に書いた小冊子、『シェイクスピア自筆原稿等に関する真相』でウィ

リアム・ヘンリーの言及している場所はストラットフォードではそこだけである。

何とも素晴らしく、何とも貴重で、何とも近しいものが今や永遠に失われてしまったと考えるとサミュエルは苦しんだ。それからは、シェイクスピアが手書きしたもののどんな断片でも手に入れば何でも手放すということを、日毎口にした。サミュエルは、いわばウィリアム・ヘンリーの気を狂わせたのである。若者は今や、冷たい、あるいは少なくとも無思慮な父を喜ばせる完璧な手立てを知った――その父は、息子の書いたものの中では、たいてい、「サー」あるいは「サミュエル・アイアランド氏」と呼ばれていて、息子は父の言葉を拳々服膺し、父を見習おうとしていた。

次にアイアランド父子は、かつて新屋敷が建っていた場所を訪れた。狭いチャペル・プレイスとチャペル街の角である。新屋敷は間口六十フィート、奥行き七十フィートで、屋根には立派な十の煙突が付いていた。シェイクスピアは、二つの庭と二棟の納屋と一緒にその家を一五九七年五月にウィリアム・アンダーヒルという人物から買ったのだが、その売買は複雑で悲劇的な父と息子の関係によって一時中断された。（父のウィリアム・アンダーヒルは息子に毒殺され、息子はウォリックで絞首刑に処された。）

詩聖の死後、娘のスザンナと夫のジョン・ホール医師が新屋敷に住んだ。そして内乱の最中、ヘンリエッタ・マライア王妃（チャールズ一世の妃、フランス王アンリ四世の娘）が、一六四三年、スザンナの賓客としてそこに短期間滞在した。その後、新屋敷は一七五三年、つむじ曲がりのギャストレル師に買い取られた。三年後に彼は、観光客がひっきりなしに「聖堂」――つまり「桑の木」――を探そうとするので心底うんざりし、切り倒させた。その家は、ともかくも一七〇〇年にすっかり建て替えられたが、一七五九年に、ギャストレルの命令で取り壊された。そこに年中住んでいるわけではないのに救貧税を毎週課せられることを巡って当局と揉めたからである。現在、跡地はチャペル街にある「ナッシュの家」に隣接する庭になっている。「ナッシュの家」には、シェイクスピアの孫娘で墓碑銘によれば「女性《によしよう》には珍しく機知に富んでいた」エリザベス・ナッシュと、最初の夫のトマス・ナッシュが住んでいた。

アイアランド父子は、次に、ストラットフォードのすぐ近くの小村ショタリーを探検してみた。そこのヒューランズ農園《ファーム》――今では「アン・ハサウェイの家」と呼ばれている――でサミュエルは、シェイクスピアがアンに与えたとされている「管玉財布」を手に入れた。それは縦横約四インチの四角の財布で、「小さな黒と白の管玉とビーズで妙な具合に作られたもの」で、同じ材料の房の飾りが付いていた。[12] 彼はまた、シェイクスピアがアンを膝に乗せて求愛した時に坐っていた当の樫の椅子と言われていた椅子をも購入した――「シェイクスピアの求愛の椅子」を。（ギャリックも「シェイクスピアの椅子」を持っていたので、少なくとも、もう一脚、その椅子があったわけである。）今では考えられないようなことだが、当時は、持ち主は時折、熱心な、あるいは裕福な訪問客がハサウェイ家に繋がりのある記念品を持ち帰るのを許した。一七九二年に行方不明になったのは、シェイクスピアの紋章が刻んである、樫の二人掛けの椅子である。それは、ロンドンの競売会社に再び姿を現わしたあと、二〇〇二年に「ハサウェイの家」に戻された。シェイクスピア生誕地記念財団が千八百ポンドで購入したのである。[13] シェイクスピア関係の物品を勝手に処分するということは、一八九二年に、そこがシェイクスピア生誕地記念財団（一八四七年に設立された）の理事の手に移ってからは、なくなった。理事は「ハサウェイの家」に残っていた家具を建物と一緒にすべて買い取った。

アイアランド父子は満足してロンドンに戻った。ウィリアム・ヘンリーはのちに書いている。ストラットフォードを訪れたことは、「われらが演劇の主《ロード》の現世での経歴に関する千ものちょっとした挿話と推測に私の心を釘付けにすることによって、その後、私がシェイクスピア文書を贋作するのに大いに影響した[14]」。

ストラットフォードへの旅でサミュエルが手に入れた工芸品は、サミュエルの驚くべき、そして貴重なものである場合の多い稀覯本、絵画、蒐集向きの品のコレクションに加えられた。その中には、どれも本物の一冊のシェイクスピアの初版二つ折本と、シェイクスピアの劇の数冊の四つ折本が含まれていた。アイアランド父子はストラットフォードでシェイクスピアの真筆の文書も原稿も見つけられなかったが、その事実は、間もなく、若きウィリアム・ヘンリーによって償われることになる。

無口な途方もない若者は、神――シェイクスピア――は、実際には自分と同じ人間だということを悟った。そして、父がストラットフォードの至る所で鴨にされるのを見た。一七九四年の秋、実験をしてみる決心をした。彼がシェイクスピアに関するものを探しているあいだに蒐めたものの中に、祈禱の文句が書いてある小さな四つ折本の小冊子があった。それは、リンカンズ・イン法学院の紳士が書いたもので、女王、エリザベス一世に献呈されていた。どの頁も、蒐集家にはよく知られている、エリザベス女王の祈禱書の様式に従って、「非常に生気のある」木版の飾りでぐるりと縁取られていた。われらが贋作者は、それを女王に対する著者からの献呈本に変えようと思い立った。そもそも、その小冊子の仔牛皮紙の表紙には処女女王（エリザベス一世）の紋章――王冠を戴いた鷹――が金で押してあるのだ。したがって、女王の蔵書にあったものだと人が思うことは十分にありうる。そういうわけでウィリアム・ヘンリーは薄めたインクを使い、古い羊皮紙に、著者が女王に宛てたことにした献辞を記した手紙を書き、見開きの表紙の裏に貼り付けてある紙が剝がれかかっている個所に挿し込んだ[15]。

彼はそれを父に見せる前に念のため、試しに、事務所から歩いてたった二分のところのニュー・イン小道に住むローリー氏のところに持って行った。ローリーは彼の知っている数多くの製本屋の一人だった。若者は、自分は父を担ぐつもりなのだと説明した。ローリーはそれをじっくりと見てから、これならうまくいくだろうと言った。すると店の職人が、若き贋作者に貴重な情報を与えた。その男は、古い時代のものに見えるインクの製法を知っていたのである。そして、仔牛革の装丁の本の表紙に大理石模様を付けるのに製本屋が用いる三種類の液体の混ぜ方を教えた。[16] 最初は文字はかすかだが、火に翳すと、もっともらしい焦げ茶になる。それは、若者が水で薄めたインクよりずっとよかった。ウィリアム・ヘンリーは、その情報と、小さなガラス瓶に入ったインクの代金を払い、店を出た。それは大いに役に立つことになる。古く見えるインクに関する情報がそれほど簡単に得られたということは、贋作が「家内工業」としていかに広まっていたかを物語っている。

ウィリアム・ヘンリーは「新しい」インクで手紙を書き直し、父に見せた。サミュエルは信じ込んだ。それが見た通りのものであるのを疑う理由は父にはなかった。何と言っても、息子は以前、ほかの珍しいものを見つけているのだし、その小冊子は本物なのだ。もっとも、サミュエルが落ち着いて考えたなら、手紙が表紙の裏に挟まっていたというのは、ちょっとおかしいのに気づいたはずなのだが。

さらにインクを試そうと、ウィリアム・ヘンリーは二度目の実験をした。質屋から護国卿オリヴァー・クロムウェルのテラコッタの頭像を買った。クロムウェルの革の上着と言われているものが父の蒐集品の「目玉」なのだから、その頭像は父にとって魅力があるはずだ。ウィリアム・ヘンリーは、彫刻家がもう死んでいるのを確かめてから、当然ながら、誰にも疑われないような古い紙に短い文章を書き、素焼きの陶製の頭像の後ろにくっつけた。その紙は、広げた両のてのひらを合わせたくらいの大きさだった。それには、この頭像はクロムウェルからジョン・ブラッドショーに贈ったものであると書いてあった。ブラッドショーは、チャールズ一世に死刑を宣告した特設法廷の裁判長を務めた人物だった。ブラッドショーの署名は、王に対する死刑執行令状の署名の版画から写したものだった。ウィリアム・ヘンリーは歴史的事実にうとかった。それは、その後も変わることはなかった。ブラッドショーとクロムウェルは犬猿の仲だったので、そんな贈り物はまったく考えられないということを知らなかったのである。若者はそれを父に渡した。父はそれを「彫刻についての知識のあることで著名な何人かの者」に見せた。彼らは、それは「瓜二つ」だと断言し、クロムウェルが護国卿だったあいだ、指導的な議会党員の彫像を作ったメダル製作家、エイブラハム・サイモンの作品と考えてほぼ間違いがない、と結論付けた。

ひそかにうぬ惚れ、次第に優越感を強めたウィリアム・ヘンリーは、「専門家」に対する尊敬の念を失っていった。サミュエルと、骨董についての知識があるということになっていた仲間たちは、「われらがシェイクスピア」を無考えに崇拝し、シェイクスピア関連の文書の内容ではなく、時代だけを問題にした。その態度はその後も変わらなかった。

今や奮い立ち、準備も整ったウィリアム・ヘンリーは、大胆きわまる挙に出る用意が出来た。

第四章　「金めっきの罠」

劇的効果に対するウィリアム・ヘンリーの感覚は、頃合いを見計らい、自分はイギリスの「不滅の詩聖」シェイクスピアとジョン・ヘミングが署名した賃貸借契約証書《リース》を「見つけた」と、一七九四年十二月二日に父に告げた時に発揮された。それは、アイアランド父子がストラットフォード＝アポン＝エイヴォンに旅をしてから一年後だった。だが、その証書は見せなかった。

サミュエルは有頂天になった。その貴重な文書はどこにあるのか？　それは曰《いわ》く付きのものだった。息子によると、その文書は持ち主であるH氏という人物の家で見つけたのだ、そして、H氏は、自分はずっと匿名のままで通し、自分の家のある場所も明かさないつもりだと言っているのだ。ウィリアム・ヘンリーは秘密を守ることを誓わされたので、サミュエルが何としてでも知りたがったきわめて重要な事実を明かすことはできなかった。ともかく、数日間田舎の屋敷に行っているH氏が戻ってきたあとで、まず賃貸借契約証書の写しを作る必要がある、それをH氏自身が保存しておくために。ウィリアム・ヘンリーは下準備を周到に、ごく周到に整えたので、文書の出所について、同じ話をほとんど変えることなく、かなり長い期間にわたって繰り返すことができた。

息子は文書を見せるまで丸二週間父を待たせて、気を揉ませた。一七九四年十二月十六日、冬の夜の八時に、ウィリアム・ヘンリーは家族が坐っている居間に入って行った。そこで一家の者は、詩聖の作品の数節を実に何度も一緒に読んだものだった。芝居がかった仕草で彼は、自分が初めて贋作したシェイクスピアの文書を父に差し出した。「サー、どうお思いになります?」それはシェイクスピアと友人で俳優のジョン・ヘミングが署名をした証書だった。父は、それを本物だと思うだろうか? サミュエル・アイアランドはじっくりとその証書と印章を調べ、それから、そう、これはまさしく本物だと言いながら返した。若者はいつものように慇懃《いんぎん》に、それをまた父に渡した。「もしそうお思いなら、どうかお受け取り下さい[(1)]」。驚いたことに、父はうやうやしく贋作の証書を取り上げた。皮肉な話だが、サミュエルは知人のあいだでは、偽物を見分ける才能があるということで知られていたが、過剰な思い入れにもとづいて行動する男だった——専門知識にもとづいてではなく。

息子は、数え切れぬほど毎晩一家でシェイクスピアを礼賛して過ごし、その際サミュエルが、シェイクスピアの署名が一つでも手に入れば蔵書の半分を喜んで手放すだろうと何度となく言ったことを思い返して嬉しくなったが、父はウィリアム・ヘンリーにそんなことは言い出さなかった。もっとも父は、褒美として、蔵書からどんな本でも持って行ってもいいとは言ったが。ひそかに誇りを覚えた息子はその申し出を断った。そこで父は、息子のために一冊の貴重な本を選んでやった。若者は父を喜ばせるという面では成功したが、だからといって父の愛情を勝ち得たわけではなかった。

間もなく、賃貸借契約証書は信用できるという父の気持ちは、紋章局のおかげで強められた。紋章局はそれを真正のものと見なしたのである。紋章官の専門は紋章の系図が正しいかどうか、またそれが認可されたものかどうかを調べることであって、シェイクスピアの文書が本物かどうかを立証することではなかったのだが。しかし、それで結構に思われた。ウィリアム・ヘンリーにとっては十分過ぎた。

賃貸借契約証書は、こう始まっていた。

甲の　ウォリック州ストラットフォード・オン・エイヴォンの紳士であるが現在はロンドンに居住しているウィリアム・シェイクスピアおよびロンドン在住の紳士ジョン・ヘミング　乙のマイケル・フレイザーおよび同人の妻エリザベス……

そして、こう続いた。

……ウィリアム・シェイクスピアおよびジョン・ヘミングは賃貸による不動産権利譲渡を行ない本証書によって上記マイケル・フレイザーおよび同人の妻に　ロンドン　ブラック・フライアーズ近くのグローブ座に接する二つの家屋敷あるいは家屋をまさしく賃貸するものである……

贋作者は、ラテン語で書かれたいくつかの証書と一緒に縛ってある状態でそれを見つけたと言った。そして賢明にも、法律用語は、現存するシェイクスピアのブラックフライアーズ修道院門楼の譲渡に関する証書の文章の写しによった。ジョン・ヘミングとヘンリー・コンデルは初版二つ折本を編纂したので、ウィリアム・ヘンリーが二人をシェイクスピアの生涯に登場させるには、まさしく打ってつけだった。のちに、何人かのシェイクスピアの贋作者は、やはり二人を利用した。この最初の贋作で重要な役割を演ずるのはジョン・ヘミングで（もちろん、シェイクスピアと一緒に）、「シェイクスピア文書」として知られるようになる、さまざまな文書の寄せ集めの中に再登場する。そして、その文書にコンデルも登場する。

ヘミングとコンデル

ジョン・ヘミングとヘンリー・コンデルは、グローブ座とブラックフライアーズのいくつかの劇場でシェイクスピアの友人であり、仲間の俳優であり、相棒だった。二人は、シェイクスピアの才気煥発な友人でありライバルだったベン・ジョンソンとシェイクスピアの機知に富んだ丁々発止のやりとりの現場に居合わせ、苦しい時代に一緒に田舎道を旅し、景気のよい時には華やかな宮廷でエリザベス一世の御前でシェイクスピアとともに芝居をした。ヘミングとコンデルは、自分たちの家族の中にシェイクスピアを喜んで迎えた。二人とも、ロンドンのシティーのロンドン市庁舎のすぐそばにある聖メアリー・オールダーマンベリー教会の近くに住んでいた。そして数年間、シェイクスピアは通りをいくつか隔てただけのところに住んでいた。ヘミングとコンデルは、シェイクスピアの存命中に彼の親友だっただけではなく、死を超え、時間を超えて彼の親友になった。なぜなら、シェイクスピアの作品の初版二つ折本を編纂し、そうしなければ失われてしまったであろう、詩聖の作品の知られているものの半数を後世に伝えたからである。

翌日サミュエルは、その証書を友人のサー・フレデリック・イーデンに見せた。イーデンは実業家として成功した若い男で、自身、文筆家でもあった。古い印章に特に関心を抱いてはいたが、シェイクスピアの専門家ではなかった。イーデンは、シェイクスピアの署名の下に付いている印章の年代は確かだと熱を込めて保証し、その印章は槍的《クインテン》を描いたものだと断言した。槍的とは、馬上槍試合の練習をする際に使われる、片側に砂袋、反対側に楯的の付いている、柱に取り付けた回転式の的である。ウィリアム・ヘンリー自身はそのことに気づかなかったし、のちに『告白』で認めているように、それまで槍的などという名前さえ聞いたことがなかった。だが、「その娯楽が、シェイク＝スピア（「槍を振るう」）という名前に非常に似ているように思われたので、その印章は詩聖のものだろうと、ただちに推定された。そして、その瞬間から、槍的はわれらが〈劇の君主〉によっていつも使われた印章だと、大真面目で確認された[2]」。ウィリアム・ヘンリーは、まさしくシェイクスピアの生涯に一つの事柄を付け加えたのである。それまで、苛立たしいほどに詳細な事実に欠けていた生涯に。

　今や父は、シェイクスピアの「本物の」署名を手に入れた（父は知らなかったけれども、その署名は、そもそも、父の蔵書の本に載っていたものを息子が写したものなのだ）――それは、この世の何にも増してサミュエルが渇望したものだった。その渇望を満たすのがウィリアム・ヘンリーの唯一の目的だった。しかしサミュエルは、それだけで済ますような男ではなかった。強迫感に捉われた蒐集家の欲望が刺激されたのだ。彼は次第に貪欲になり、もっと宝物を見つけるようにと息子を絶えずせっついた。そのことが、この物語の重要なターニング・ポイントになったのである。シェイクスピア直筆のものをもっと見つけるようにと、こんなふうにしてけしかけられ、命じられさえして、とうとう父の注目の的になったことに嬉しくなったウィリアム・ヘンリーは、シェイクスピアの書いたものの中で存在するかもしれないものについて、相手の心を唆るようなことを言ったり、間違いなく現われるものを約束したりするのに抗うことができなかった。

贋作者は父を喜ばせるためだけに、シェイクスピアの署名のある文書をたった一つ贋作するつもりだったといつも言った。だが、それは本当だったのだろうか？　彼は最初から、将来なされるどんな数の「発見」をも、ちゃんと説明することのできるような作り話を用意しておくだけに頭が切れた。

ウィリアム・ヘンリーがすぐにも答えねばならない質問は、こういうものだった——何とも貴重な証書をどこで見つけたのか、私に言ってくれ。彼は父に、こう説明した。最初の「発見」をした十日ほど前、ある「財産家の紳士」に出会った。その紳士は、ウィリアム・ヘンリーが何であれ古いものに非常な興味を抱いているということを知った。その紳士——H氏——は、自分の家に来て、家の中にある無数の古い書類を見るようにと言ってくれた。H氏一家は、それに何の興味も抱いていないのだ。（その後にH氏から来た何通かの手紙に記されたイニシャルは「M・H」に見えた——ウィリアム・ヘンリーは、馴染んでいたフランス語に戻り、ムシューのMを使ったのだろうか？）若き贋作者が言うには、H氏の家を訪問することになっていた日になると、担がれているように感じたので（それは、父もフリーマン夫人も、すぐさま納得するだろう台詞なのを彼は知っていた）、行かなかった。

ウィリアム・ヘンリーは話を続けた。別の日にH氏の家の前を通りかかった時、衝動的にドアをノックした。この前の約束を守らなかったことを、H氏にやんわりと叱責されてから、ある部屋に案内された。そこには、無数の書類と文書が詰まった大きな櫃があった。（のちにある批評家は、「もう櫃にはうんざりだ！」と、チャタトンのことを頭に置きながら叫ぶことになる。）驚くべきことに、ウィリアム・ヘンリーがシェイクスピアの署名のある証書を見つけるのに、たった数分しかかからなかった。H氏は自分がそんな宝物を持っているとは、つゆ知らなかったが、信じ難いほどに気前がよく、興味のあるものが見つかったら何でもいいから持って行くようにと若者に言った。それは、現実になった夢だった。それが、何とも貴重な宝物の出所に関するウィリアム・ヘンリーの話だった。

その時ウィリアム・ヘンリーは十八歳で、「卓越した紳士」であるビングリー氏のもとに徒弟にやられていた――ビングリー氏のニュー・インの事務所は閑で、監督する者が誰もいない働き場所だった。その小さな法学予備院《インズ・オヴ・チャンセリー》は、かつてサー・トマス・モア（一五三五年にヘンリー八世に処刑された英国の人文主義者・政治家）が学んだところで、今はもう存在しない。それは、現在オールドウィッチ劇場とオーストラリア館のある場所に建っていた。四法学院（法曹団体かつ法学校）は十四世紀に創設され、今もその地域にある。イナー・テンプルとミドル・テンプルはテムズ川沿いの南にあり、リンカンズ・インとグレイズ・インは北にある。それらは今でも、法廷弁護士の事務所や古いホールや通路や静かな芝地のある、俗世間と隔絶した迷路のような場所だ。アイアランド一家が住んでいたノーフォーク街は、ニュー・インから程遠からぬところにあった。

　最初ビングリー氏の事務所には、ウィリアム・ヘンリーのほかに二人いたが、一人は解雇され、もう一人のフォスター・パウエル（「足達者」として知られた）は死んだ。ウィリアム・ヘンリーは財産譲渡を扱う事務所の中で、さまざまな書類をあれこれ探す無限の時間があり、多くは古い、無数の証文、抵当証書、その他の文書を手にすることができた。また、古い羊皮紙を探して、いろいろな店や露店を訪れもした。

フォスター・パウエル

フォスター・パウエルは、メッセンジャーとして、その不動産譲渡取扱人事務所で働いた。歩くのが好きだったので「足達者」と呼ばれた。この初期のアスリートは、自分の達成した成果が記録に残った最初の人物だった。一七七三年、百三十八時間で四百マイル歩いた――ロンドンとヨークのあいだを往復したのである。彼は百マイルを二十一時間三十五分で歩いて自己の記録の一つを破った。そして、ロンドンに戻ってくるたびに大勢の群衆に喝采された。有名だったにもかかわらず一文無しで死んだ。

ウィリアム・ヘンリーは、シェイクスピアの署名の複写を探すのに遠くまで行く必要はなかった。手近の父の蔵書にあった、ジョンソン博士とジョージ・スティーヴンズが出した『シェイクスピア戯曲集』を持ち出し、それに印刷されていたシェイクスピアの署名をなぞったのである。シェイクスピアの遺言と、ブラックフライアーズ修道院門楼の未払い金に対する担保書も、サミュエルの蔵書の本に復刻されていた。

ウィリアム・ヘンリーは、どうやったのか？　肝腎要《かなめ》の紙に関しては、さまざまな所から手に入れて試してみた。最初は、雇い主の事務所にあった古い証書から一部を切り取った。やがて、ヴィアリー氏の店のものを使うことに決めた。ヴィアリー氏は、セント・マーティンズ・レインにあるグレイト・メイズ・ビルディングズの中で本屋を営んでいた。セント・マーティンズ・レインはストランド街の西端にあるトラファルガー広場から北に向かって通っていて、今でも、魅力的な書店街の中心だ。ウィリアム・ヘンリーはヴィアリー氏に、五シリング払えば、どれでも、店にある二つ折本と四つ折本の白紙の遊び紙を切り取ってもよいと言われた。ウィリアム・ヘンリーは、「そのことを人に言われるおそれ」がなかった。なぜならヴィアリー氏は「無口で、人を疑わぬ性質の持ち主」だったからだ。今やウィリアム・ヘンリーは、これから必要となる一切の白紙の供給源を見つけたのだ。(3) やがて、エリザベス朝の多くの紙には「水差し《ジャグ》」の透かし模様が入っていることを知り、その実物も集め始め、用心深く、白紙と混ぜた。不意に大量の水差しの透かし模様の紙が出現したことを人に怪しまれないためである。彼は贋作用具を、事務所の窓下の腰掛けの、錠の付いている物入れに隠した。

特製インクの供給源は依然として、ローリー氏のところの職人だった。それを使うに当たっての唯一の問題は、インクの色を濃くするために紙を火に翳さねばならなかったので、どの紙もやや焦げたように見えるということだった。ただ、たいてい、紙がいっそう古いものに見え、謎めいた感じになるだけだったが。しかしウィリアム・ヘンリーは、事務所の中でその作業をしている最中に誰かに邪魔されるのではないかと不安になり、早く終わらせようとして紙を火に近づけ過ぎてしまうことがあった。「紙が焦げたように見えたのは、そんなふうにしたのが原因だった……そして誰かに邪魔されるのを絶えず恐れていたので、紙を暖炉の火格子の棒に近づけ過ぎ、紙を駄目にしてしまうことがあった」(4)。

のちに、彼の贋作がそのピークに達した時、焦げた紙があまりに大量に現われたということが、「シェイクスピア文書」は本物ではないのではないかという疑問の根拠になったが、その際サミュエルが救いの手を差し伸べた。古物研究家で蒐集家のジョン・ウォーバートンを知っていた者から聞いた信頼できる話によると、三十六年前の火事でウォーバートンの家財が焼けた時、その中に重要な蒐集品の数多くの本と原稿が入っていた、シェイクスピアが書いたいくつかのものも含まれていたと考えられている、とサミュエルは言った。(5) そして、「シェイクスピア文書」は、ウォーバートン氏の家で火事が起こった際に救い出されたものに違いないという結論に一足飛びに達した。五十五の珍しいエリザベス朝とジェイムズ一世時代の劇が——ウォーバートンの経済的事情か、召使のベティー・ベイカーの不注意か無知のせいで——売られるか、焼かれるか、パイの下に敷かれるかしたのは本当である。だが、それが「シェイクスピア文書」と何の関係があるというのか？

サミュエルはただ単に、その都合のよい話をでっち上げただけなのだろうか？　その説明が、何度も口にされた「H氏」の話と明らかに矛盾するという事実を誰も問題にしなかった。サミュエルは「シェイクスピア文書」を擁護しようと緊急対応措置を取って成功したのだ。そして、それは数多くの緊急対応措置の一つなのである。

ウィリアム・ヘンリーはどの印章にも大変な注意を払い、事務所の古い書類から剝がすか、近くの屋台店と本屋から買うかした。そして、いろいろ実験した結果、ジェイムズ一世時代の印章を利用する一番うまいやり方を、ついに見つけた。そうした印章は、署名の下から垂れているリボン状の紙に固定されていた。彼は熱したナイフを使って印章の裏のワックスを抉《えぐ》り取り、そこに出来た溝に細長い羊皮紙の端を挿し込んでから新しいワックスで仕上げをし、印章の新しい裏を作り上げた。新しいワックスと古いワックスは時代が違うので混ざらなかった。そこで、もっともらしく見えるよう、印章を火でほんの少し熱し、煤で擦ってから石炭の灰を振りかけた。(6)

印章の一つで、ひやりとしたことがあった。ある文書をためつすがめつ見ていた者が、サミュエルのマホガニー製のテーブルに落としてしまった。すると、印章が剝がれ落ちた。もし仔細に見れば、ワックスが二色なのが明白になっただろう。若者は早速、文書を束ねて黒い絹糸で縛り、しばらくしてから父に、H氏が一時間ほどその印章をどうしても返してもらいたいと言っていると話した。ウィリアム・ヘンリーはそれを事務所に持って行き、作り直してから蒐集品の中に戻した。誰もそのことに気づかなかった。

賢明にもウィリアム・ヘンリーは、これからの計画を立て始め、将来使うために印章を蒐集した。贋作が明るみに出るまでには、クレア・マーケット（クレア伯爵の土地に十七世紀に出来た市場）に住むヤードリー氏から購入したヘンリー八世、メアリー女王、エリザベス女王時代の印章を持っていた。ニュー・インは何でも売っているクレア・マーケットに通ずる賑やかな通路だった。そのマーケットはリンカンズ・インフィールズの南西の隅の南側、ポーツマス街とポーチュガル街が交わる辺りにあった。

偉い人物たちが、賃貸借契約証書を見ようとノーフォーク街にどっと押し寄せた。その中に、サー・フレデリック・イーデン、紋章院ガーター紋章官サー・アイザック・ハード、紋章院書記官フランシス・ウェッブ、ともにシェイクスピア学者のジョージ・スティーヴンズとジョーゼフ・リトソン、『オラクル』紙の編集長ジェイムズ・ボウデンほか、多くの貴族や文学者がいた。彼らのうちの誰かが疑問を感じたとしても何も言わなかった。新聞は好意的で、発見されたものに興奮していた。当然ながら、シェイクスピアの「求愛の椅子」はサミュエルにとって大切なもので、のちにウィリアム・ヘンリーは『告白』の中で、父の書斎にあったその椅子は、訪問客によく知られていたと書いている。「私は、父が文書を朗読するのを多くの者が、その椅子に坐って聞いている姿を何度も目にした。彼らの真剣な顔付きを見て笑いをこらえるのにしばしば苦労をした」(7)。

信じられないような話だが、ウィリアム・ヘンリーの贋作したものの大半は、一七九五年の一月中かそのあたりの六週間で完成されたものである(付録1を参照のこと)。最初の「発見」をしてからわずか数日後、ウィリアム・ヘンリーは次の「掘り出し物」を作り始めた。それは、詩聖がヘミングに渡した約束手形である。

本日より一ヵ月後　敬愛する友人ジョン・ヘミングに　グローブ座において私のために大いに尽力してくれたことに対し　また　私のためにスタットフォードに行く労を執ってくれたことに対し　英貨合計五ポンド五シリング支払うことを約束する　自署

Wm・シェイクスピア

一五八九年九月九日

それに加え、受領証があった。常に詩聖の立派な性格を強調していたウィリアム・ヘンリーは、その受領書から次のことがわかると断言した。「シェイクスピアは、ほかの美質に加え、金銭のやりとりについては几帳面であったと皆に思われていた」。

Wm・シェイクスピア氏より本日　一五八九年十月九日　合計英貨五ポンド五シリング　受領

ジョン・ヘミング

ウィリアム・ヘンリーは危険を冒すまいと、依然として法律文書のみを贋作していた。面白くはなかったものの、法律文書は短く、エリザベス朝の法律用語の裏に隠れることができるという利点があったからだ。しかし、いかにも迂闊なウィリアム・ヘンリーらしく、その約束手形には大きな誤りがあった。グローブ座は一五九九年まで出来てはいず、「スタットフォード」という嘆かわしい綴りの間違いがあった。しかし綴りは、読み書きができる者にとって、それほどの関心事ではなかった。（そのほうがよかった、というのも、若き贋作者は「シェイクスピア」の綴りでさえ一貫していなかったからである。）それに、詩聖は居酒屋の騒然とした雰囲気の中で約束手形を走り書きしたかもしれないからだ。もしそれが本物なら、現存しているシェイクスピアの時代の唯一の約束手形だろう。

得意になった息子は、いっそう大胆になった。父の蒐集品の中に、詩聖のパトロンのサウサンプトン卿の、裏地が絹の、紋章で飾った旗があったが、仮にサウサンプトンがシェイクスピアに金を与えたとすれば、いくら与えたのかという学者たちにとって興味深い問題は、依然として未解決だった。また、もっと興味深い問題なのだが、二人の関係は正確にどんなものだったのかということも未解決だった。もし、かくかくしかじかのものが見つかれば素晴らしいとサミュエルの友人や知人が言うのをウィリアム・ヘンリーが聞くと、それが間もなく現われることがしばしばだった。人はその偶然について口にしたが、疑念を抱いて口にしたのでは決してなかった。ウィリアム・ヘンリーは、いわば注文に応じて贋作していたのであるが。当然ながら、前述の二つの問題を解くような何かをH氏の家で探すようにとけしかけられた——そのどちらの問題も、依然として学者たちを興奮させ困惑させていた。

一七九五年一月は、思春期の贋作者が途轍もない活動をした月だった。彼は詩聖からサウサンプトンに宛てた礼状を贋作し、次に、それに対するサウサンプトンからのお世辞たらたらの返事を贋作した。

一五九三年、シェイクスピアは、十九歳の第三代サウサンプトン伯爵でティッチフィールド男爵のヘンリー・リズリーというパトロンを得た。ソネット集を委嘱された時である。伯爵は一五九二年から翌年にかけての疫病流行期に若きシェイクスピアを庇護し、そのため劇作家シェイクスピアの社会的地位は上がった。リズリーは華麗な青春そのものだった。女っぽい美貌、長い金髪、教育があり、甘やかされていて、いささか放縦な青年だった。また、気前がよく、大の芝居好きだった。したがって、芸術を援助するのに申し分ない立場にいた。だが伯爵は経済的に窮地に立っていた。父が一五八一年に死ぬと、大蔵卿のバーリー卿が後見人になり、リズリーを廷臣になるように教育した。この有力者は、伯爵を自分の孫娘のレディー・エリザベス・ヴィアと結婚させようと決めてもいた。事がすっかり取り決められたあとになって、伯爵は無礼千万にも心変わりをした。

諍いは一五九〇年から九四年まで続いた。(一五九一年、バーリーの秘書は、「もっと男らしくなる」ことを望むという、伯爵を誘る詩を書いた。)リズリーがまだ二十《はたち》になっていず、前もって取り決められたその結婚を避けようとしていた時、たった二十三歳だったシェイクスピアは、最初の詩――エロチックで面白い『ヴィーナスとアドーニス』――を彼に捧げた。詩人は一五九三年から九四年にかけて執筆した『ルークリース凌辱』を、いっそう温かみの籠もった言葉でパトロンに捧げた。一五九四年に伯爵が親の遺産を相続した時、バーリーは婚約不履行の廉で伯爵を訴え、伯爵にとっては痛手である額の五千ポンド(今の約五十八万二千ポンド)を裁判で勝ち取った。それに加え、国王に納めるべき重い相続税があった。金を捻出するため、伯爵はサウサンプトン館の門衛詰所だけではなく館《やかた》の幾部屋をも貸した。その年、彼はシェイクスピアに千ポンド（今の約十一万六千ポンド）与えたと信じている者もいる。というのも、ほぼそれだけの額の金でシェイクスピアは一五九四年に結成された新しい劇団である宮内大臣一座の株主になることができたからである。

そうでなければ、どうやってシェイクスピアはそれだけの金を工面することができたのか？ リズリーは彼に何かを与えたであろうが、伯爵が経済的に逼迫していたことを考えると、そんな気前のいい贈り物は論外である。詩とソネット集の中で詩人が、ともかく誰かと結婚するようにと伯爵に強く勧めているということは非常に親密な関係を示唆しているが、その関係は肉体的なものではなかっただろう。そういう私的な詩の中でシェイクスピアは、ほかの詩人同様、パトロンに過剰なほどの世辞を言い親密な冗談を飛ばしているが、それは、貴族にへつらうための一種の文学的な求愛である。今もって、さまざまに憶測されている。

ウィリアム・ヘンリーは賢明にも、「あなたの類い稀なる恵み深さ」とだけ言って、具体的な金額を述べなかった。なぜなら、シェイクスピアの手になる本物の書類が、これから世に出てこないとも限らないと考えたからだ。若き贋作者は、この文書はシェイクスピアが手元に置いていた写しだということをはっきりとさせた。そうしておけば、それがどうして詩聖の書類の中にあり得たのかという問題は起こらないだろうからだ。

サウサンプトン閣下に宛てた私の手紙の写し

卿よ

お答えすることが　あるいはむしろ　あなたの類い稀なる恵み深さに感謝することがこのように遅れたのは　私の不精あるいは怠慢のせいとお考えになりませんように　慈悲深く有徳の卿よ私は三度書こうとし　三度その努力が何の実も結ばなかったことをお誓い致します　言うべきことがわからなかったのでございます　散文も詩もすべて空しく　感謝の念だけが私の口にすべきすべてなのです　それは　哀れな人間が表わすには　あまりに深く　あまりに崇高な感情でありますおお　卿よ　それは花を咲かせる芽であります　花を咲かせはしますが決して枯れはしません　それはあなたの優しい性質を高く評価し　安らかに胸を鎮め　優しく優しく休ませますしかし　わが有徳の卿よ　本題から逸れたのをお許し下さい　本題はお礼を申し上げることであり　私はまさにお礼を申し上げます　おお　卿よ　お許し下さい　今はこれ以上何も申し上げられません

あなたの僕《しもべ》　敬意を込めて
Wm・シェイクスピア

「サウサンプトン」は、それに対して返事をした。

親愛なるウィリアム
君の親切な手紙に礼を言う以外にはない　しかし　親愛なる友よ　なぜそれほどに感謝の気持ちを口にするのか　私は倍の額を申し出たが　君は半分しか受け取ろうとしない　したがって私は君の友人なのだから　その本題とやらについて　そんなに話す必要はない　私は　これから

も　そういう気持ちでいる　君のために私にできることがあったら　どうか何であれ言ってくれ給え

草々
サウサンプトン

七月四日
グローブ座　ウィリアム・シェイクスピア様

筆跡の問題があった。ウィリアム・ヘンリーは左手で書いたが、その結果は、誰にも嫌な感じを与える不愉快な殴り書きだった。皆それでも納得はしたけれども。彼は伯爵の筆跡の見本が現存しているとは思わなかった。ところが、一流のシェイクスピア学者であるエドモンド・マローンがサウサンプトンのきちんとした読みやすい筆跡の実物を持っていたのである。

やはり一月のことだったが、シェイクスピアとサウサンプトンの手紙を贋作してからわずか五日後、ウィリアム・ヘンリーの最も重要な「文書」の一つが出現した。「シェイクスピアの（プロテスタントである旨の）信仰告白」である。反カトリックの時代にあってウィリアム・ヘンリーは、詩聖がカトリック教徒であったのかもしれないという考えを一掃しようとした。詩聖のいくつかの劇は、彼がカトリック教徒だったのかもしれないということを仄めかしているようなので。とりわけ、『ハムレット』の第一幕第五場の亡霊の台詞は。その台詞に、煉獄が言及されているのだ。ウィリアム・ヘンリーは、カトリック信仰を告白するシェイクスピアの父の肉筆の小冊子が、シェイクスピアの生家で一度見つかってから失くなったと思われている話を思い出した。

息子は文書を見せる前に、父に対する予備工作を始めた。それは、自分がこれまでに目にしたものの中で最も崇高な文章の一つだとサミュエルに言った。息子はそれを激賞し、その文章を暗記してしまっていて、朝晩の祈りの中で唱えていると付け加えた。

それから彼は、その文書の贋作に取り掛かった。チャールズ一世の治世に溯る帳簿から、汚れてもいず透かし模様もない二枚の、半分何も書いてない紙を選び、白紙の部分を切り取って一枚の紙にした。そして、「私の頭に浮かんだままの考えを」その紙にペンで書いたが、それを本物に見せるために、いつも以上の努力を傾注した。「Wm・シェイクスピアの姓名に含まれる十二のそれぞれ別の文字」を、詩聖が署名をした際の文字の書き方で真似、さらに、「できるだけ多くの大文字のWとSを用いた」(8)。

「信仰告白」を見たサミュエルは、本物だと信じた。だが不安を覚え、自分には内容を判断する資格がないと思い、二人の知人を招いて吟味してもらうことにした。二人とも博識で、世の中から高く評価されていた。非常に有名な偏屈な学者、サミュエル・パー博士（現在の『英国人名辞典』では十五欄にわたってその生涯と業績が記述されている）と、牧師で詩人で批評家で「英文壇の長老」のジョーゼフ・ウォートン（彼の場合は六欄）である。「専門家」のレベルは向上しつつあった。そんな展開になることを予想しなかったウィリアム・ヘンリーは、今やひどく不安になった。

二人の男がシェイクスピアの「信仰告白」を熱心に吟味しているあいだ、ウィリアム・ヘンリーの恐怖は募った。

正直に言うと、それまでそれほどの恐れを覚えたことはなかった。二人に会うのを避けるためならば、命を差し出してもいいくらいの気持ちだった。だが、やむを得なかった。私はどうしても二人の前に出なければならなかった。自筆原稿をどうやって発見したのか、また、それを所有していた紳士はなぜ名前を秘しているのかについての二人のいくつかの質問に私が答えたあと、自筆原稿を調べていた二人のうちの一人が、こう私に向かって言った。「お若いの、世の人間には、きみがした探索を称賛する、まさにもっともな理由がある。文学界は大いに感謝するだろう」。その賛辞に対して私は頭を下げ、何も言わずにいた。(9)

二人の男は、自筆原稿が本物かどうかをいっそう正確に判断するため、それが朗読されるのを聞きに来たのだ。サミュエルはその一人に、シェイクスピアの「求愛の椅子」に坐るようにと言ってから、シェイクスピアの「信仰告白」の全文を朗読した。その際、息子が句読点を一切使わなかったので、適宜にめりはりを付けて読んだ。

私は目下　精神健全であり　私が死んだ時　この私の願いが聞き届けられるのを希望する　私は現在ロンドンに居住し　おそらく　私の魂は間もなくこの哀れな肉体を去るであろうので　その場合　私は生まれ故郷に運ばれ　私の肉体が　できるうる限り地味に　ひっそりと埋葬されることを願う　そして今私は　この私の重大な時において信仰告白をする　そして私は　それを最も真剣に信じている　まず私は　愛情豊かな偉大なる神に心を向け　次に　神の栄光ある息子のイエスに心を向ける　私はまた　私のこのか弱くして脆い肉体が塵に帰ると信じてはいるが　私の魂に関しては　神にとってふさわしいと思われるであろう方法で神が判断するのに任せる　お

お　全能にして偉大なる神よ　私は罪にまみれていて　御身の恵みに値しない者と思う　しかし私は憐れみを乞う　哀れな囚人は皮膚を擦り剝く足枷を嵌められた時でさえ憐れみを乞う　そして甘美なる後悔の涙が彼の惨めな枕を濡らす時　彼は宥しを乞う　ならば　わが魂よ目覚めよ　そして　あの甘美なる　すべての者を慈しむ希望をして　わが魂を慰めしめよ　おお人よ　汝は一体何者なのか　何ゆえ汝は自分をそのように偉大だと考えているのか　汝の偉大さ汝の自慢の資質はどこにあるのか　冷たい死の中に埋もれ永遠に失われてしまう時に　おお　人よ　なぜ汝は全能なる神の偉大さを理解しようとするのか　そうしようとすればするほど汝は失敗するのだ　ついには　汝の貧しく弱々しい考えは頂点に達してから　葉の茂った樹木に積もった雪が落ちて蒸発し最後にはなくなってしまうように　おお　神よ　私は　生来脆弱な人間で罪にまみれてはいるが　偉大なる神よ　汝の胸に私を抱き取り給え　その胸では　すべてが楽しく満足し幸福ですべてが無上の喜びで満たされ　不満など耳にすることがなく　友情の絆がすべての人間の束縛を解いている　おお　主よ　われらの罪を許し給え　そして　汝の偉大なる有徳をもって　われらすべてを汝の胸に抱き取り給え　おお　われらを慈しみ給え　広げた翼の下に雛を隠して抱き雛が害されぬように　安全であるようにする　優しい雌鶏の如く　［傍点筆者］

WM・シェイクスピア

　ウィリアム・ヘンリーは立ったまま、「これから聞く彼らの意見がどんなものかをひどく心配ながら、身じろぎもせずに待っていた」。贋作がまさに暴露されそうなことに怯えていた繊弱な若者は、著名で精力的なウォートン博士の次のような判断を聞いて啞然とした。「そう、わが国の教会の祈禱書には数多くの非常に見事な文章があり、連禱は美しい文句に満ちている。だが、ここに、そう、ここに、われわれすべてを大きく引き離した男がいる！」[10]ウィリアム・ヘンリーはこの個所をイタリック体にした。（ウォートンはこの賛辞を何度も繰り返し、その賛辞は間もなく世間の人間から嘲られることになるのだが、『告白』の中でウィリアム・ヘンリーは、その賛辞はパーが口にしたことにしている——パーは、そのことに終生ひどく腹を立てていた。）

うまくいったのだ。彼は、「文章全体に息づいている真正の感情」を誰もが認めた時の嬉しさを、のちに思い出した。また、「その感動が、シェイクスピアはカトリック教徒だったという考えを、彼の宗教的信条に関してそうした見解を私の聞いているところでまかせに何度も口にした連中の頭から一掃した」ことを知って、いっそう満足した。[11]

ウィリアム・ヘンリーは有頂天だった。「そうした言葉が発せられるのを聞くと、私は自分が正気であるのが信じられないくらいだった」。彼は父の書斎の隣の食堂に引っ込み、窓枠に寄りかかって落ち着こうとした。若き贋作者は称賛されて得意になった。これまでずっと考えてきた通りなのだ。自分は天才なのだ。彼はのちに『告白』の中で、虚栄心が理性を圧倒したと書いている。「私は理性の冷静な指示にほとんど注意を払わなかったので、何も疑わずに金めっきの罠に嵌まってしまった。それが、私にとって筆舌に尽くし難い苦痛と惨めさの原因だったことが、あとになってわかった」[12]。

「信仰告白」は、今になってみれば滑稽に思えるかもしれない。そして、「優しい雌鶏」についての他愛のない文句は、誰をもおかしいと思わせるのに十分だったはずだ。確かに雌鶏についての言及は人に不安を抱かせたが、神を信じ、そうした文句は詩聖が書いたと心から思い込んでいた者たちは常識を捨て去ってしまった。一七九六年に『ヴォーティガン』が大失敗に終わったあとになってからでさえ、書店主で、かつ傑出した著述家だったトマス・スペンス博士は、こう大真面目で「信仰告白」を褒め続けた。「神人としてのキリストに対する素晴らしい祈りと、雌鶏についての美しい言及は多くの版を重ねるに値する……それを読むと、私は心からアーメンと言った。だが同時に、雌鶏という言葉に不満を洩らす者は多い(13)」。雌鶏という直喩は問題だった。忍び笑いを飲み込んでから、次に大笑いをした者もいた。もし、ほかの鳥が——たぶん、七面鳥以外の——ウィリアム・ヘンリーの頭に浮かんだのなら、おそらく問題にはならなかっただろう。

今ではウィリアム・ヘンリーは、人からうるさく尋ねられていた。そういう重要な文書が出現したので、何度も何度も、父と、父の友人と、偉い訪問客にしつこく質問された——とりわけ、その出所について。そうやって追求されることに対する準備はあまり出来ていなかったけれども、それまでのところは、何とか切り抜けてきた。彼はこう言っている。「私は文書を作ったことによって不愉快な苦境に陥ったことに、初めて気づくようになった……(14)」。

そんな具合に彼は、自分のしていることに一時は疑念を抱いたにもかかわらず、贋作が上首尾だったためにややのぼせ上がり、父の蒐集品に加えるための「値の付けようがないほど貴重な」文書を、熱狂的としか言えない勢いで、もっと作り始めた。これまで心にのしかかっていた一切の不安、自信欠如は、すっかり消えてしまった——すくなくとも、ウィリアム・ヘンリーの幻想世界においては。

シェイクスピアの出した手紙が、今もってただの一通も出てこないということを、シェイクスピアの愛読者はつねづね受け入れ難いと思っていた。そうした文書が、発見されるのを待ちながらどこかに溜まっているに違いないという気分があった。そして、それをウィリアム・ヘンリーが見つけたように思われた。

第五章「機知に富んだ地口の謎」

だいぶ前、ウィリアム・ヘンリーは、正気の沙汰ではないのだが、値の付けようのないほど貴重な工芸品が現われるだろうということを約束した。金に嵌め込んだ紅玉髄の印章を見た、その紅玉髄には、最初に発見した証書の印章に彫ってあったのにそっくりな槍《クインテン》的が彫ってある、と言った。いくつかの贋作をした結果、作り話に信憑性が生まれたのだ。

　すると、ある晩、夕食のあとで、「気分が浮き浮きしていたせいで」と、本人はのちに率直に認めているのだが、ウィリアム・ヘンリーは「正気を失くしてしまい」、シェイクスピアの時代に描かれた、黒の着衣のシェイクスピアの等身大の肖像画を持ってくることを父に約束した。詩聖は房飾りの付いた長い手袋を嵌めていて、片方は手に持っている、と彼は言った。それは徹頭徹尾、痴《おこ》の沙汰だった。H氏は、君はそうしたものの価値を十分に心得ていると言いながら、その油彩をウィリアム・ヘンリーにやると約束したことになっていた。若者はこう記している。「私には、そんなふうに気持ちが昂揚した瞬間を、すぐさま悔やむ十分な理由があるようになった[1]」。その瞬間からウィリアム・ヘンリーは、父にひっきりなしに煩わされるようになった。サミュエルはどうしてもその肖像画を手に入れねばならなかった。それが手に入れば、息子の持ってきた文書が本物かどうかという問題は一挙に解決する。サミュエルは、肖像画はまだかと毎日息子に訊いた。

息子は次第次第に窮地に陥っていった。父からしょっちゅう肖像画の件でせっつかれるのを逃れようと、果たせないであろうのは知りながら、もう一つの馬鹿げた約束をした。頁の縁を裁ち揃えていないシェイクスピアの作品の二つ折本を二冊、手に入れることができるという約束を。そのため今や、詩聖の等身大の肖像画についてだけではなく、そのことについてもサミュエルに苦しめられることになった。(2) 父から注目されることを非常に長いあいだ熱望していた彼は、今度は、手にするのは不可能な、そうした宝物を絶えず要求する父から、あまりに強い関心を持たれるようになってしまったのである。だがその関心は、彼が渇望した、愛情の籠もった尊敬の念に根差す関心ではなかった。それはしつこい不断の嫌がらせだった。若者は自分を苦しめるユニークな手段を見つけたのだろうか?

ウィリアム・ヘンリーは不動産譲渡取扱人の事務所で働き始めた時、近くで同じような境遇で働いているモンタギュー・トールボットと親しくなった。だが二人とも、不動産譲渡取扱人になるつもりはなかった。若きアイアランドは、自分の天分が父に認められるのを夢見ていた。一方トールボットは、舞台に立つのを夢見ていた。二人は話を交わす仲になり、雇い主が事務所にいない時は互いに訪ね合って噂話をすることが多くなった。やがて、機敏なトールボットは友人が古い文書を急いで真似て書こうとしている現場を見つけた。

二人は正反対だった。トールボットは派手で、悪戯っぽいユーモア感覚があり、昔の遺物を馬鹿にした。ウィリアム・ヘンリーは気取って、メランコリックな雰囲気を漂わせていた。それは、自分のような詩人気質の人間にふさわしいと思ったのである。二人とも自分の仕事が嫌いで(似たような勤めをしていたチャタトン同様)、芝居が好きだった。そういうわけで、トールボットは間もなく、ノーフォーク街八番地を足繁く訪れるようになった。

トールボットはロンドンを数週間離れたが、そのことで、自分では気づかずに、ウィリアム・ヘンリーが贋作を始めるのに手を貸すことになった。ウィリアム・ヘンリーは誰にも邪魔されることなく、事務所で一人静かに最初の贋作を完成させた。トールボットが次にノーフォーク街を訪れた時、サミュエルは誇らしげに最初のいくつかの「掘り出し物」を見せた。あとになって事務所でトールボットは、自分は誰があの文書を作ったのか知っていると友人に言い、友人が父を騙したことを心から面白がった。ウィリアム・ヘンリーは夢中になって否定したが、前よりずっと用心しなければならなくなった。というのも、勘がよくて足の速いトールボットは、不意にひょいと現われるのが常だったからだ。「彼はよく、まったく出し抜けに私の前に現われたので、私がその時、たまたま取り掛かっていた原稿を見られないようにするのに大変な苦労をした(3)」。

それが、その頃なぜ若者が芝居の売上や劇場の出費の覚え書きのような短い文書を贋作していたのかの理由の一つである。彼はそうしたものを急いで作ることができた。そしてその量は、紅玉髄の印章と肖像画と頁の縁を裁ち揃えていない二冊の二つ折本を早く持ってこいと、気が変になるほどに仮借なく父が要求するのをやめさせるくらいに多かった。

こうした一群の短い贋作の中に、長いあいだエリザベス女王の寵臣だったレスター伯ロバート・ダドリー（レスター伯一座のパトロンで、シェイクスピアが一座にいた可能性もある）とシェイクスピアを結ぶ、次のような二つの覚え書きがあった。

キリスト紀元

レスター卿の屋敷に、同卿の前で演ずるために出掛けたわれわれの労に対して　また　その際のわれわれの多額の出費十九ポンドに対して　閣下より　合計五十ポンド受領

レスター卿がお出でになるのに備えて一切の準備をする際に　われわれが執った非常な労と
そのための出費に対して五十九シリング　その夜の労に対して三ポンド　ヘミング氏より受領
ロウイン氏に　氏の申し分のない尽力と見事な演技に対し　さらに二シリング

Wm・シェイクスピア

Wm・S

最初の覚え書きでは、冒頭の「キリスト」のあとの年月日が奇妙なことに欠けている。若者は歴史的事実を確かめる際にひどく不注意だったので、最初は、レスターの死んだ年（一五八八年）の二年後の年月日を書いた。それに気づくと、覚え書きを書き直す代わりに、ただ紙の角を引き裂いた。角が引き裂かれても、その覚え書きの価値はまったく減じなかった。それどころか、少しばかり手荒く扱ったために、いっそう本物に見えさえした。シェイクスピア崇拝者にとっては、そのメモは、一座がいかに高く評価されていたかを示すものだった。というのも、一座は五十ポンド（今の約六千ポンド）という桁外れに高額な出演料を払ってもらったからである。ウィリアム・ヘンリーは、それはちょっと高い出演料ではないかとうすうす思ったかもしれないが、どのくらい高いのかは知らなかった。シェイクスピア時代の貨幣価値について正確に知っていなかったからである。

ところが、レスターと俳優のジョン・ロウインが言及されているので、もう一つの問題が生じていた。ロウインは一六〇三年頃から国王一座の一員で、四十年間、一座にとどまることになる。だが、たとえば一五八八年には、ロウインはわずか十二だった。十二でレスターの前で演技をしたことはないであろう。さらにまずいことには、一五八八年には、詩聖はロンドンではまだ無名だった。それは何ともお粗末な基本的な間違いだった。

ノーフォーク街の自宅でのさまざまな話から拾い集めた情報から若者は、文書の数が多ければ多いほどその信憑性が高まることを知った。それが、いくつかの短い法律文書と劇場の売上に関する覚え書きを偽造した、もう一つの理由だった。それは、もっと野心的な贋作をするまでの「繋ぎ」として役に立った。そして、内容はつまらなかったが、法律用語が使ってあるので本物に見えた。ウィリアム・ヘンリーにとっては、そうしたものを贋作をするのは非常に魅力のあることだった。「頭を過度に使う必要」がなかったからである。そのうえ、自筆原稿の贋作に嫌気が差し始めていた。それに反し、小さな覚え書きのようなものは、何かもっとよいものを家に持ってこいと、絶えず不機嫌な顔で叱責し要求する父を宥めるのに、面白いほど役に立った(4)。

小さな羊皮紙に書かれたこうしたメモの数が増えるにつれ、サミュエルの知人たちは、こんなことを言うようになった。エリザベス朝には、そうした覚え書きは一枚一枚ばらばらになって存在していたのではなく、一つに束ねられていただろう。ウィリアム・ヘンリーは、それについてじっくりと考えた。今の時代の紐を使うのは論外だった。思いついた解決法は、ひどく無作法なものだったとしても、気が利いていて楽なものだった。サミュエルは「国王の演説を聞き、礼服を着た国王を見る」ために、よく上院に行った。ウィリアム・ヘンリーは父のお供をして一度上院を訪れたが、「隣接するいくつかの部屋を通らねばならなかった際……部屋の壁に非常に古くて、ほうぼう裂けたタペストリーが掛かっているのを見た」。そして、「ぶらぶらしている部分（私のてのひらの半分ほどの大きさ）を摑んで」引っ張り取って、タペストリーをいっそう損じた。家に戻ると、ウーステッドの糸を入念にほぐした。それで、将来いくら使っても大丈夫なくらいの数の紐が用意出来た。のちに贋作が暴かれた時、タペストリーの一枚の小さな断片が依然として残っていて、将来使われるのを待っていた。(5)

ウィリアム・ヘンリーは、もう一つの役に立つ「繋ぎ」を考え出した。贋作に手を染めた当初、H氏の田舎の屋敷に「シェイクスピア」自身の蔵書からの千百冊の本があり、どれにも詩聖の署名や注釈が書き込まれていると言った。それは滑稽なくらい厖大な数の本だが、その嘘はある意味で理に適ったものだった。というのも贋作者は、詩聖の蔵書にあったと思われている本に署名をしたり注釈を書き込んだりして（あるいは、その両方をして）、比較的容易に掘り出し物を増やすことができたからである。それは、それまでの贋作よりも遥かに速くて簡単な仕事で、時間と労力の節約になった。「詩聖」は、本に署名し、注釈を書き込み始めたのである。

今やウィリアム・ヘンリーは、近くのイナー・テンプルやストランド街の露店や本屋を漁って滅多にない掘り出し物を見つけると、父のところに真っすぐには持って行かず、シェイクスピアの蔵書の一冊にするため、まず、注釈を書き込んだ。その多くは、そんなことをしなくとも、それ自体で注目すべき稀覯本だった。その中には、一五九〇年と九六年の『仙女王』の四つ折本、一冊しかその存在が知られていない、飛び切りの稀覯本『ピグローグロマイタスの弁証法』（ピグローグロマイタスは十六世紀の有名なえせ学者）、一五五〇年の『キャリオンの年代記』、ガイ・フォークス事件（一六〇五年、カトリック教徒のフォークスはジェイムズ一世と議員を火薬で殺害しようとした）に関する本が含まれていた。最後の本の場合「シェイクスピア」は余白に、「自分は友人のジョン・ヘミングから、当該人物の死刑執行をぜひ見に行くようにと言われたが、そうした類いの光景は見たくなかった」と注釈した。ウィリアム・ヘンリーは、詩聖を死刑執行は見る気がしない感じやすい人物に仕立てることによって歴史を書き換えていたのである。(6)フォックスの

『殉教者列伝』に載っている、ボナー主教（メアリー女王の下の主教で、数人のプロテスタントの殉教者に判決を下した）が鞭で一人の男を罰している木版画の脇に、「シェイクスピア」は、その刑罰を遺憾に思っている旨の十二行の文を書き入れた。諷刺詩人ジョン・スケルトンの珍しい版も含まれていたが、「シェイクスピア」は、その詩を厳しく批判している。詩聖が書いたことになっている注釈の内容は、次第次第に無遠慮なものになっていった。精神的に抑圧されていた贋作者としての若者は、ずばずばものを言うようになったのである。

息子は、父を喜ばせ父の気を逸らそうと、絶えず新しい「掘り出し物」を持って行った。「蔵書」は無尽蔵だった。そして、「まだ見つかっていない本」のために使える注釈を、前もってちゃんと溜めておくようにした。そうした注釈は、羊皮紙、印章、タペストリーの糸の蓄えに加えられた。

それまでは、現存するシェイクスピアの署名の実物は六つしかなかった。一つは、シェイクスピアが証人として喚問された、ベロット対マウントジョイ訴訟事件（頭飾り職人のベロットが、親方で義父のマウントジョイを結婚持参金不払いの廉で訴えた事件で、マウントジョイ家に下宿していたシェイクスピアが証人になった）の際の証言録取書にあるもので、二つは、ブラックフライアーズ修道院門楼の譲渡証書の売り手と買い手の双方の契約証書にあるもので、三つは、遺言書にあるものである（遺言書を作成した時、彼が病気だったのは明らかだ）。ところが今や、「シェイクスピア文書」と「シェイクスピアの蔵書」の中に、何と少なくとも六百の署名があることになったのである！「蔵書」の中の本には、余白の天辺と一番下と両脇に署名があった。「放縦きわまる気まぐれから生まれた、種々様々な書体」(7)の署名が。

こうした努力を何とか続けているうちに、ウィリアム・ヘンリーはモンタギュー・トールボットに悩まされるようになった。ある日、その魅力的で、人をからかうのが好きな青年が、ウィリアム・ヘンリーが贋作している最中に部屋の窓の下を、体を折り曲げて這うようにしてそっと通って部屋に飛び込み、さらに「シェイクスピア文書」を増やしていたウィリアム・ヘンリーの右腕を摑んだ。書いていたものを隠す暇はなかった。トールボットはウィリアム・ヘンリーが何をしているのかを見つけた。父にわかればどんなに怒られるかを知っていたウィリアム・ヘンリーは、この秘密を明かさないでくれとトールボットに懇願した。(8) トールボットは、その後に騒動が起きた時にも、ずっと真の友人だった。自分自身がスキャンダルにすっかり巻き込まれて不愉快な思いをした時でさえ、約束を破らなかった。仮に自分の知っていることをすべて暴露したとしても、許されたであろうが。狂気じみてはいるが抑鬱的な思春期の贋作者は、少なくともモンタギュー・トールボットに関しては今や安心することができた。

シェイクスピアの野心的な贋作者としては少々遅まきなのだが、ウィリアム・ヘンリーは、父の蔵書にある初版二つ折本と第二版二つ折本には、第一頁にシェイクスピアの一座の俳優の名前が載っているのに気づき、その新しい（彼にとっては）材料を利用し始めた。シェイクスピアと二人の俳優——ジョン・ヘミングとヘンリー・コンデル——のあいだの金銭上の契約書に関する文書が間もなく現われた。

シェイクスピアが一六一六年に五十二歳で没したあと、彼の友人で俳優仲間のジョン・ヘミングとヘンリー・コンデルは、一六二三年、戯曲の最も正確な版をもとに初版二つ折本を編纂した。二人はそれで一文も儲けなかった。二人は二つ折本を編纂するのに打ってつけの人物だった。シェイクスピアが戯曲を書き、演出し、演じ、それに手を加えた時に現場に居合わせたのである。二人は、それまでの四つ折本には収められていない十七点を含めた、三十六点のシェイクスピアの作品を二つ折本に収めた。二人がそうしなかったら、シェイクスピアの約半分の作品は残らなかっただろう。その二つ折本は、世界文学におけるシェイクスピアの将来の地位を非常に高めることになったのである。二人の俳優の素朴で英雄的な気高さは、二人が書いた初版二つ折本の愛情の籠もった序文の言葉から輝き出ている。「われわれは、利益や名声を得ようという野心を持たずに、これらの作品を集め、死者に対するわれわれの務めを果したのみである、すぐれて立派な友人であり仲間であったわれらのシェイクスピアの思い出を生き生きと保つだけのために」。

二通の金銭上の契約書を含むその文書の中で贋作者は、ちょっと妙な話だが、詩聖のどの劇にも出演しないということにコンデルを同意させている。(こうしたいくつかの事柄の理由について考えても意味はない。)ウィリアム・ヘンリーは、何の罪もないヘンリー・コンデルを嫌な男と勝手に決めつけ、贋作文書の中で彼について言及する際は、必ず一番の悪者にしている。そして、当時最も重要な俳優はロウインだということを耳にしたので、ロウインを大いに贔屓し、その尽力に対し、「週に合計一ポンド十シリング」という異例の額の金を支払うことにしたのである。仮に病気であっても金は支払われたが、もし契約書の内容の一部にであれ違反すれば、詩聖に百ポンド(今の約一万一千五百ポンド)払わねばならなかった。[9] ところが、ジョン・ロウインがそこにいるにしては、またもや年月日が早過ぎた。ロウインはシェイクスピアの死後に一座の立役者になるのである。

こうしたことは今ではすべて馬鹿げて見えるだろうが、しかし若者は、エリザベス朝の劇界について非常に多くのことを明らかにしたとして褒められたのである。また、重要なことだが、当時、十八世紀の人間の感受性にとってシェイクスピアをもっと受け入れやすい存在にするために、シェイクスピアの用語を正したいという気運があった。ほどなく「発見」されるであろう劇において「シェイクスピア」（ウィリアム・ヘンリー）は、自分で自分の用語を正すことになる。それよりよいことがあるだろうか？

一七九五年の初め、ウィリアム・ヘンリーはシェイクスピアの顔を古い羊皮紙に急いでスケッチした。等身大の肖像画の件で父の気持ちを鎮めようとしたのである。もし父や姉に絵が描けるなら、自分にも描けるはずだ。彼は二つ折本の肖像にごくおおざっぱにもとづいて、シェイクスピアの幼稚な肖像を描き、背景は自分なりに手を加えた――グロテスクないくつかの顔と、左右にシェイクスピアの紋章が描いてある楯。そして詩聖は四隅に自分の名前を書いた。

サミュエルは、滑稽なくらい児戯にひとしいものとして、それをすぐさま撥ねつけた。十年後になってもウィリアム・ヘンリーは、父の言葉を聞いた時のショックを依然として覚えていた(10)。贋作者は復讐をした。われながら満足のゆく神の如き力を自分に与えていたが、それを行使したのである。まさに翌日、シェイクスピアから俳優のカウリーに宛てた手紙が現われた。どうやら、その短い手紙は素描の肖像画に付いていていたらしいのだ。その手紙は、その肖像画が冗談か「機知に富んだ地口の謎」かだということを暗に意味していた。

敬愛する友よ
　君は楽しくて機知に富んだ人物だと見なしてきたので　また　君と一緒にいることを大いに大切にしているので　気まぐれな奇想を描いたものを同封して送る　君は簡単にその意味を発見すると思うが　発見できなければ　君を木偶《でく》の坊のリストに加える
君の真実の友

Wm・シェイクスピア

三月九日
リチャード・カウリー様
ロンドン
ウォトリング街
ドレイパー・イン　ホリス様方

たった二十四時間前に児戯にひとしいものと断じられたものが、今や楽しいものと見なされることになった。気まぐれな奇想を描いたものは、サミュエルの友人たちのあいだで真剣な吟味の対象になった。「比類なき詩聖」の個性の、さらに別の面が明らかになったのだ。彼は「親切で善良な性格で、非常に冗談好きの気質」の持ち主だったのだ。その素描は、誰もその意味を読み解くことができなかったので、いっそう魅惑的なものになった――驚くには当たらなかった、なぜなら、意味など何もなかったのだから。

絵に対するウィリアム・ヘンリーの興味が掻き立てられた。そして、自分の次の「掘り出し物」が、ブッチャーズ・ロウのとある店にぶら下がっているのを見つけた。その店は現在の中央裁判所施設の前庭の辺りにあった。それは額に入った、紙の両面に描かれた水彩画で、その両方が見えるようになっていた。それを買って事務所に戻った彼は、ひげを生やした老オランダ人が描いてある側を、まず選んだ。その人物は『ヴェニスの商人』のユダヤ人、シャイロックとして通用すると思い、天秤と庖丁を描き入れた。裏には、「ジェイムズ一世時代のイギリスの派手な服をまとった(11)」青年の絵が描いてあったので、「WS」というイニシャルと詩聖のいくつかの劇の題と詩聖の紋章を描き入れた（若き贋作者はまたも不注意なことに、紋章の槍の尖《さき》を左上方の隅にではなく、右上方の隅に向けて描いてしまった）。初版二つ折本の口絵にある、ドルースハウト筆のシェイクスピアの肖像を手本に、最後の仕上げとして、シェイクスピアに似るように青年の顔を変えた。

ウィリアム・ヘンリーがそれを手に家に帰ると、誰もが大変な関心を示した。老シャイロックは、すぐにわかったが、青年は、同じ劇のバッサーニオだと皆思った。すると、シェイクスピアがバッサーニオを演じたのだ！（まずあり得ない話だが。）サミュエルの友人知人には、忠実な味方のジョン・ビング、ウェッブ、ハード、学者のジョージ・チャーマーズとボウデンがいたが、その数はもっとずっと多かった。彼らは自分たちの幻想にすっかり惑わされ、「その水彩画はたぶん、グローブ座の楽屋を飾ったものだろうと、重々しい口調で述べた[12]」。一同は大いに愉快になった。しかし、それが本物かどうかについて将来問題が起こるのを避けるために、サミュエルはそれを、古い時代の筆跡の専門家である法学院のヒューレット氏のところに持って行った。ヒューレットは拡大鏡を使い、ジェイムズ二世の時代に生きていた画家、息子のほうのジョン・ホスキンズの特徴がいくらか見られると断言した。ウィリアム・ヘンリーはのちに、拡大鏡を使おうと使うまいと、そんなふうなものは何も見られなかった、新しいインクが紙の筋に染みた跡をヒューレットは眺めていたのだと言った。

サミュエルは、新しい「掘り出し物」がほぼ毎日決まって差し出されるということに慣れてしまった。あるいは、そのことに甘えるようにさえなってしまった。息子が数日何も持ってこないと、父は苛々し出した。しかしウィリアム・ヘンリーは、父をがっかりはさせなかった。特別の宝物が、間もなく現われるのだ。

第六章「私の目の前にある、この、値の付けようのないほど貴重な遺物」

若きアイアランドは、今度は、人が望みうる最もロマンチックなシェイクスピアの文書を「発見」した。求愛時代に詩聖からアン・ハサウェイに宛てた一通の恋文および恋の歌および詩聖の一房の編んだ髪である。

シェイクスピアは一五八二年、たった十八の時にアン・ハサウェイと結婚した。彼女は八つ年長で、身ごもっていた。娘のスザンナは五ヵ月後に生まれた。二人の結婚には温かみはほとんどなかったらしいが、若者はちゃんと責任をとったのだ。続いて一五八五年に、双子のハムネットとジュディスが生まれた。シェイクスピアがロンドンに行ってから、夫婦はその後二十五年間にわたり何ヵ月も続けて別々に暮らした。毎年夏に、劇作家は百マイルの旅をして家族のもとに帰った——二日間馬に乗り、四日間歩いて。市民が暴動を起こしたり疫病が発生したりして劇場が閉鎖された期間も家に帰った。家に帰る際はオックスフォードを通ってダヴェナント夫妻の経営する宿に泊まった。その宿では、快活で機知に富んだダヴェナント夫人と一家全員が彼を歓迎した。ダヴェナント家の子供の一人で、長じて桂冠詩人になった、シェイクスピアの名付け子のウィリアムは、自分はシェイクスピアの私生児だと吹聴した。

ウィリアム・ヘンリーは詩聖の結婚を真の愛情に支えられたものにし、シェイクスピアが遺言書の中でアン・ハサウェイに「二番目に上等なベッド」しか遺さなかったという、物足りなく、ロマンチックではないアン・ハサウェイに関する唯一の言及を、永遠に無意味なものにしてしまおうと決心した。「愛情の発露」が十全に示されねばならなかった。

最愛のアンナ
　私がいつも自分の言葉に至極忠実であるのを君は見てきたが　そのように君は私が厳格に自分の約束を守ってきたのを見るだろう　私のつまらぬ一房の髪を君の馨しい接吻で匂やかなものにしてくれるよう願う　そうすれば　実際　国王さえも　それに一礼して敬意を表するだろう　私は　いかなる粗野な手もそれを巻きはしなかったことを君に誓う　ウィリーの手だけが巻いたのだ　陛下の頭を囲む金めっきの安ピカ物も　また　いとも貴重な名誉も　君のための私の些細な細工物が与えてくれる喜びの半分の喜びも与えてはくれないだろう　それに最も近い感情は神に最も近づく感情だ　それは穏やかで優しい慈愛の心だ　その美徳ゆえに　おお　アンナ　私は君を私の心の中で　まさに愛し慈しむ　なぜなら　君は　枝を広げ　小さな植物を厳しい冬や吹きすさぶ風から守ろうとする亭々たる巨杉《シーダー》に似ているからだ　遅かれ早かれ　あす　君に会おうそれまでアデュー　可愛い恋人よ
永遠に君のものなる
Wm・シェイクスピア
アンナ・ハサウェイ

それから、詩である。

天国に　美しいエイヴォンの優しいニンフの君よりも
類い稀なものがあるのだろうか
地上に　君に対し　ウィリー・シェイクスピアよりも
忠実な男がいるのだろうか

気まぐれな運命は　邪険な場合でさえ
その富をあとに残す
運命は　私の心を変えることも
君のウィリーの愛を不実なものにすることもできない

時が萎びた手をもって　何とも美しい肢体や
何とも輝かしい顔を打つことがあろうとも
時は君のウィリーの愛と友情を
手付かずのまま　真実のものとして残す

死が決して勢いの衰えることのない拳《こぶし》で
大人も赤児もひとしく打ち倒そうとも

死は　然るべきものしか奪わず
依然として忠実なウィリーの心を襲うことはない

そう　運命も死も時も　渝《かわ》らぬウィリーの愛を
減らすことはないのだから
私は君のために生き　死ぬ
誠実にして最も忠実な君のウィリーは

サミュエルとその仲間たちは、その恋文と詩を、これまでに発見されたどんなものよりも褒めた。それが稚気に満ちたものであったにもかかわらず。ウィリアム・ヘンリーは一群の贋作のためにアン・ハサウェイを選ぶことによって、本来の目的を達成した。サミュエルは息子を誇らしく思ったのである。「シェイクスピア文書」の一番熱心な支持者は、ジェイムズ・ボウデンだった。ボウデンは一七八九年以来、『オラクル』紙の編集長であると同時に劇作家でシェイクスピア学者だった。「シェイクスピア文書」が真正のものであるのを固く信じていて、その恋文と詩は、「繊細きわまる情熱と詩的精神に満ちている」(1) と断言した。それは、ボウデンが決して忘れることを許されなかった評言だった。

立派な絹のリボン（これまで通り、昔の勅許状に付いていたものを使った(2)）で結んだシェイクスピアの一房の髪は、特に関心を惹いた。初版二つ折本にあるドルースハウトが描いたシェイクスピアの肖像からウィリアム・ヘンリーは、詩聖の髪は短くて真っすぐで堅かったと結論付けた。たまたま彼は、かつて女友達から貰った、まさにそうした髪を手元に持っていた。その髪を巡って、短いあいだだが、真贋論争に火がついた。論争に巻き込まれた鬘《かつら》屋のコレット氏は、人間の毛髪がシェイクスピアの時代からそのまま残っているなどということはあり得ないと断言し、「自分の商売の沽券に関わるとばかり物々しい態度で、シェイクスピアの一房の髪を吟味しに来た」。しかしながら、毛髪商はすぐさま追いやられた。人間の毛髪が非常に長いあいだ保《も》つということは、よく知られていたからだ。考えてみれば、サミュエル自身の貴重な蒐集品の中に、ずっと昔に死んだ何人かの国王の毛髪の実物があるのだ。「シェイクスピアの」髪のいくらかは、「シェイクスピア文書」を信じていた騙されやすい連中に、「いくつかの輪にして配られた」(3)。それが誰であったかについては、ウィリアム・ヘンリーは非常に気遣い、のちに出した『告白』に書いていない。しかし、鋭い眼力を持つ何人かの者は、何とも入念に複雑に固く結ばれた一房の髪は、そこからいくらかの毛が引き抜かれていくつかの輪にされたようには見えないことに気づいた。サミュエルは、シェイクスピアの頭部から取った複雑な一房の髪を、ほとんど一本一本、色を付けて、愛おしむようにして『雑纂』に描いている。

誰もがシェイクスピアになり切ってしまうとは、よく言われることだ。シェイクスピアについてはほとんど何もわかっていないので、シェイクスピアは、誰もが自分の絵が描ける空白のカンヴァスなのだ。ウィリアム・ヘンリーも自分の絵を描き、想像しうる限りのあらゆる面で、シェイクスピアを、できるだけよく見せようと努めた。

最も重要なのは、ウィリアム・ヘンリーが次のことを保証したということである。詩聖はプロテスタントだった。真に妻を愛していた。死刑執行の様子を見に行こうとしなかったので、優しい心根の人物だった。優れた実業家で、理解のある雇い主で、俳優のヘミングからの受領書は、支払いにおいて感心するほど几帳面だったことを証明している。詩聖がサウサンプトン伯から相当の額の金を受け取ったということが十分に確かめられた。風変わりな戯画は、親切で善良で冗談好きだったことを示している。彼は言葉の使い方において繊細だったので、彼の劇の下品な言葉は、ほかの俳優や印刷工が挿入したものとして無視してよい。シェイクスピアの蔵書の、注釈と署名のある本は、教育があって外国語に精通していたということを証明している、なぜなら、特に外国語に印を付けているからである——したがってベン・ジョンソンが、シェイクスピアはラテン語をほとんど知らず、ましてやギリシャ語はまったくと言っていいほど知らなかったとからかった時、ふざけていたのである。詩聖は紳士だった——しかし奇妙なことに、十六世紀後半の感受性を持った紳士ではなく、十八世紀の感受性を持った紳士だった。それはどれも、願望的思考だった。ウィリアム・ヘンリーがそうあってもらいたいと願ったシェイクスピアだった。加えて若者は、詩聖の言わんとする意味を明確にし、悲しいほどに欠けている無数の大事な歴史的事実を付け加えた。彼の次の目論みは、詩聖は社会的に高い地位にいたということを、議論の余地なしに「証明」することだった。

決定的な賛辞が「発見」された。処女女王、グローリアーナ（スペンサーが『仙女王』の中でエリザベス女王に奉った名）、当時の最大の君主からの手紙である。おそらく『マクベス』が上演されたあとであろうが、ジェイムズ一世はシェイクスピアに宛てて手紙を書いたがその手紙はのちに失われたという話がある。ウィリアム・ヘンリーはその話を父の友人、ジョン・ビングから聞いた。そのことが念頭にあったので、一七九五年、恋文を贋作してから二週間後、エリザベス女王自身から「シェイクスピア」に宛てた魅力的な短い手紙を作成した。

其方《そなた》の美しい詩を　宮内長官の手を通して受け取りました　マスター・ウィリアム　たいそう見事なものですので　敬意を表します　ロンドンからわたくしは休日を過ごしにハンプタウンに発ちます　わたくしを楽しませるためにわたくしの前で芝居ができるよう　選《え》り抜きの俳優たちと一緒に其方がお出でになることを　そこにて期待しております　ぐずぐずなさらず　次の火曜日までにお出で下さい　レスター卿がわたくしと一緒になるので

現エリザベス女王

そして、確かに詩聖は君主に対して忠誠心も持っていた。彼女の手紙を保存していたからである。彼は丹念にこう記している。

この手紙を私は、私の最も慈悲深きレディー・エリザベスより受け取った。できる限り大切にこの手紙が保存されることを求める

Wm・シェイクスピア

テムズ川沿いのグローブ座のマスター・ウィリアム・シェイクスピアのために

ウィリアム・ヘンリーは父の蔵書の一冊に載っている偉大な女王の本物の署名をなぞった。「シェイクスピア文書」を本物だと信じていたボウデンは『オラクル』の紙上で、この女王からの短い手紙は、詩聖が最初、劇場で客の馬を抑える仕事をしていたという、詩聖の名誉を傷つける話は作り話であるのを証明していると述べた。あれだけの人物なのだから、そんな仕事に使われるにはあ

まりに生まれがよかったのは言わずもがなである、というわけだった。

シェイクスピア、ロンドンに着く

大方のシェイクスピア学者は、若いシェイクスピアが、ストラットフォード近くのチャールコートで、不人気なサー・トマス・ルーシーの鹿を密猟したという話同様、ロンドンで最初、召使を連れずに馬に乗って芝居見物にやってきた者の馬を、芝居が撥ねるまで抑えておく馬番の仕事に雇われていたという話も伝説だとしている。しかし、ロンドンの最初の劇場——シアター座——があったショアディッチには馬を洗うための池があったし、ロンドン市長は、馬を盗むチャンスがいくらでもあるというので馬泥棒が劇場に惹き寄せられるとこぼしていた。ジョンソン博士は、シェイクスピアはロンドンで最初、芝居見物に来た者のために馬番をしたグループの纏め役として働いたという、シェイクスピアの遠い子孫から聞いた話を伝えている。もう一つの演劇界の言い伝えは、シェイクスピアは最初、プロンプターの助手（俳優に、登場する番になると合図をする人間）だったというものである。エドモンド・マローンはその言い伝えを一蹴した。もっともシェイクスピアは、俳優、劇作家としての修練を積みながらさまざまなつまらない仕事をしたということはありうる。

だが、学者にとっては、こうした文書にはいくつかの間違いがあった。最もひどい間違いは、レスター（「エリザベス一世」の短い手紙）とグローブ座（「シェイクスピア」の覚え書き）が言及されていることである。レスターの名前が出てくるということは、女王がシェイクスピアに手紙を書いた時、シェイクスピアは、せいぜい、わずか二十四だったことを意味する。すでに述べたように、それではあまりに早過ぎる。ロンドンに来てから、たった二年しか経っていなかったろう、二年も経っていなかったかもしれない――女王陛下の目に留まるには早過ぎる年月だ。そして、グローブ座が言及されているということは、もっと問題だった――グローブ座は十年後にならなければ建たなかったのである。これらすべては、そして、これらに加えもっと多くの事柄は、シェイクスピアの権威、エドモンド・マローンがのちに指摘する間違いだったのである。

贋作者が材源としたのはホリンシェッド（一五八〇年頃に没した英国の年代記作者）の『年代記』で、それは、シェイクスピアの劇の筋の主な材源でもあった。そしてシェイクスピアは、それからあまり離れなかった。すると、またも完全な狂気の瞬間が訪れた。ウィリアム・ヘンリーは、H氏の家で見たホリンシェッドの一冊――もちろん、詩聖が注釈を書き入れたもの――を持ってくると父に約束したのである。しかし今度は、若き贋作者は、「詩聖」の注釈を書き込むことのできるだけの余白のあるものを、どこの店でも見つけることができなかった。息子は諦めた。父は決して諦めなかったけれども。

数ヵ月前の一七九四年十二月、初めてウィリアム・ヘンリーは、詩聖の書いた悲劇の一つの完全自筆原稿がH氏の家にあることをサミュエルに仄めかした。その後、贋作者はそれについては何もしなかった。というのも、写すのに適したごく初期の手本を持っていず、しかも、それを贋作するには大変な労力が要るのを知っていたからだ。

一七九五年の初め、父は、例の自筆原稿が見つかったので持ってくるという約束を果たすようにと、しつこく彼に迫った。サミュエル自身が、その問題を解決する手掛かりを与えた。サミュエルは、一六〇八年という日付のある『リア王』の四つ折本を、自分のコレクションに加えるために手に入れたのだ。何と便利なことか。ウィリアム・ヘンリーは、文字通りすぐ目の前にひょいと現われたその四つ折本を、翌日、事務所に持って行った。遠くまで行って探すまでもなく「原料」が手近にあったのに加え特にこの劇に惹かれたのは、昔学校時代に『リア王』を演《や》ったことが、自分の心にいつまでも消えない印象を残したからではないかと、彼はのちに考えた。「真筆」の自筆原稿は間もなく作成されることになった。

ウィリアム・ヘンリーが贋作をしたのは短期間だったが、その間、いくつもの贋作に同時に手を付けていた。二、三の文書を同時に贋作しているあいだ、未発見のものがぞくぞくと現われると、いつも約束した。一七九五年の早い時期に、息子はうんざりするような話題を変えようという理由で(少なくとも)、またもや大胆な約束をした。シェイクスピア自筆の、まったく新しい劇が出現することを(それが『ヴォーティガン』なのだが)。

ちょうどその頃、サミュエルが出版の計画をしていた『エイヴォン川上流あるいはウォリックシャーのエイヴォン川の景観』が出来上がりつつあった。その本のために彼は、一七九三年の夏にしたストラットフォード旅行の際に描いた素描にもとづいて三十二のエッチングを完成させていた。機を見るに敏な彼にとって、その版画集の序文は、新しい「発見」を告げるのにまさに打ってつけの場だった。サミュエルはその序文の中で、こう述べた。自分は「この素晴らしい人物［詩聖］の私的公的生活に関するさまざまな真正にして重要な文書［サミュエルが溜めていたところの］を世に披露する」

つもりである。「その一つは、彼自身の手で書かれた、最も感動的で最も称賛されている悲劇の一つ『リア王』』である……そして将来、誰もこれまであえて真似をしようとはしなかった、あの精神の姿を示す完全なドラマ！　しかも、まだ世に知られていないドラマ［『ヴォーティガン』］を世に出す(4)」つもりである。サミュエルはやや早まった。『リア王』を見てさえいず、新しい劇の題さえ知らなかったのである！　その点では、贋作者も知らなかった。

今や父の掻き立てられた関心は、その新しい劇に向けられた。父の気持ちを逸らそうと、息子は学童の空想じみたことを言って時間稼ぎをした。遅れているのは、その劇を入れて保管するための鉄製のケースをH氏が作らせているからである。そのケースは深紅色のビロードで包まれ、金の鋲が打たれ、中のものに真にふさわしいようにシェイクスピアの紋章の刺繍が施されることになっている。鉄製のケースが口にされたのは、それが最初で最後だった。

まったく新しい劇が発見されたと一月にやや早急に告げてしまったウィリアム・ヘンリーは（題を考える前に、そして、書き始めてさえいない時に）、二月に父の書斎で、父が暖炉の上に掛けていた、彩色した素描に目を留めた。サミュエルはジョン・ハミルトン・モーティマーの油彩にもとづいて素描したのだ。その素描の中で、ロウィーナがヴォーティガン王に葡萄酒を差し出していた。ウィリアム・ヘンリーはホリンシェッドの『年代記』を調べた。すると、そのことがそこに書いてあった。そして、「新しい」劇の筋と題を得た――『ヴォーティガン』。

傲慢なサミュエルはさらにいっそう得意になったが、息子の言ったことが本当かどうかH氏に確かめてみるのが重要なのを知っていた。一七九五年一月三十一日、今ではほとんど実在の人物になっている（本書の著者にとってさえ）H氏に手紙を書いた。そして、『エイヴォン川……』の序文の校正刷りを送り、ウィリアム・ヘンリーが自分に話した、まだ世に知られていない劇（『ヴォーティガン』）に言及してもよいかどうか尋ねた。その際、待ち焦がれている等身大の肖像について、そっと催促してみるのに抗うことができなかった。息子はその手紙を「届け」、父がすぐさま返事を貰うようにした。H氏（ウィリアム・ヘンリー）は、サミュエルの興奮を鎮めようとした。

　例の肖像に関しましては（ご子息に差し上げることはお約束しますが）特別な理由により　まだ秘密にしておきたいのです　しかし　もう少し申し上げましょう　それは　ご子息の胸の中だけにある微妙な件なのです「まさにその通りだった」と申しますのも正直なところ　ご子息がこれまでに口になさったことはすべて私の同意を得ているのですが　ご子息はもっとたくさんのことをご存じだからなのです　それについてご子息は決して何も言っておられないと信じますし確信してもおります　私がほとんど面識のなかったご子息と友情を結んだことを奇妙にお思いになるかもしれませんが　ご子息は私の心に適った若者であるということを　お世辞ではなく貴下に請け合います　春に　素晴らしい件につき　ご子息に詳細を打ち明け　ご子息に相談さえするつもりでおります（喜んで　と言いましょう）　ご子息にお会いし　何もかも差し上げると言うのを（それは確かです）楽しみにしております　ご子息はあなたのことを思って『リア王』について盛んにお話しになっているようですので　それゆえいっそう私はご子息を尊敬致します　間もなく　あなたにそれを差し上げるでしょう　私からではなく　ご子息の手を通して。[5]

この手紙を読んでサミュエルが騙されたのは容易に理解できる。それは、優雅な筆跡で流麗に書かれていた。そして、内容は思いやりがあって魅力的だった。実際は一見ぼんくらの自分の息子が書いたとは、サミュエルはつゆ思わなかった。いつであれサミュエルは、自分自身の息子の筆跡に気づかなかった。

実に間のよいことに、わずか数日後、一七九五年二月初め、『リア王』がウィリアム・ヘンリーを通して世に現われた。

父はとりわけ上機嫌だったので、息子はその機を捉え、H氏を後ろ楯に俳優になる話をもちかけた。まさに翌日、もう一通の手紙が届いた。「あなたに二度目のお手紙を勝手に差し上げることをお許し下さい。ご子息に、今度の新しい劇の役の一つをぜひ演って頂きたいということをお知らせするだけなのです……」。サミュエルはその依頼についてじっくりと考えてから、おそらく自分の鈍重な息子でも劇に参加することはできるだろうと思った、ただし、初日だけ(6)。

「詩聖」が、「わが寛大なる読者へ」という前書きの中でホリンシェッドの『年代記』に謝辞を呈しているのは妙だった。エリザベス朝の劇作家は書いたものを自分の所有とはしなかった。それは、劇作家を雇っている劇場の所有物だったからである。そして一座の誰も、それが出版されるのを見るのを望まなかった。そんなことになれば、敵である競争相手の劇団がそれを自由に使ってしまうだろうからだ。したがってシェイクスピアの劇は、読者を相手にしたものではまったくなかったのである。誰もそのことに触れなかった。まだ。

ウィリアム・ヘンリーは『リア王』にいくつかの大きな変更と多くの小さな変更を加えた。もっぱら、巨匠の本文から、ウィリアム・ヘンリーの認めぬ卑俗な言葉を取り除くためだった。それは、彼が詩聖のために喜んでした、さらにもう一つの奉仕だった。詩聖の作品を清潔なものにするという仕事は。贋作者自身、こう言っている。「シェイクスピアの作品には非常にむらがあるということ、とりわけ、卑猥な言葉が彼の劇作品全般に頻出するということは、きわめて異常であると一般に思われていた。私は彼の最も傑出した劇の一つを、昔の書体で書き直すのを機に、私が適当と考えた変更を加える決心をした[7]」。ウィリアム・ヘンリーは自分の「シェイクスピア」の劇の中で、肉欲ゆえの忌まわしい行為、処女膜征服、ペニス、妻の不義、女性性器に対する下品な言及が一切ないようにした。若者は「シェイクスピア」に、彼の「個人蔵書」の本の中の言葉さえ変更させた。バーソロミュー（十三世紀のイングランド出身のフランシスコ会士）の編んだ中世の百科事典『事物の性質について』の中の「睾丸」という言葉を×で消し、「生殖丸」という言葉で置き換えている。

サミュエルもその原稿を見て納得した。アイアランド父子は当時の時代風潮を反映していただけなのである。当時は野卑な言葉が、詩聖の劇の感心できないわずかな面だったのである。立派な巨匠シェイクスピアは、そんな卑猥で下劣な言葉は絶対使わなかっただろうと、サミュエルの仲間たちは思った。ほかの俳優と印刷工が下びた言葉を挿入したのに違いない、そして、それが劇場で使われる脚本の一部になったのだと信じた。ところが学者によれば、シェイクスピアは性的事柄に対する無数の微妙で機知に富んだ言及において、卑猥の程度は同時代のほかの大半の劇作家よりずっと低かった。

ウィリアム・ヘンリーが『リア王』に加えた変更と奇妙な修正の中で最も途轍もないのは、綴りだった。自分の稀な才能に次第に自信を抱くに至った彼は段々と野放図になり、最後は、向こう見ずに、まったく無節操に勝手な綴りを用いた——dearesste, forre, thenne, themmselves, itte, winneterre。シェイクスピアの「infirmities」（「欠点」）はウィリアム・ヘンリーでは「Innefyrmytees」になり、前者の「Unfriended, new adopted」（「愛を失うて新たに憎しみを受け」）は後者では「Unnefreynnededde newee adoppetedde」になり、前者の「untender」（「柔情《やさしげ》の無い」）は後者では「unnetenned-erre」になり、前者の「leave thy drinke and thy whore」（「酒と淫売婦を封じ込め」）は後者ではもっと繊細な「leave thye drynke ande thye hope」（「酒と望みを捨て」）になった。言葉は、贋作者がすっかり羽目を外した時には――おそらく退屈したか写すのにうんざりしたかで――それ自体の生命を得ることがあった。二つの長たらしい単語の例を挙げよう。「innetennecyonne」（「不注意」）、「per-repennedycularely」（「真っすぐに」）。そして、それまで以上にSをやたらに使うようになった。勇気と無謀さを兼ね備えていた点で称賛すべきである。

『リア王』の本文に手を加える際、ウィリアム・ヘンリーをとどめるものは何もなかった。

墓の中のそなたの母を不品行を働いた女と見做して
離縁せうと思ふてゐた。（坪内逍遙訳）

は、ウィリアム・ヘンリーの贋作では、こうなる。

そなたをそなたの母の子宮から引き離し
母は不品行を働いた女であったと言おうと思っていた……(8)

贋作者は、後者のほうが優れていると思ったのだ。一種の公共心を発揮し、意味を明確にしようとしていたのである。十八世紀末の人間にとっては、微妙さを避けるのが一番賢明だった。

彼は過熱した想像力を働かせ、数行付け加えることがあった。リア王が死んだあと、シェイクスピアは、今わの際のケントに、こう簡潔に言わせている。

私は、すぐ出立せねばならん長旅を控へてをります。
主君が召されますから、否とは申されません。（坪内逍遙訳）

ところがウィリアム・ヘンリーは、「そんな調子のよくて無意味な二行連句は、こういう場合にはふさわしくないと考え」、驚くほどに引き伸ばした。

ありがとうございます。しかし私は、あの未知の国に行くのです
どの巡礼をもその土の中にしっかりと繋ぎ留め
生きている者に最も避けられ　最も恐れられているあの未知の国に
でも　私の良きご主人も　この同じ旅をなさったのです
ご主人は私を呼んでおります　私は喜んですぐに従います
さて　忙しない場面《シーン》さながらのこの世に別れを告げました
ケントは最も忠実に生きました　ケントは最も男らしく死にます(9)

信じ難いほど迂闊な話だが、ウィリアム・ヘンリーは『リア王』の最後の頁に、うっかりいくつかの無意味な悪戯書きを残した。それは熱心に研究された。そうした印は何を意味するのか？　シェイ

クスピアからのメッセージなのだろうか？　サミュエルのごく近しい仲間の一人のフランシス・ウェッブは、それは、初期の速記の試みだと断言した――解読はできなかったけれども。そして、詩聖は速記を試みてはみたものの飽きてしまったのだと結論付けた。「概して私は、彼がそれ以上進まなかったことは世界にとっては幸せなことだったと思う。それは、ごく読みやすく書くのを妨げたかもしれないからだ……とりわけ、今、私の目の前にある、この、値の付けようのないほど貴重な遺物において」[10]！

　のちに、政治家の小ウィリアム・ピット、哲学者のエドマンド・バーク、歴史家のジョン・ピンカートン、劇場主のシェリダンのような著名な人物や、第十一代サマセット公、第七代キネアード卿のような貴族が「シェイクスピア文書」を敬い、それについて滑稽な発言をしたことで、その後一生苛まれることになった時の彼らの怒りを想像するといい。要するに、彼らは一人のぼんくらの青年、事実、彼らが出会った中で一番人好きのしない青年、何年間も発音通りに綴り、自分の書いたものでも「シェイクスピアの」作品でも、句読点がどうしても身につかなかった青年に騙されたということが、あまりにも明白になったのである。

　だが、しばらくは万事順調だった。『リア王』はウィリアム・ヘンリーの贋作の中で一番受けのよかったものだった。ボウデンは『オラクル』紙上で、今やウィリアム・ヘンリーによって削除された淫らな個所は、そもそも最初からなかったはずのものなのは言を俟《ま》たない、と熱を込めて言った。ほかのいくつかの新聞も、「もっとよいシェイクスピア」が今や現われたことに同意した。一方、スティーヴンズやリトソンのような学者は、黙ってはいたが、綴りの馬鹿らしさに気づいていた。『告白』の中でウィリアム・ヘンリーは、こう誇らかに回想している。「私の原稿は、シェイクスピアがこれまで想像されていた以上に、ずっと完成された劇作家だということを疑問の余地なく立証したと広く思われた」[11]。そして多くの専門家も、ウィリアム・ヘンリーの版のほうがシェイクスピアの原作より優れているということに同意したのである！　それは間違いのないところだった。なぜならウィリアム・ヘンリーは、自分の心の中では新しき若き詩聖だったからである。

とはいえ十八世紀には、シェイクスピアの作品が俳優や座主によって大幅に改竄《かいざん》されるというのは珍しいことではなかった。才気に溢れたギャリックは、『リア王』をハッピー・エンドを持つものに書き換えた。観客を喜ばせ劇場を満員にするためにそうする必要があると考えたのだ。娘のコーデリアは死なずにエドガーと結婚し、気の狂ったリア王（死なない）はグロスター（盲目にならず、やはり死なない）とケント（追放されない）と一緒に楽しく暮らす。シェリダンや、ロイヤル劇場ドルーリー・レインの俳優兼座主のジョン・フィリップ・ケンブルも、シェイクスピアの劇の登場人物と筋を勝手に変えた。それに比べれば、ウィリアム・ヘンリーの版は、実際、原作を尊重していた。

ウィリアム・ヘンリーは次に、常に人気の高い『ハムレット』の贋作をしてみようと思い立ったが、シェイクスピアの一番長い劇を写す労力を考えて、すぐに思い直した。「こつこつやらねばならない仕事に、すぐにうんざりしてしまった」[12]ので、「世に在る、世にあらぬ《トゥ・ビー・オア・ノット・トゥ・ビー》」という独白を含む数個所を贋作しただけでやめてしまった。あまりに量が少ないので、『ハム劣等《ブレット》』（「粗末な」の意の「ハンブル」と「ハムレット」をかけた洒落）と呼ばれた。

その間、サミュエルと、実在しないH氏のあいだで交わされた手紙の数は驚くほど急に増えた。というのも、ウィリアム・ヘンリーは老紳士からの手紙を利用して、自分を立派な青年に仕立て、自分では正面から立ち向かうことのできない、傲慢で専横な父に対して自分の考えを述べることが次第に多くなったからである。
ノーフォーク街にあるアイアランド家のクラブのような雰囲気の居間での話題は、当然ながら時事問題にも及んだ。一七九三年以来、イギリスとフランスは戦争をしていた。一七九五年の初め、首相の小ピットは継続している戦争のための費用を賄うため、髪粉（匂いを付けた小麦粉あるいは澱粉で作られ、髪や鬘に振りかけたもの）に重い税金を課した（その結果、髪粉はやがて使われなくなる）。ウィリアム・ヘンリーは髪に粉を振りかけるのをやめることにしたが、やめることを公然と口にする代わりに、H氏に自分も髪粉はもう使わない決心をさせ、サミュエルに宛て、息子に代わって手紙を書かせた（今度は、いくつか句読点を使って）。

……私は昨日の午前に私の若い友人に会いました。私たちは新税について話しました。彼の言葉から、あなたが大臣のお友達であるのを知って驚きました……あなたは、こういうことをお認めにならねばなりません。髪粉にギニーを献ずる者は戦争を支持するために金を出しているということを。そして、私はどんな場合にも戦争というものに賛成したことはありませんので今度の戦争も支持しません……今や私の梳《す》いた髪は本来の色で、肩にばらりと垂れたままでしょう、それを婦人たちは馨しい接吻で匂やかなものにしてくれるでしょう「これは、ハサウェイ宛の例の恋文の文句を思わせる」。おまけに、あなたは、われらがウィリーの髪形に逆らうことはできません。お願いですが、流れるような巻き毛のご子息を見せて下さい、それは男らしいだけではなく、人が流血を嫌っていることを示してもいます。髪粉を付けないあなたの姿を見せて頂きたいとは要求致しませんが、しかし、ご子息には髪粉は絶対使わないでもらいたいのです、ご子息はそう望んでおられるようなので[13]。

サミュエルは、偉い人物とそれほど親しい関係にあるのを喜びはしたが、息子の育て方に口出しをされたことに腹を立てた。また、「ウィリー」についての尊敬の念を欠いた言及も、彼を怒らせたかもしれない。今度は返事を出さなかった。

『リア王』が現われてから数ヵ月間、ウィリアム・ヘンリーは、人がノーフォーク街八番地に「シェイクスピア文書」を見に来るのを、ただもう楽しんだ。社会的地位の高い者たちが、手紙で訪問の許可をサミュエルに求めたのである。長年の憧れだった栄光に浴するのは、ウィリアム・ヘンリーにとって何とも素晴らしいことだった。ひっきりなしに人から質問されたけれども。彼は気が緩み楽しい雰囲気に浸るようになったが、憑かれたように急いで贋作するには、恐怖という刺激が必要だった。自分は当座は、世間から注目され、有名になる資格があると確信した――自分は世間の連中を残らず騙したのだ。もはや、「うすのろ」は「うすのろ」ではなく、「専門家」は「専門家」ではないのだ！

家の中で今や重要人物になったウィリアム・ヘンリーは、やや怒りっぽくなった。これまでは彼を嘲り無視した家族の者は、今では用心して彼を扱うようになった。言葉遣いに気をつけるようになった。あまりに数多くの質問をすると、彼はたちどころに腹を立てた。

『リア王』が世間に好意的に迎えられたということは、ウィリアム・ヘンリーの人生のその後の出来事に劇的な影響を与えた。『リア王』に対する世間の反応を見たサミュエルは、「シェイクスピア文書」を、『ウィリアム・シェイクスピアの雑纂および署名と印章のある法律文書、サミュエル・アイアランド所有の自筆原稿からの悲劇「リア王」と「ハムレット」の断片を含む』という題で出版する決心をした。息子の意見などは一顧だにしなかった。ただ、H氏に正体を明かさせようとは思っていた。ウィリアム・ヘンリーは父が『雑纂』を出版するつもりだと言うのを聞くと、どんな結果になるかを知っていたので、それはやめてくれと頼んだ。だがサミュエルは、頑として聞き入れなかった——それは、息子が望んだことでは全然なかった。息子がたった二年前に、父からいくらかの愛情と尊敬の念を勝ち得ようとして始めた贋作が、収拾のつかぬ事態へと「急上昇」し、今後は「急降下」することになるのだ。

サミュエルは、真にユニークで値の付けようのないほど貴重な蒐集品に思えるものを手に入れたという幸運を、ただもう信じることができないような気持ちだった。そうしたものがもっと欲しくて、その出所について詳しく話すよう、絶えず息子をせっついた。そして、自分でH氏に接触したかった。何と言っても、家族の中に貴族と付き合うのに慣れている者がいるとすれば、それは自分なのだ。息子は最初に言ったことを変えず、H氏は匿名でいなければならないと、その都度言い張った。なぜならH氏は、「莫大な財産を所有しているので、また、シェイクスピア文書を世に出せばいろいろと訊かれるに違いないのをよく承知しているので、そうしたものに関する説明を求める資格があると思い込んでいる連中のしつこい質問に身を晒すのは適切とは思わないからだ［またも、ウィリアム・ヘンリーはH氏を通して自分の気持ちを述べている］。したがってH氏は、単なる珍しいものとして、その文書を私にくれたのだ。その際、自分の名前は永久に秘密にするようにと私に厳命した(14)」。

一七九五年三月三日、サミュエルは「文書」の由来をもっと明らかにしてもらいたいと、息子の「恩人」に再び手紙を書いた。それが明らかになれば、『雑纂』の序文にその背景と、それが本物である旨を書くことができるし、また、出版に際し、サミュエル自身の立場をはっきりさせることができるから。サミュエルは、何でそんなに多くの「文書」がジョン・ヘミングの手に入ったのか（そしてジョン・ヘミングからH氏の手に渡ったのか）を知りたがった。彼は、こう手紙を結んだ。「しかし私は、愚息と非常に真摯な友情を結んで下さっている紳士と個人的に知り合いになれる幸せと名誉を、いつの日か得ることができるかもしれないと、虫のよいことを考えております(15)」。

そうした富が、人もあろうに、ぱっとしない息子のものになるだろうなどということが依然として納得できなかったサミュエルには、誰かが、貴重な掘り出し物を、信じられるような何の理由もなしに人にくれてやるなどというのは考えられなかった。そういうわけでウィリアム・ヘンリーは、嘘に嘘を重ねなければならなかった。確かに、立派な理由があるのだ。老紳士の家であちこち探していると、H氏がある資産に対する権利を有することを証明する文書を見つけたのだ。H氏はその貴重な証拠を見つけてくれたことに対する礼として、若者に「シェイクスピア文書」を与えたのだ。ウィリアム・ヘンリーは疑念を抱くいかなる者をも納得させるために嘘の上塗りをし、H氏は、H氏の所有するシェイクスピア関連の文書が発見され次第、どんなものでも自分にくれるという証書を作成することを司法長官に依頼したと言った。単純なウィリアム・ヘンリーは、そう言えば問題は解決すると思ったが、もちろん駄目だった。火に油を注いだだけだった。

サミュエルに何度も何度も問い糺《ただ》されたウィリアム・ヘンリーは、ついに爆弾を落とした。「あれが実際にはシェイクスピアの自筆原稿ではないとしたら？」しかし、爆弾は破裂しなかった。その代わり父は、彼の質問は無知な質問と考え、いかにも軽蔑したように、こう答えた。「もし、今生きている有能な人間が全部やってきて、自分はこうした文書のかくかくしかじかのところを書く仕事を引き受けたと、それぞれ証言したとしても、私は信じないね(16)」。困ったことになった。「シェイクスピア文書」がまさに世に出ることになって怯えたウィリアム・ヘンリーは、告白しかけたのだ。しかし、父がそんなふうに答えたからには、ほかにどんなことをしたらいいのか？

夕食後、波風が立たぬことを求めていたウィリアム・ヘンリーは、同じ質問と同じ批判を繰り返し躱《かわ》すことに疲れ、出し抜けに言った。「サー、もしどうしても文書を出版なさるおつもりなら、覚えていて頂きたい、あの紳士からの伝言を伝えましょう――『あなたの責任においておやり下さい』。あの人はこの件に関わるつもりも、名前を世に出すつもりもないのですから」。

サミュエルは、それ以上の励ましを必要としなかった。そして、こう答えた。「あの人が黙認したことをその条件で喜んで認めよう」。サミュエルは、三月三日にH氏に出した手紙の返事を待たなかった。三月四日、『雑纂』の刊行に先立ち、刊行の意図を世に告げる内容見本を出版した。[17]内容見本はこう始まる。

> シェイクスピア。
>
> 一七九五年三月四日、ストランド、ノーフォーク街
>
> サミュエル・アイアランド氏は、最近氏の手に入った文学上の宝物を世に知らしめる許可を乞うのものであります。それは、われらの神の如き詩聖シェイクスピアの作品の興味深い一部を形作るもので、目下編纂中でありますが、速やかに印刷に付されることになっております。

続けてサミュエルは、「文書」の瞠目すべき内容の概略を述べ、図版、オリジナルの素描からの版画について説明した。「それは、英国の演劇の歴史に新しい光を当てるでありましょう。シェイクス

ピアは、真の意味でイギリスの演劇の偉大な父と言えましょう」。

サミュエルは人が『雑纂』の予約申し込みをしてくれそうなロンドンの書店をリストにした。（その中に、皮肉なことに、息子の「シェイクスピアの蔵書」の供給元だった、フリート街のホワイト書店が入っていた）。内容見本には、さらにこう書いてあった。「住所を手紙に書いて送って下さった方、あるいは予約申し込み者に紹介された方は、毎週月曜日、水曜日、金曜日の十二時から三時までのあいだに自筆原稿がご覧になれます」。その際、サミュエルかウィリアム・ヘンリーかジェインかが案内をした。そしてたぶん、説明もしただろう。

『雑纂』を一七九五年十二月に刊行する計画と、予約申し込み者の募集は、サミュエルの「シェイクスピア文書展示会」の観覧券の発売と平行して進められた。展示会は三月に始まり、それから一年以上続いた。観覧料は四ポンド（今の約百四十ポンド）というかなりの額だったが、『雑纂』の予約申し込み者は、特別割引料金の二ポンドで観覧できた。サミュエルはそれでかなり儲けたに違いない、なぜなら、ロンドンでいやしくも一廉《ひとかど》の者は皆ノーフォーク街に行ったからである。

予約申し込み者の中には、ボズウェル、シェリダン、ビング（トリントン子爵）、競売人で古物研究家のジョン・サザビー、ウォレン・ヘイスティングズ夫妻（夫のほうは有名なインド総督だったが、インドでの統治が厳酷だったと下院で弾劾され、七年にわたる審理の結果、一七九五年四月にやっと免訴になった）。

サミュエルはまた、内容見本の中で『ヴォーティガン』も売り込んだ。「アイアランド氏は上述の文書と一緒に、シェイクスピアの歴史劇が発見されたことを諸賢にお知らせ致します。それは、ホリンシェッドから採られた、ヴォーティガンとロウィーナの話にもとづくもので、シェイクスピアの真筆であります。この劇は上演を意図したものですので、舞台に乗せる直前まで印刷されることはありません」[18]。

ごく重要な人物の多くが「シェイクスピア文書」を次々に予約した――エドマンド・バーク、小ピット、シェリダン、パイ、チャタトンの詩が出版されるよう手配をした詩人のロバート・サウジー。

それからたっぷり十年経っても、ウィリアム・ヘンリーは贋作が失敗に終わったことに、まだひどく苛立っていて、『告白』の中で鬱憤をぶちまけている。もし、大した額でもない予約申し込み料を払い、「シェイクスピア文書」に騙されたことをまだ嘆いているのなら、自分は今でも予約申し込み料と『雑纂』とを交換するつもりだと、強い調子で述べた。

若者は父の気持ちを逸らすためにもう一つの話をでっち上げた。H氏の友人がシェイクスピアの文書が見つかったことを聞き、櫃の中にもっと文書があるかどうか探してくれたら二千ポンド（今の約五万ポンド）提供すると、H氏に手紙を寄越した。かの紳士は、それは若者自身が決めることだと答えた。もし若者が同意すれば、若者は金を貰い、友人が残りの文書を手に入れるわけだった。ウィリアム・ヘンリーは断った、すると、俗物のその友人はもっと金を出すと言ったが、やはり断った。その間ウィリアム・ヘンリーは、さらに入り組んだ話をでっち上げた。だが、贋作者がどんな新しい話をでっち上げようと、それは問題ではなかった。そうした話は、父の気持ちをわずかなあいだしか逸らさなかったからである。毎日、経文のように、こう繰り返していた父を宥めるものは何もなかった――肖像画、紅玉髄の印章、頁の縁を裁ち揃えていない二冊の二つ折本、シェイクスピアの書き入れがあるホリンシェッドの『年代記』はいつ貰えるのか？

一七九五年の春、またもや、信じ難い「掘り出し物」が現われた。ウィリアム・ヘンリーはサミュエルに、ウィリアム・シェイクスピアから友人のウィリアム・ヘンリー・アイアランドに宛てた贈与証書を見せたのである。誇り高く、自分の作った物を失いたくなかったウィリアム・ヘンリーは、自分が偽造した貴重な文書の信憑性を高めるために、「アイアランド」との繋がりが必要だと思った。それが、贈与証書だった。もうその頃には彼は、「シェイクスピア文書」は本物だと信じかけていたのかもしれない。ともかく、「シェイクスピア文書」は皆に称賛された自分の作品であり、あたかも詩聖によって書かれたかのように世間の人間が思い込むに足るだけ優れたものなのだ。彼は自信に溢れていた。

ブラックフライアーズ修道院門楼は、一六一三年にウィリアム・シェイクスピアが買う前に、奇妙な（そしてウィリアム・ヘンリーにとって好都合な）偶然によって、一六〇四年に、ウィリアム・アイアランドという服飾小物商人に賃貸しされたというのは歴史的に正しい。ウィリアム・アイアランドは、マローンによれば、Xで署名した（無筆の者の署名）。われらが若者は、その実在したW・アイアランドに、「ヘンリー」というミドル・ネームを与えて完全な名前にした。修道院門楼は、今日同様、ウィリアム・ヘンリーの時代にもアイアランド・ヤードとして知られていた場所にあった。シェイクスピアは自分の劇をすべて、そのウィリアム・アイアランドと、その相続人（サミュエルと、わがウィリアム・ヘンリーにほかならないではないか？）に遺したという話をでっち上げた。大事な贋作がウィリアム・ヘンリーから取り上げられることのないように（まずあり得ないが、シェイクスピアの直系の子孫が不意に現われた時にそなえ）。実際には、シェイクスピアの直系の血統は、孫娘がシェイクスピアの死後わずか五十四年しか経っていない一六七〇年に子無しで死んだ時に、あまりに早く絶えた。

ウィリアム・ヘンリーの贋作の凄まじい綴りを読むのは難しいが、少なくとも次の文は、少し焦げた紙に彼の「シェイクスピア流」の筆跡で書かれたものではない。一七九五年の五月から六月にかけてウィリアム・ヘンリーは羊皮紙に、W・H・アイアランドへの贈与証書を書いた。

私　ウィリアム・シェイクスピアはストラットフォード・オン・エイヴォンの生まれではあるが　今はロンドンのブラックフライアーズのアイアランズ・ヤードという名で知られるヤードの近くに居住し　現在　健全な精神と健康な身体を享受しているが　本証書を贈与証書とすることを定める　というのも　命はすべての人間にとって貴重なものであるが　自分の命を危険に晒して仲間の命を救う人物も貴重だからである　それを心に留め　かつ私自身そのようにして救われたので　私は自ら紙にその内容をまず記した　しかし　さらに安全を期し　私の死後何の悶着も起こらないようにするため　私は今同じことを羊皮紙に書いてもらい　それに正式に署名し印章を付した　先月の八月の三日かそこいらに　私はわが良き友ウィリアム・ヘンリー・アイアランド氏とほかの者と一緒に前述のわが家の近くで舟に乗った　私たちはテムズ川を溯るつもりだったが　漕ぎ手が酒を飲んであまりにはしゃいでいたので前述の艀《はしけ》を転覆させた　私以外のほかの者は全員泳いで助かった　なぜなら　川の水は深かったものの　私たちは岸に近かったので　前述の技を身につけていた者には　岸まで泳ぐのは難しくはなかったからである　ウィリアム・ヘンリー・アイアランド氏は私の姿を見なかったので私のことを皆に尋ねたが　私は溺れかけていたと一同は答えた　それを聞くと氏は革製上着《ジャーキン》を脱いで私のあとを追って川に飛び込み　非常な苦労をして私を引き揚げた　私はその時死にかけていた　したがって氏は私の命を救ったのであ

る　その尽力に対し　私は氏に　次のものを贈る　まず　私が書いた劇ヘンリー四世　ヘンリー五世　ジョン王　リア王　さらに　イングランド王ヘンリー三世と私が題した　これまで印刷されなかった劇　それから上がるすべての利益はすべて　当該アイアランドのもの　氏の死去の場合にはウィリアム・ヘンリーと名付けられた氏の長男のもの　長男死去の場合には　長男の弟のものになる等々である　しかし　直系の子孫が絶えた場合は　最近親のものになる等々　未来永劫　氏の血統の後継者のものになる……

シェイクスピアはまた、当該アイアランドに、記念の指輪を買うようにと十ポンド（今の約七百四十ポンド）遺した。一六一六年には、例えばシェイクスピアの本物の遺言書にあるように、指輪の通常の価格は五ポンドだった。したがって詩聖は、そのウィリアム・（ヘンリー・）アイアランドを実に高く評価していたのに違いない。

そのことは、わがウィリアム・ヘンリーの自尊心にとって素晴らしいことだった。その贈与証書で、彼自身一種の不滅性を獲得し、シェイクスピア本人から感謝されたのだ。彼と同姓同名の先祖は、溺れかけた詩聖を実際に救ったのだ！

そして、それが全部ではなかった。「シェイクスピア」は、もっと個人的な幾行かを加えたのである。

わがいとも有徳にして卓越せる友人
ウィリアム・ヘンリー・アイアランド氏に贈る

氏がテムズ川で
私の命を救ってくれたことを
記念して

ウィリアム・シェイクスピア

この世において
私たちは一緒に生きる
死は
ほんのしばらくのあいだ
私たちを分かつが
墓場の中で休まらぬシェイクスピアの魂は
再び立ち上がって会う　彼の友人　彼の
アイアランドに
神聖な天国の宮殿で

おお　美徳の鑑《かがみ》　慈愛の最も優しき子よ
君のシェイクスピアは君に感謝する
詩も溜め息も涙も私の魂を描くことはできないし
いかに私が君を愛しているかの半分も言えない

これを私のために保存しておいてくれ給え　もしこの世が辛くなったら
君を常に愛している一人の人間がいるということを
思い出してくれ給え。

君のものである　Wm・シェイクスピア

その贈与証書の両側に、アイアランド家の紋章とシェイクスピアの紋章が鎖で繋いだ形で、ペンとインクで描いてあった。それを見たガーター紋章官のサー・アイザック・ハードは友人のサミュエルに、サミュエルの紋章とシェイクスピアの紋章とを組み合わせることを考えてみたらどうかと言った（それは前代未聞のことだった）。

そして、さらに別のものがあった。アイアランドの先祖の家のスケッチである。ウィリアム・ヘンリーは、彼の想像上の先祖が住んだ大きくて立派な家——当然ながら——の素描を描いた。その建物はやや風変わりだが、魅力的ではあった。そのうえ、それに書き込まれた言葉は、贈与証書のような大事なものを書いている時でさえ、詩聖がユーモアの感覚を持っていたことを示していた。

わがアイアランド氏の家の眺め　これによって私は、私がその家を紙に描くことができないと
言った彼の間違いを示す　そしてそれによって私は［彼］から合計五シリング勝ち取った

W・シェイクスピア

ウィリアム・ヘンリーの狂気には、冴えたところがしばしばあった。そして、その贈与証書は、筆跡においても表現においても「シェイクスピア文書」の中で一番うまく出来たものだった。今や、十分に腕を磨いていたのだ。

ウィリアム・ヘンリーはH氏との関わりを一切断つことができるよう、「シェイクスピア文書」がH氏のものではなく本当に自分のものであるのを証明する方向に進んでいた。

だが、ウィリアム・ヘンリーはやり過ぎてしまった。偶然があまりに、あまりに多過ぎたのだ。贈与証書の中のアイアランドとの話のうま過ぎる繋がりは、ただもう信じ難いし、またもや現われたシェイクスピアの署名に、「シェイクスピア文書」が本物だと最も堅く信じていた者さえ、不安を覚えた。もう一つの間違いは、エリザベス朝には、二つのクリスチャン・ネームを併記するのは稀だったということだった。それほど多くの怪しい点があったのだから、贋作であることが暴かれても当然だった。だが、依然として暴かれはしなかった。しかし、『モーニング・ヘラルド』は騙されなかった。「ある黴臭い原稿が本物であるのを証明しようと、昨日、ある文書に挙げられたスウィムする（テムズ川での事件と「めまいがするような」という意味を兼ねた洒落）理由は、ある目標を追ってあまりに遠くまで徒渉すると危険に晒されるということを示している」。

『エイヴォン川……』の序文の終わり近くの注目すべき一節で、サミュエルは過去のシェイクスピアの贋作を攻撃している。「それらは時代の証明である本物の文書まで疑わせてしまい、学者のみが母国語の歴史を辿るために引き出せる材料の源を汚してしまう」。彼は息子の贋作行為にまったく関わっていなかったので、その一節にマローンとスティーヴンを攻撃する文句を挿入した。潔白な者だけが、そう書くことができただろう(19)。

アイアランド父子——情熱家だが、ある面でお人よしのサミュエルと、内気でぎこちない息子のウィリアム・ヘンリー——は、いうなれば、停めることのできないローラー・コースターに乗ってしまったのだ。それは二人をどんどん高いところに運んだが、「シェイクスピア文書」を信じない者に攻撃されるたびに、どんどん下降した。二年も経たぬうちにそれは二人を名声の絶頂に運んだが、それから二人を投げ落とし、サミュエルは恥辱と貧窮と悲劇の中に不意に置かれたのである。

第七章　「どんなシェイクスピア商人にも」見せない

ウィリアム・ヘンリーは、英文学の最大の巨匠、英語で書いた最も偉大な劇作家、最大の才人、全作品の中で二千語以上を初めて記録し、二万一千のそれぞれ違った単語を使った天才の作品を、衰えぬ勢いで贋作し続けた。

だが、十九歳の若者の作ったものには、やや欠けるところがあった。父の蔵書の中に非常に多くの利用できる資料が文字通り手元にあったにしては、彼の知っていたシェイクスピアの語彙は驚くほど貧弱だった。彼の子供っぽいやり方は——確かに、それまでのところ成功したのだが——単純だった。子音を倍にし（特にn）、eをyに変え、ほとんどどんな言葉にも最後に忠実無比にeを付け加えることで大方の単語を、いわばぎゅうぎゅうづめにした。例えば、「Is there inne heavenne…」（九七頁の詩の冒頭）。ある場合には、彼の英雄である「ブリストルのシェイクスピア」、トマス・チャタトンを真似した。また、行き当たりばったりにシェイクスピアの劇からも借りた。不正確な日付、特異な綴り、迂闊さは明白だったはずなのだが、ほとんど誰もそうした過ちに気づかなかった。

そして人は、三十年前のチャタトンのことをまだ覚えていた。チャタトンは非常に頭のいい詩人兼贋作者だったと見なされていて、大方の批評家は、そういう存在として最高の人物だと考えていた。しかし、ウィリアム・ヘンリー・アイアランドは迂闊で綴りが特異であったにもかかわらず、チャタトンよりもずっとプロフェッショナルだった。紙とインクと印章に特別な注意を払ったのである。チャタトンも彼も才能を持っていたが——輝くばかりの——両者の書いたものには曲がりくねった表現がある。

「シェイクスピア文書」は真正だと信じた者が、なぜあれほど大勢いたのだろう？ まず第一に、この文化の偶像の書いたものを誰かが図々しくも贋作することなど誰も想像できなかった。あるいは、贋作しようと考えることさえ。第二に——これが若き贋作者の一番の強みだった——彼自身、あまりに目立たない人物だったので、彼が贋作者でありうるとは誰も、まったく夢にも思わなかった。実際、のちに彼が告白し、贋作の方法を明かしたあとになってさえ、彼が贋作したことを多くの者が受け入れなかった。第三に、新しい文書は矢継ぎ早に世に現われたので——時には一日に一つの割合で——一人の人間にそれほどたくさんの文書が作れるはずはないと思えた。今でも、そう思える。人は、贋作という行為は魅力に満ちた、ごく知的な人間が思いつく、単調で時間のかかる仕事だと思っていた。一見鈍感で覇気がなく無気力なウィリアム・ヘンリーが、それほどの、憑かれたような狂気じみた勢いで贋作を濫造するとは誰も思わなかった。「シェイクスピア文書」は二年足らずのあいだに贋作された。それどころか、彼が実際に贋作に要した時間を考えるなら、ほんの数週間のあいだに。第四に、彼は昔の材料を選ぶ際に、いつも注意深かった。最後に、以上のどれにも劣らず重要なことなのだが、ウィリアム・ヘンリーは不動産譲渡取扱人事務所で、どうやら仕事がまったくと言っていいほどなかったようなので誰にも邪魔されない自由な時間がたっぷりあった。

驚くべきことに、若き贋作者のしていたことを初めから知っていた者が何人かいたのだが、そのうちの誰も、そのことを進んで言おうとしなかった。もしそうしていたら、「文書」が贋作であることはただちに暴かれていただろう。一七九四年十二月に話は溯るが、彼が初めて贋作したものを製本屋のローリー氏のところに持って行くと、そこで働いていた職人が、混ぜたインクを一シリングで売ってくれた。その後も彼は、それを売ってもらいにその製本屋に何度も行った。だが、ローリー氏も職人も、ウィリアム・ヘンリーの名声が広まったにもかかわらず、そのことは口にしなかった。そして、彼に紙を売った者たちがいた。また、彼が勤めていた事務所には家政婦兼洗濯女がいて、その家政婦は、「私がエリザベス女王の手紙を偽造していたあいだ、ずっとそばにいた……」。彼は贋作した手紙を家政婦に渡し、非常に古いものと思うかどうか訊きさえした。家政婦は、古いものに見えると言ってから、「笑いながらこう言い添えた。**あんたがそんな訳のわからない不思議なことができるというのは実に妙だわね**」。(1)さらに彼は、フリート街のホワイト書店とストランド街のオトリッジ書店で、「シェイクスピアの蔵書」のために数多くの稀覯本を何度も買った。彼が有名になったので、二人の店主は、まさに自分たちが売った本が、一週間後に、シェイクスピアが署名をし注釈を書き入れたものとして喧伝されているのではないかと疑ったはずだ。おそらく二人は、面白い秘密を知っているのを楽しんでいたのだろう。あるいは、その若者を、「値の付けられないほど貴重な掘り出し物」と頭の中で結び付けるのは不可能だったのかもしれない。しかしウィリアム・ヘンリーは、大胆不敵にも危険を冒していたのである。

一七九五年二月十七日、『モーニング・ヘラルド』に、「シェイクスピア文書」は本物ではないと、単刀直入に述べた記事が載った。ノーフォーク街のアイアランド家では不安が高まった。ところが、若い頃は放蕩者で、昔、シェリダンの父の親友だったボズウェルが、緊張した雰囲気に包まれたアイアランド家の気分を明るくしてくれた。一七九五年二月二十日、「ボジー」――颯爽としていた二十九歳の時に、ストラットフォード＝アポン＝エイヴォンでのシェイクスピア記念祭で非常に目立った人物――が、「シェイクスピア文書」を見にアイアランド家にやってきた。彼は今や、ぶくぶく太り顎の肉がたるんだ、老けた五十五歳の男だった。

ウィリアム・ヘンリーはその日に起こったことを記録している。ボズウェルは「文書」の外観をとくと眺め、それが古いものであることを保証した。それからしばらく、書かれている言葉を調べ、好意的な意見を連発した。酒好きだったので喉が渇いたと言って、タンブラーにブランデーと湯を入れたものを所望した。その大半を飲んで威勢がつくと、賛辞は倍加した。そして椅子から立ち上がった。

「さて、これで満足して死ねる、今日という日を見るまで生きてきたのだから」。ボズウェル氏はそう言ってから、「文書」の一部が入っている一巻の前に跪き、こう続けた。「私は今、われらが詩聖の貴重な遺物に接吻をするのだ。これを見るまで生きられたことを神に感謝する」。その一巻に、彼は何ともうやうやしく接吻をしてから立ち去った。(2)

「文書」を信じない者の声――それまでのところは、比較的低いものだったが――に対抗しボズウェルは、「文書」が本物であることを言明する証明書に署名した。真贋の判定をする資格などまるでなかったのではあるが。ボズウェルは三ヵ月後に死んだ。それは不摂生な生活の結果だったが、しかし、自分はイギリスの「不滅の詩聖」の傑作に接吻をしたと信じ込んで死んだのだ。

ジェイムズ・ボズウェル

一七四〇年に生まれたジェイムズ・ボズウェルは日記作者およびジョンソン博士の伝記（一七九一年）の著者として、もっぱら記憶されている。彼はジョンソン博士に一七六三年に初めて出会い、スコットランドのヘブリデス諸島を一緒に旅し、のちに旅行記を出版した（一七八六年）。ボズウェルは、酒と女を含め人生を大いに楽しんだ。ロンドンでは、ほとんどどんなことも見損なうことはなく、人殺しのジェイムズ・ハックマン――『恋と狂気』で有名な――の絞首刑を見物にさえ行った。ボズウェルはシェイクスピア記念祭のあと、ついに一七六九年に遅く結婚したが、「妻は夫の弱点をはっきりと意識していた」と言われた。彼はロンドンの文人になることを目指して成人後の人生の大部分を首都で過ごし、常に観察し、おのが経験を豊富にしていた。自分はごくロマンチックな恋人が相手に対して抱くような激しい愛情をロンドンに対して抱いている、と言ったことがある。

ジェイムズ・ボウデンは「シェイクスピア文書」を惜しみなく――終生後悔することになるほど惜しみなく――大いに支持した。一七九五年二月十六日、『オラクル』に、アイアランド氏の好意で、これまで発見されたものにつき、自分が公衆の好奇心を満たす手助けをすることができることになった、と書いた。『リア王』と『ヴォーティガン』に加え、ほかのさまざまな文書は、偉人の人生の家庭的な細かい点について明らかにした、と述べた。また、全体の印象は、「あらゆる疑念を滑稽なものにしてしまう」ものだと言った。一七九五年二月二十一日、「文書」が本物であることをいっそう力強く断言し、「文書を見たことのない者によって書かれた、冷笑的非難には必ず答える」決心を表明し、「〈信仰告白〉を嘲笑う者は無学と呼ばれるであろう」と結論付けた。シェイクスピアの誕生日の四月二十三日には、さらにこう書いた。「実に幸運なことに今回発見されたシェイクスピア関連文書は、詳しく調べれば納得するのに偏狭にもそうしない者以外のすべての者によって、本物であると今や考えられている」(3)。

ノーフォーク街で「シェイクスピア文書展示会」が開かれたあと、多くのほかの証言が続いた。かつては非国教徒の牧師で、さまざまな著作をものし、その時はサー・アイザック・ハードの秘書だったフランシス・ウェッブ大佐は、「シェイクスピア文書」に大変な貢献をした。

すべての偉大で傑出した天才は個性的な特異な面と性格の独自性を持っているが、それは彼らをほかのすべての者から分かつのみならず、彼らをしてあのようにあらしめてもいるのである。誰も競うことも、うまく真似することもできない。あらゆる人間と詩人のうちで、たぶん、シェイクスピアがそうした資質を一番身にそなえていたであろう。彼は特異な存在、ユニークな存在であった。彼に匹敵する者はいなかった。彼を真似して世間を騙すのは不可能だった……［「シェイクスピア文書は」］彼の至高の天才、無限の想像力、含蓄のある機知、人間の心の動きに対する直観的な鋭い判断力、渦巻くような情熱の、議論の余地のない証拠になっている……それはシェイクスピアのものであり、シェイクスピアだけのものであるに違いない。それは彼のペンから生まれたものか、天から生まれたものかである。[4]

「信仰告白」は真正なものだと請け合った、喧嘩早くて小柄な牧師のパーは、いっそう徹底して断定的だった。「それはシェイクスピアによって書かれたか、悪魔によって書かれたかである」[5]。パーはもっと強い調子の「宣言」があるべきだと考え、二月二十五日、「シェイクスピア文書」が本物であることを支持する、「確信証明書」なるものを作成した。それにはこう書いてあった。「署名者は……シェイクスピア文書に関し何らの疑念も抱いていないことを言明する」。

「文書」を信じた者は、注目すべき興味深いグループだった。彼らは傑出した権威者や、種々様々な関心と資格を持つ、年齢もそれぞれ違う多彩な人物だった。皆、親友同士か知り合い同士だった。パー、ボズウェル（二度目の「確信証明書」にも署名をした）、最も熱心な支持者の一人だったフランシス・ウェッブだけではなくほかの署名者も、各人各様に世間から敬われていた。

ジョン・トウェデルも署名した。古典学者で、ケンブリッジ大学のトリニティー学寮のフェローだった。のちに、アテネの考古学上の調査に関係するようになり（エルギン卿はトウェデルの死後、彼のヨーロッパ大陸での詳細な日誌を盗んだと言われた）、同地で死んだ。トウェデルはみずから望んでテーセウス祀堂に埋葬され、貴重なパルテノンの浅浮き彫りの塊で出来た墓石が建てられた。

異彩を放っていた青鞜派のハンナ・モアも署名した。彼女自身、劇作家、詩人、教育家で、チャタトンが自殺したあと、困窮した遺族を助けた。また、もう一人の署名者トマス・バージェスの友人だった。バージェスはダラム大聖堂の主教座聖堂名誉参事会員で、のちにソールズベリーの主教になったが、当時、オックスフォード大学のコーパス・クリスティ学寮のチューター兼フェローで、偉いへブライ語学者であったばかりではなく、数多くの古代ギリシャ・ローマの文学作品の編纂者でもあった。

ほかに、のちにトリントン卿になる、シェイクスピア文献の蒐集家であるジョン・ビング、書物蒐集家で古物研究協会の「父」で、稀覯本、版画、メダルの貴重なコレクションの持ち主であるジェイムズ・ビンドリーも署名をした。

驚くべきことに、署名した者の中に、サミュエルの仲間の一人で、『恋と狂気』の著者サー・ハーバート・クロフトがいた。『恋と狂気』はアイアランド一家に非常な影響を与え、ウィリアム・ヘンリーが贋作をするようになるのに、少なくとも一部の責任があった小説だった。怒りっぽく精力的なクロフトは数多くの本を書き、弁護士で教区司祭であると同時にケベック守備隊付き司祭だった。実際にケベックに行くのは免除されてはいたが。晩年は、破産した負債者としてヨーロッパ大陸で暮らした。

パーの「確信証明書」に署名した「信じる者」のリストは長いものだった。それには、ウィリアム・ヘンリーと同年の若い貴族、第十一代サマセット公が入っていた。彼は一七九三年に公爵の位を継いだが、すでに古物研究家で数学者だった。のちに、半島戦争でウェリントンの副官を務めた。紋章院のガーター紋章官サー・アイザック・ハードも入っていたが、彼は優れた古物研究家だった。

当時の「一番厳しい鞭打ち人」のリチャード・ヴァルピーも署名した。彼は最盛期のレディング中等学校《スクール》の校長で、生徒に慕われていた。彼の書いた文法書は広く使われた。英語とラテン語の詩の熱心な愛好家で、彼が改作したシェイクスピアの『ジョン王』は一八〇三年、コヴェント・ガーデンで上演された。

スコットランドの第八代ローダデイル伯も署名した。彼はホイッグ党の領袖で、フランス革命の指導者たちの友人だった。激しい気性の持ち主で、犀利で、奇矯だった。そして、「過激急進主義《ジャコバン》に合った粗末な服装をして」議事堂に現われるので際立っていた。

ジェイムズ・スコットも署名した。彼は教区の何人かに命を狙われたのでロンドンに来た。教区の教会に納められる十分の一税を手に入れようと、その何人かの者に対して訴訟を起こして裁判に勝ったのだ。神学博士で、さまざまな詩や諷刺的、政治的な文章を書いた。著名なホイッグ党員の第七代キネアード卿も署名をした。

みずから白状した贋作者のジョン・ピンカートンも署名した。この奇矯なスコットランド人の古物研究家で歴史家は献身的に研究をした。「古代スコットランドのバラッド」を纏めた本を出したが、間もなくジョーゼフ・リトソンが、その大部分はピンカートンの自作であることを証明した。ピンカートンはそのことをすぐに認めた。

ヘンリー・ジェイムズ・パイも、やはり署名した。ウェストミンスターの治安判事で、トマス・ウォートンの跡を継いで桂冠詩人になったのだが、詩的才能にも詩的感情にもまったく欠けていると言われた。だが、その地位に二十年間とどまった。州裁判所判事、ロンドン警察裁判所判事、バークシャー選出の下院議員としての貢献に対する褒賞としては、やや驚くべきことである。

ジョン・ヒューレット師も署名した。聖書学者、人民間訴訟裁判所の古文書翻訳者で、トマス・コーラムが設立した捨て子養育院で説教をした。また、牧師で著述家で、ジョンソン、ボズウェル、グレイの友人だったウィリアム・ジョンストン・テンプルも署名した。ニュー・インのマシュー・ワイアットも署名した。彼はペルメル・イーストに建つジョージ三世の像を彫った。

牧師で奴隷貿易商のジョン・フランク・ニュートンも署名した。十一歳の時から海で特異な生活を送り、初め奴隷売買の船長として貿易に従事したが、やがて回心し、散文と賛美歌を書いた。彼の書いた賛美歌のいくつかは、「アメイジング・グレイス」を含め、今でも歌われている。晩年ニュートンはウィリアム・ウィルバフォースに出会い、奴隷売買廃止運動に加わった。ナサニエル・ソーンベリーとトマス・ハントについては、ほとんど何もわかっていない。

ほかの「信じる者」の中には、ジョーゼフ・ウォートン博士、ドルーリー・レインのトマス・リンリー、コヴェント・ガーデンのトマス・ハリス、エドマンド・バーク、小ウィリアム・ピットがいる――そして、クラレンス公爵殿下と英国皇太子が。こうしたことはすべて、若き贋作者には頭がくらくらするような出来事だった。署名をしたこれらの者は、間もなく、「文書」を信じなかった者と新聞とに嘲られることになる。

しかしながら、何人かの知人は署名をするのをきっぱりと断った。ギリシャ語の学者のリチャード・ポーソンは、どんな「信仰告白」にも署名をしないと言って断った。ポーソンは、医者、詩人、自由思想家のエラズマス・ダーウィン（チャールズの祖父）の擁護者だった。そして、サミュエル・イングランドという名で（サミュエル・アイアランドに対応して）、十二連の伝承童謡《ナーサリー・ライム》のギリシャ語版を作ってサミュエルをからかった。そのナーサリー・ライムは友人がトランクの中で、失われたソフォクレスのいくつかの悲劇の草稿のあいだから見つけたものだと彼は言った。そういうわけで、彼の立場は明らかだった。

古物研究家で文筆家のジョーゼフ・リトソンにとっては、無謬の人間などはいなかった。見事なほどに恐れずに、誰をも、必要とあればジョンソン、マローン、スティーヴンズをも攻撃した。「シェイクスピア文書」を見た者の中でウィリアム・ヘンリーが最も恐れたのはリトソンだった。「鋭い容貌、突き刺すような目、黙って吟味する様子、それはすべて、かつて経験したことのない恐怖で私を満たした」。彼の単刀直入の質問は問題の核心を衝いた。「彼は騙されるような男ではなかった。自分の好奇心が満たされると」ひとことも言わずに立ち去った。「リトソン氏は文書が偽物であると十分確信して帰ったと、私は堅く信じている……」(6)。リトソン——間違いなくやはり複雑な性格の人物——は、「文書」をおおやけに非難したことはなかった。おそらく、サミュエルとマローンの両方をひどく忌み嫌っていたので、どっちの側にもつかなかったのだろう。

すると、一七九五年の三月と六月のあいだに、『紳士雑誌』に、サミュエルが近々出そうとしている『雑纂』についての賛否両論の匿名の投書が掲載された。それは心を乱すようなものだった。『雑纂』に否定的な投書の主は、こう主張していた。シェイクスピア文書のような重要なものは、思慮分別に欠ける者の判断にもとづいてではなく、リチャード・ファーマー博士(一流のシェイクスピア学者だがケンブリッジにとどまり、真贋論争に加わるのを好まなかった)やマローンやスティーヴンズに、それが本物であるのを立証してもらってから出版すべきである。サミュエルは「文書」の出所を依然として明かしていない。その本の予約申し込み者は展示会の観覧料を払う必要はない。また、サミュエルが『内容見本』の中でシェイクスピアを「偉大な父」と呼んでいるのはおぞましい。賛否両論の投書の応酬は、「信じる者」と「信じない者」のあいだで続いた。

一七九五年に、ウィリアム・ヘンリーのこれまでで一番大胆な贋作文書が現われた。一六一一年二月二十三日付の、ジョン・ヘミングに宛てた贈与証書である。それはシェイクスピアの遺言書で、本物の遺言書の日付の五年前の日付になっていた。その中で贋作者は弁護士を攻撃し、本物の遺言書に疑問を投げかけているが、それでも、後者に書かれていることをかすかに反映している。

シェイクスピアの本物の遺言書は一七四七年に、サマセット・ハウスにある、遺言事件を扱うカンタベリー大主教特権裁判所の記録保管所で見つかった。その遺言書の日付は、一六一六年三月二十五日である。それは三枚にわたり、どれにも病気のシェイクスピアの署名があり、本物であるのは疑いなかった。しかし、それは多くの者にとって常に不満足なものだった。自作の劇についての言及もなければ（彼が自作を所有していたわけではないからだ）、自作を出版する意図についての言及もなかった（それらは読まれるのではなく演じられることを目的としていたし、出版すると、競争相手の劇団の手にも渡ってしまうからだ）。

ウィリアム・ヘンリーは本物の遺言書の不備を正すと同時に、自分の問題のいくつかをも解決した。この新しい贈与証書では、詩聖は常に信頼できる旧友のジョン・ヘミングを、自分の「本当の遺言書」の遺言執行者に指定している。この遺言書では、詩聖の妻はもっとちゃんと、かつ、はっきりと言及されていて（もはや、あとからの思いつきには見えない）、百八十ポンド（今の約一万三千二百ポンド）と、ほかの品に加えて衣服をたっぷり遺贈されている。

詩聖はヘミングに、「われらのグローブ座の中にある」大きな「樫の櫃」のところに行くよう指示した（「文書」を信じた者たちは、それはH氏が持っているものと同じものだろうかと考えたかもしれない）。詩聖によれば、そこに何人かの俳優に配るための劇の自筆原稿が仕舞ってあった――そうした劇の題名も多く記されていた。そして二人の娘のうちの一人に言及しているが、名前で言及しているのではない。ジョン・ヘミング自身は、五つの劇の自筆原稿と、金の指輪を買う金を貰うことになっていた。ヘミングに対するほかの指示は、財産の大部分を――シェイクスピアの人生における、もう一つの衝撃的な出来事だが——名の記していないある私生児にどのように遺贈するかを詳しく説明したものだ。それは、私生児全員の社会的地位を大いに高めるものだった、もっとも、詩聖が幸せな結婚をしていたという印象を贋作者が作り出そうとしていたこととと矛盾するけれども。

それはまた、H氏が「文書」にどういう関係があるのかという謎をも解いた。多くの者は、H氏はジョン・ヘミングの子孫に違いないと思った。しかし、一体、なぜH氏は隠れたままなのか？　若者はこう説明した。H氏は確かにヘミングの子孫だが、先祖のヘミングを守っているのだ、なぜなら、ヘミングは贈与証書に記された遺贈を遂行しなかったからだ。したがって、自筆原稿は溺れかけたシェイクスピアを救ったアイアランドには行かず、ヘミング家にずっとあったのだ。（また、H氏は例の私生児の子孫かもしれないということも仄めかされた。）隠遁者のH氏がついに万事を解決することになるのだった。さらに、「まだ印刷されたことのない『ヴォーティガン王』」という新しい劇も言及されている。ウィリアム・ヘンリーは頭を働かせ、一つの贋作を本物に見せるために、もう一つの贋作を使ったのである。

「シェイクスピア文書」が自分のものであることに何の疑念も残さぬよう、一七九五年の六月中旬、ウィリアム・ヘンリーは父に向かって、こう言った。H氏のところにある文書を調べた結果、自分、ウィリアム・ヘンリーが、贈与証書の対象である昔のウィリアム・（ヘンリー・）アイアランドの直系だということを、もう一つの文書が証明した、「したがって、彼［H氏］はもはや、私が原稿を所有していることを自分の施した恩恵とは考えていず、私がそれを持っているのは相続による私の権利だと見なしている」[7]。その文書は結局、現われなかった。

そして、思春期の贋作者は慎重さに欠け、騎士と甲冑に学童じみた情熱を持っていたため、父に対してまったく馬鹿げたことを言ってしまった――自分は、跪いている騎士にヘンリー五世が記章を授与しているところを描いた彩色写本を見た。それには次のような文句が書いてあった。「アイアランドよ、汝は汝の剛勇のゆえに称賛に値する。汝の勇気を讃え、イングランドの紋章の一部を与えよう」。騎士が、自分はそれに値しないと答えると、国王は、こう答えたことになっていた。「汝に、フランスの紋章をちりばめた深紅の紋章を与えよう」。

ウィリアム・ヘンリーは、ナイト爵に叙せられた自分たちの先祖は、こう書いたと言った。「私、アーサー・アイアランドは、アジャンクールにおいて一四一八年［一四一五年でなくてはならない］、ヘンリー五世によってこれを授けられた」。その後、代々のアイアランドはその文書が正しいのを裏付けてきたが、その家系は詩聖を救った例のアイアランドまで続いたとウィリアム・ヘンリーは言った。ウィリアム・ヘンリーはヘンリー五世の署名が現存するかどうか調べた。すると、肉筆の権威であるセイン氏は、存在しないと言った。しかし、ウィリアム・ヘンリーは間もなく、そんな家系をでっち上げるのはあまりに難しいことを悟り、すぐに諦めた。だが父は、途方もなく重要なその彩色写本を、満たすのが不可能な要求のリストに加えた。そのエピソードは、自分が私生児であることを大したことではないように見せようとする、ウィリアム・ヘンリーのもう一つの試みである[8]。

それからウィリアム・ヘンリーは、そんなことをしているあいだに、いまだに学者を困惑させている問題に答えることで、さらにもう一つの謎を解こうとした。シェイクスピアが『ソネット集』を捧げた「W・H氏」は誰かという問題を（出版業者トマス・ソープは『ソネット集』を一六〇九年に公刊した際、冒頭に、W・H氏に対する献辞を付けた）。またもや驚くべき偶然。彼は溺死寸前の詩聖を救った、あのウィリアム・ヘンリーに違いない！

われらがウィリアム・ヘンリーは、束の間の平安を得ていた。というのも、サミュエルがいくつかの面で大忙しだったからである。『エイヴォン川……』を纏める最終段階にあったし、『雑纂』を出版するために予約申し込み者を募るのに熱心になっていたし、アイアランド家の紋章の件を考慮してもいた。サミュエルは紳士階級に入るのを常に夢見ていたので、これまではわからなかったアイアランド家の紋章について調査を続けるよう、友人のサー・アイザック・ハードに頼んだ。

H氏からは長いあいだ何も言ってこなかったが、今やH氏とサミュエルのあいだで手紙が交わされ始めた。その手紙は悲痛なものである。なぜなら、若いアイアランドは渇望していた父の愛情と尊敬を得るためにその手紙を利用したからだ。

サミュエルはH氏に手紙を書く決心をした。アジャンクールでヘンリー五世から自分の先祖に与えられた「紋章認可書」を、ともかく見るのが大事だったからだ。彼は「紋章認可書」が自分にとって大変に重要なのを、H氏は理解してくれるだろうと思った。そして一家の馬車での遠出に、遠慮がちに誘った。

彼はウィリアム・ヘンリーを通して、すぐに礼状を貰った。それには、書き物机を贈ることを約束すると書いてあった。サミュエルは当然ながら、その気前のよさに意を強くした。すると、またも手紙が来た。息子が父と意思の疎通を図ろうとしているのを知っている読者には、その手紙は物悲しい。

しばらく前から　あなたにお手紙を差し上げようと思っていました　お手紙を差し上げれば私がご子息との約束を破ることになるのは確かです　従って彼の父親としてあなたに最も厳しく秘密を守って頂くことを乞わねばなりません　いや　要求しなければなりません　彼がよく私に話すことから　彼が世間でどんなふうに思われているのかをあなたが知らねばならないのはまっ

たく正しいと考えます……彼は手紙の書き方も知らない青年と世間から思われているのです……今　目の前にご子息によって書かれた劇の一部があります　それは文体と思想の偉大さゆえにシェイクスピアのどんな作品にも匹敵します　それは私の名誉にかけて偽りなく本当のことですので　冷笑しないようにお願い申し上げます。(9)

若者は架空の仲介者の後ろに隠れるという、自分に出来る唯一の方法で父に話しているのだ。この悲痛な状況を誰も冷笑することはできないだろう。この手紙の中で、ウィリアム・ヘンリーは「シェイクスピア文書」の本当の出所について強く仄めかしてもいるのだ。H氏は続ける。

彼は征服王ウィリアムを題材に選びましたが　シェイクスピアのイングランドの王の完全な歴史を作り上げるために一連の劇を書くつもりだと私に言っています　彼はそのことを知られたくないと望んでいますので　この件でも私はあなたを信頼致します　私が何でこれほどまでに彼が気に入ったのか不思議にお思いになるに違いありません　彼の際立った才能は　誰をも彼の贔屓にしてしまいます　私は彼とよく話をしますが　彼の倍の齢《とし》の者の中にさえ　彼ほど人間の性格について詳しく知ってはいる者は　これまで一人もいません……ご子息以外　誰もシェイクスピアのように書いた者はいません　これは大胆な告白ですが　本当なのです……私は彼が書いたその劇の一部を読みました……そして　同封の長台詞を書いてもらいました……その思想の壮大さをご判断になり　それから　それがシェイクスピアにまさに迫るものではないかどうか　ご自問下さい　それは私の家で作られたのです……彼は私の家に入るなり　歩いている際に頭に浮かん

だことすべてを書き留めます　私はそうした考えをどこで得ることができるのか　何度も尋ねました　彼の答えのすべては　こういうものです　「自分はそれを自然から借りる」　私は　なぜ秘密にしておきたいのかとも尋ねました　それに対して彼は言うのです　「自分は物をほんの少ししか知らないと人から思われたい」お願いですから彼をじっと観察して下さい　そうすれば　私が言っていることが真実以外の何物でもないのがおわかりになるでしょう　彼はさらに　閉じこもって法律をこつこつ学ぶのは心から嫌いだと　よく言っています　しかし適当な機会が見つかるまではじっとしているつもりだとも言っています……

I氏よ——あのような際立った才能を持った息子が私にあれば　私は年二千ポンド与えるのにやぶさかではないと　名誉にかけて誓うでしょう　もし二十歳であれほど書けるなら　今後どんなことをするでしょうか　彼に会えば会うほど私は驚きます　もし　ご子息が第二のシェイクスピアでないならば　私は人間ではありません　これは内緒にしておいて下さい……例によって彼にこの手紙を届けてもらいます……

敬具
H

これまでのことは口外しないで頂きたい　ともかく　次のことはお忘れにならないように　あなたの息子さんは　天分においてシェイクスピアの兄弟なのです　シェイクスピアと手を繋いで歩いた唯一の人物です(10)。

『征服王ウィリアム』からの抜粋がH氏の手紙に同封されていた。

サミュエルは手紙の意図も、そこに隠されている鍵も見過ごしたが、ともかくもH氏に礼状を出した。息子の詩的才能に驚きの念を表明したあと、すぐさま自分の為を図った――貴殿にお会いする手配をし、誰が「シェイクスピア文書」の持ち主なのかをはっきりさせたい、それがはっきりしないので、「シェイクスピア文書」の出版のための序文の準備が遅れていると書いた。だが、何の返事も来なかったので、サミュエルは息子をせっつき始めた。その週の終わりまでには、H氏は返事を寄越した。その中でH氏は、あなたは秘密を洩らしたに違いない、なぜなら、ウィリアム・ヘンリーが、秘密にしたことについて自分に訊いたからだ、と言った。若者は依然として盛んに書いていて、「頭痛のせいで思うように集中できないので子供のように泣きさえしました……」。H氏は以前、髪粉について助言をして憎まれたので、今回は息子の育て方についてサミュエルに助言しようとしなかった。その手紙はこう続けていた。サミュエルの息子は「親孝行の息子にふさわしくない言葉はただのひとことも発しません　おお　I氏よ――もし長生きさえすれば、将来、人々を驚かせるに違いない息子を持っている自分は幸せだと、どうかお思い下さい」。

若者は、以前にもしたように、また、今後もまたするであろうように、天才と自殺には関係があるという自分の考えを、必死になって持ち込んだ。だがサミュエルはそれに気づかず、自分の息子がそうやって褒められるのにうんざりし始めた。一方、自分の質問に対する答えは、まだ来なかった。

地平線上に怪しい雲が湧き始めた。一七九五年二月末にエリザベス女王の手紙が現われて以来、「シェイクスピア文書」は本物ではないという囁きが聞こえるようになった。エリザベス朝の筆跡専門家が「シェイクスピア文書」を見たが、珍紛漢紛だったという噂が流れていた。そうした疑念を一掃するため、「シェイクスピア」によるまったく新しい劇が間もなく現われることになる。

第八章　信じるべきか信じるべきではないか

どうしてウィリアム・ヘンリーは、それほど長いあいだうまく切り抜けたのだろう？　サミュエルは「シェイクスピア文書」が本物であるのを証明しようとした。しかし、当時はシェイクスピアの専門家がごく少なかったうえに、彼は何人かの一流の専門家にそれを見せるのを拒否した。「シェイクスピア文書」は、贋作者の独特の綴りと独特のエリザベス朝の筆跡と、やや焦げた紙が組み合わさって、実際、非常に読みにくかった。今日ではほとんど読み取れない。それはまた、「裸の王様」のケースだった。非常に多くの著名人がその文書は本物だと言ったので、これまでで最大の文学上の貴重な発見かもしれないものを否定して馬鹿者と思われる危険を冒そうという者は、ほとんどいなかった。

一七九五年二月から、ウィリアム・ヘンリーは『ヴォーティガン』を書き殴り始めた――一度に一頁の割合で。その間、サミュエルは苛々しながら、もっと見せろと言った。時間がかかるのだ、と若き贋作者は言った。なぜならH氏が、真筆の原稿を自分にくれる前に、その完全な写しが欲しいと言っているから。その完全に新しい劇についての噂が急速に広がったが、サミュエルはそれを誰にも見せようとしなかった。訪問者たちは、その劇の主題が、ウィリアム・ヘンリーの父の書斎にある暖炉の上に掛かっていた大きな素描の主題と同じだという不思議な偶然について口にはしたが、まだ誰も、その素描がウィリアム・ヘンリーにインスピレーションを与えたことに勘づかなかった。（一五九三年、『ヴォーティガン』という題の劇がローズ座でペンブルック伯一座によって上演された。もしウィリアム・ヘンリーがその脚本を手に入れることができたなら、大いに手間が省けただろう。）それが征服王ウィリアムからエリザベス一世までの時代を題材にした一連の劇の最初のものになる、とウィリアム・ヘンリーは自信をもって思った。人を騙すおのが才能に自信過剰になりつつあったのだろうか？

　ウィリアム・ヘンリーの若い友人モンタギュー・トールボットは、俳優になろうという夢を追って二月初旬にダブリンに行った。そして、そこで、最新のわくわくするような「発見」について、贋作者自身から聞かされる前に耳にした。トールボットは、遠く離れているからといって友人の秘密の人生の刺激的な出来事に無関係でいたくなかった。二人は暗号用格子を使って文通することで合意した。まったく同じように孔をあけた紙を互いに持ち、その孔に秘密のメッセージを書き込み、それから手紙のほかの部分をでたらめな言葉で埋めるということにした。

　間もなくトールボットはウィリアム・ヘンリーに宛てた手紙の中で、自分は蔑《ないがし》ろにされていると不平を言ったが、その手紙を出してからわずか十日後、短期間滞在する目的でダブリンから急いで戻ってきた。悪戯好きの若い俳優は、ウィリアム・ヘンリーの華々しい悪ふざけの詳細についてたっぷりと聞きたかったのだ。そして、自分がイギリスにいた頃より何と多くの文書を友人が贋作したのかを知って仰天した。ウィリアム・ヘンリーはこれまで、トールボットに手紙を書くのに一分たりとも割くことができなかったが、これからも割けそうもなかった。「私はさまざまな文書の贋作に文字通り忙殺されていたので、ほかのどんなこともまったく考えられなかった……」[1]。彼は父のしつこい要求を受け流しながらシェイクスピア文書を贋作し、シェイクスピアの蔵書を絶えず増やすという作業に追われていたが、今や『ヴォーティガン』に取り掛かったのだ。驚くべきことに、彼はそれをたった二ヵ月で完成することになる。時間に追われていたので、その劇を一度に一頁ずつ父に渡した際、何を書いたかをあとで思い出すための写しを作らなかった。

トールボットは自分もその悪ふざけに一枚加わりたいと思った。最初はウィリアム・ヘンリーも同意し、トールボットが書き加えることのできるよう、新しい劇のいくつかの場面を君に送ろうと言った。間もなくウィリアム・ヘンリーは、それが不可能なのを悟った。一つには、二人の言葉の遣い方も筆跡も違うということがあった。また、贋作者の虚栄心もあった。自分の造ったものに対する独占欲がひどく強くなっていたので、栄光を他人と分かつ意図がまるでなかった。そもそも、頭の回転の速いトールボットを引き入れたことで、事態を厄介なものにしてしまったのだ。トールボットが正確にどのくらい関与していたのかについて、のちに何人かの批評家は常に疑問を抱くようになる——トールボットは「文書」の幾分かを実際に書いたのだろうか？

シェイクスピアの「新しい」劇『ヴォーティガン』が非常な興奮を巻き起こしたので、一七九五年三月までには、それを舞台にかけることについての話し合いが始まった。サミュエルはロイヤル劇場ドルーリー・レインの友人たちの手に、その「掘り出し物」を渡したかった。一七七六年、シェリダンと、その義父でサミュエルの友人のトマス・リンリーが、ジェイムズ・フォード博士という人物と一緒に、ドルーリー・レインのシェリダンの株を三万五千ポンド（今の約百六十九万ポンド）で買った。二年後、三人は残りの株を四万五千ポンド（今の約二百十七万ポンド）で購入した。その劇場はギャリックが一七六九年に「シェイクスピア野外劇」を上演した劇場である。イギリスの作曲家リンリーはナポリで学び、若い頃はバースで歌唱を教え、演奏会で指揮をした。彼の才能のある娘たちの一人エリザベス・アンは、颯爽としたシェリダンと結婚した。一七七四年にはリンリーはドルーリー・レインのオラトリオの指揮者の一人だったが、一七七六年以降十五年間、音楽監督を務め、歌、オペラ、バラード、アンセムを作曲した。シェリダンの喜歌劇『お附き老女』の音楽を作曲したのは彼である。

ロンドンの劇場

十八世紀末のロンドンの劇場は、ドルーリー・レインやコヴェント・ガーデンのような一流の劇場でさえ下品で、時には騒然とした。どんな劇の初日も、大勢の掏摸《すり》や娼婦を引き寄せる喧噪をきわめた催しだった。ある劇が上演された際、ボズウェルは「若気の至り」で、最初から最後まで牛の鳴き声の真似をして観客を楽しませることにし、「牛のアンコール！」という声がかかった。それは、劇場での殴り合いが珍しくなかった当時としては穏やかなものだった。

そうした事態を大きく改善したのはデイヴィッド・ギャリックである。もはや観客は舞台に押し寄せたり、舞台の上に坐ったり、許可なしに楽屋を訪れたりすることは許されなくなった。今や、切り抜きの舞台装置と、隠した舞台照明が使われるようになった。もっとも、観客席の主な照明は、観客が互いに相手の格好をよく見ることができ、噂話を交わすことができるように、そのままだったが――その二つのことは、芝居見物の大きな楽しみでもあった。ギャリックは、独特の親しみやすいが力強い台詞回しと演技で、その後の劇の流れを決定づけた。俳優たちは以前より訓練され、臭い芝居はあまりしなくなった。衣裳は依然として、やや いい加減であったが。

それでも、劇場が大いに騒々しくなることもあった。シェリダンの『恋仇』の初日に、サー・ルーシャス・オウトリガーを演じた俳優に林檎が投げつけられた。その俳優は観客席に向き直り、自分を非難しているのか劇を非難しているのか、どっちなのかと訊いた。観客もほかの観客から襲われることから免れなかった。免れないどころではなかった。怒りの爆発はあらゆるものを反映していた。政治、戦争（例えば、一七九三年のフランスとの戦争の勃発）、個人的反目に至るまで。そして、最も観客を怒らせたのは、入場料の値上げだった。


サミュエルはまだ完全原稿さえ手にしていなかったが、三月末に、赤いベスト、金属のボタンの付いた青い上着、鍔を上に曲げた帽子という、例によって流行の服装をしたシェリダンが『ヴォーティガン』の原稿の読める分だけ読もうとノーフォーク街にやってきて、サミュエルと、ある合意に達した。まだ若く、仕事に最も脂が乗っていた時期の、輝かしい人生の絶頂にいた機知に富んだシェリダンは、大いに得な買い物をしたと思った。というのも、『ヴォーティガン』は普通の劇の二つ半に相当するから、とシェリダンは自慢をした。贋作者ウィリアム・ヘンリーは、シェイクスピアの劇の一つの行数を数えた。どの劇かは言っていないけれども。彼の計算では、それは二千八百行以上あった。特に長い劇を選んだのである。

コヴェント・ガーデンの抜け目のないトマス・ハリスも『ヴォーティガン』を上演したがったが、

サミュエルは断った。ハリスは原稿を見さえせずに無条件の契約を申し出たのであるが。ハリスは興行師で、その劇をただちに、派手に、かつ大宣伝をして上演しただろう。

『ヴォーティガン』の初日は一七九五年十二月ということに決まった。それは最近発見され、今や『雑纂』と題された「シェイクスピア文書」が出版される少し前だった。しかしながら、そうした賢明なタイミングは、シェリダンが疑念を抱くようになり、躊躇する気持ちと敵意を募らせるようになったために、狂ってしまう運命にあった。

シェリダンは、最初は「シェイクスピア文書」を信じた者の一人で、一七九五年、「シェイクスピア文書が本物であることに関する確信証明書」に署名した。だが、『ヴォーティガン』を通読してみると、詩聖の「超越的天才」に疑念を覚え始めた。その劇が本物かどうかというのが問題ではなく、詩聖のほかの劇より劣っているというのが問題だった。その劇は「かなり奇妙」で「生硬」で「粗雑で未熟」で「ひどく変」だと彼は言い、シェイクスピアはそれを書いた時、若かったのに違いないと断定した。しかし彼も「シェイクスピア文書」には納得していた。「それが古いものではないと……一体誰が思えるだろうか?」(2)

シェリダンは、そもそもシェイクスピアがそれほど好きではないということを隠したことはなかったが、この劇は自分の立派で有名な劇場にふさわしいものではないと次第に感じるようになった。ロイヤル劇場ドルーリー・レインはイギリスで最も重要な劇場で、非常に長い伝統があり、それ自体で一つの機関だった。劇場は社会のあらゆる階層の人間が交わることのできる数少ない場所の一つだった。実際、時には非常に親密に交わることができた。君主と長い繋がりがあり、知識人、貴族、徒弟に等しく人気があったドルーリー・レインでは、特にそうだった。

サミュエルとシェリダン、ケンブル、舞台装置大工のグリーンウッド氏、劇場幹事のストークス氏のあいだで、毎日のように手紙がやりとりされた。シェリダンが次第次第にやる気を失くすと、交渉は三ヵ月、中断した。シェリダンもサミュエルも抜け目がなく、急いで儲ける必要があるのを知っていた、できれば最初の一週間に。サミュエルは多額の前金と最初の公演の高額の分け前が欲しかったが、劇場の経営者たちは別の考えを持っていた。公演が全部終わるまで、毎晩の売上の分け前を払おうと思っていた。

アイアランド一家の友人で隣人のオールバニー・ウォリスは事務弁護士でもあったが、交渉に加わるよう求められた。サミュエルは、最初の四十夜の売上の分け前を提供されたが、それに対し、頭金として五百ポンド（今の約一万八千ポンド）、六夜の純売上（普通は、新しい劇の作者には三夜の売上が提供された）――その六夜のうち三夜は最初の十回の公演のもの――を要求した。そんな具合にやり取りは続いた。サミュエルは、犀利なシェリダンがイギリスの「不滅の詩聖」の新しい作品に対する畏敬の念を共有していないことに失望した。そして、シェリダンのほうは約束を破り始めていた。とうとう、オールバニー・ウォリスが仲裁役として中に入り、一七九五年九月九日、シェリダンに契約書に署名させた。サミュエルは二百五十ポンド（今の約八千八百ポンド）を、毎晩の売上が三百五十ポンドを越えた分に対する前金として現金で受け取ることになった。彼はこの条件を、劇場側が上演にはどんな努力も惜しまないという口頭での合意にもとづいてのみ受け入れた。もし、一回の公演の売上が平均二百五十ポンドを下回らない限り、四十夜の公演が保証された。初日は一七九五年十二月より遅くなることはないということが確認された。

最初、シェリダンがすぐに断らずにのらりくらりしていたのは、競争相手であるコヴェント・ガーデンのハリスに『ヴォーティガン』を取られないようにするためだった。そして、その目的は達成した。しかし、劇の上演は遅れ、サミュエルは狼狽した。彼自身、その劇の出所にやや不安を覚えていた。ついに一七九五年十月、前金が支払われた。最初の話し合いが始まってから八ヵ月後である。サミュエルはそれを受け入れる以外になかった。

シェリダンは依然として、協力するのでもなく約束を守ろうとするのでもなかった。ある日、サミュエルがシェリダンを捜して、舞台裏の傾斜した通路や階段の、薄暗いごたごたした迷路を歩いていると、大工のグリーンウッドから、『ヴォーティガン』の舞台装置を作るのはやめてパントマイムの仕事にかかるように言われたという話を聞いた。サミュエルの被害妄想は強まった。

『ヴォーティガン』に関わったことを深く悔いながらシェリダンは、ついに上演の準備を始めることにした。ただし、古い衣裳と舞台装置を使って。それまでシェリダンは、『ヴォーティガン』の原稿さえ貰っていなかった。サミュエルは依然として、その原稿を手放さなかった。そのあいだに普通の綴りの英語での写しを作らせることができると思ったのかもしれない。それとも、もうその頃には誰かにそれを見せるのは気が進まなかったのだろうか？

R・B・シェリダン

リチャード・ブリンズリー・シェリダンはアイルランド人の劇作家、劇場経営者だったが、後年、卓越した政治家になった。父は俳優兼座主で、母は著名な文筆家だった。シェリダンはハロー校を出たあと三幕の笑劇を書いた。背が高くて凛々《りり》しい劇作家は、一七七三年、歌手のエリザベス・リンリーと結婚した。トマス・ゲインズボロは、彼女の官能的で謎めいた美しさを肖像画に描いている。シェリダンは波瀾に富んだ求愛期間中、エリザベスとヨーロッパ大陸に駆け落ちし、エリザベスの熱烈な崇拝者と二回決闘をした。流行を追った夫婦はロンドンで身分不相応な暮らしをしたので、彼は再び、やむを得ず劇を書いた。劇は華々しい成功を収めた。シェリダンがたった二十四歳で書いた笑劇『恋仇』は、『悪口学校』（一七七七年）と『批評家』（一七七九年）同様、ドルーリー・レイン劇場で大好評を博した。一七七六年以来ドルーリー・レインの経営者だった彼は（最初は共同経営者だったが）、一七八〇年にスタッフォード選出の下院議員になり、三十年に及ぶ議員生活が始まった。その間、いくつかの注目すべき名演説をし、政府の要職にも就いた。政界への大きな貢献は演劇界の大きな損失だった。百二十年の歴史を持つ彼の劇場は使用に不適と見なされ、一七九四年に新しく建てられた劇場は――『ヴォーティガン』はそこで上演された――一八〇九年に焼失した。火炎は議会からも見えた。彼の個人的人気は大変なものだったので、下院は火事に同情し、会議が中断された。その時、友人たちと近くのピアッツァ・コーヒー・ハウスにいたシェリダンは、自分の一番貴重な財産が劇的な四百五十フィートの炎の壁の中で消えて行くさまを、じっと見ていた。そして、ほろ苦い調子で言った。「人が自分の暖炉のそばで葡萄酒を一杯飲むのは、確かに許されるだろう」。彼の数多くの当意即妙の文句は、たちまちのうちにロンドン中に広まった。実に何度も破産に瀕し、貧窮のうちに死んだが、ウェストミンスター寺院で壮麗な葬儀が営まれた。

ジョン・フィリップ・ケンブルは、一七八八年以来、シェリダンの下の俳優兼座主だった。彼はシェリダンに言われ、『ヴォーティガン』の原稿を貰いにノーフォーク街にやってきたが、サミュエルは怪しいと思った。サミュエルは長いあいだ劇場に馴染んでいたので、新しい舞台装置を作るのが遅れているのに原稿を要求するというのは、金をかけずに劇を上演するのを目論んでいるということだとシェリダンに手紙で言った。サミュエルの気持ちを宥めるためにケンブルとの話し合いが計画された。その際、十分に説明がなされることになっていた。

ところが十一月十七日、いつもは礼儀正しいケンブルが、アイアランド父子に会うことになっている劇場に現われなかった。サミュエルは原稿を手放さなかった。ケンブルはサミュエルにひどくうんざりしていただけではなく、自分自身の問題を抱えてもいた。アルコール中毒の妻帯者の座主は、一座の女優、品行方正なマリー＝テレーズ・ド・カーン嬢に片想いし、言い寄っていた。そして、彼女の楽屋で強姦しようとしたが、悲鳴を聞いた大勢の者が駆けつけたので果たせず、一七九五年十二月、屈辱的なことだが、おおやけに謝罪をさせられた。

ケンブルは俳優一家の出だった。父のロジャーは座主で、その十人の子供には、それぞれ俳優になったジョン・フィリップ、チャールズ（彼はフランス人のド・カーン嬢の夫になり、彼女のほうは、やがてドルーリー・レインの主演女優になり、英語でいくつかの劇を書いた）、スティーヴン・ケンブル、サラ・シドンズ夫人がいた。ジョン・ケンブルが世に出たのは、姉のサラが女優として成功したおかげである。ジョン・ケンブルは一七八三年から何年もドルーリー・レインで悲劇の主役を務めた。それには、シェイクスピアの劇のすべての男優の主役が含まれる。また、姉を相手に演ずることも多かった。俳優としての彼は優美で優雅だったが、演技と台詞回しはひどく気取ったものだった。彼を激賞する批評家もいたが、さほど褒めない批評家もいた。

シェリダンは多忙をきわめた男だった。副業として演劇に携わる一方、何年間も政界で目覚ましい活躍をした。いつもは即座に事を決する人物だったが、『ヴォーティガン』の上演をいつまでも遅らせたのは、おそらく、サミュエルを苛立たせ、契約を破棄させる意図があったからだろう。ところがサミュエルにとって間が悪いことに、リンリーが一七九五年十一月に死んだ。サミュエルの旧友でドルーリー・レインの共同経営者だったリンリーが、義理の息子のシェリダンに、そもそも『ヴォーティガン』の上演を承諾するように仕向けたのだろう。リンリーが死ぬと、シェリダンは敵意を隠そうとするのはやめ、ただちに原稿を渡すか前金を返すかするようサミュエルに要求した。不愉快なやり取りが続いた。サミュエルは訴訟を起こすことを仄めかした。するとシェリダンは、新しい舞台装置を作ることを命じた。ところがサミュエルが調べると、準備はまったく進んでいなかった。またもやサミュエルは原稿を渡すのを拒んだ。そんな事態が続いたので、リンリーの息子と寡婦が介入したが、無駄だった。一七九五年十二月の末にケンブルが原稿を要求すると、サミュエルは折れ、原稿を送った。

一方、諸新聞がまだ見ぬ劇に強い関心を示し始めた。『モーニング・ヘラルド』――「シェイクスピア文書」は贋作だと一七九五年二月に断じた新聞――の編集長は怖いくらいに有能なヘンリー・ベイト・ダドリーだった。このジャーナリスト兼文筆家は、サミュエルの避けるべき人物だった。もっともな理由で「闘う牧師」という異名をとったこの享楽主義者は、いくつかの教区の十分の一税で暮らしていたが、自分でも教区のためになる仕事をした。鋭い舌鋒と興奮しやすい性格のために、何度か論争をし喧嘩をし決闘をした。一七九五年の秋、ダドリーの新聞は『ヴォーティガン』を茶化したものを掲載し始めた――その時点では、『ヴォーティガン』を読んだ者は、まだサミュエルしかいなかった。ダドリーは、サミュエルが『ヴォーティガン』を誰にも見せないために非難されていたアイアランド父子の不利な状況につけ込み、見もせずにその新しい劇の価値が判断できると思い込んだ有名人を攻撃した（その有名人の中にシェリダンが入っていた。『ヴォーティガン』は「『シェイクスピアが書いた最良の劇』」だとシェリダンは言明してから、「まだ、それを読む暇がない」と言ったとダドリーは報じた。）

『モーニング・ヘラルド』に夥しい数のでっち上げた引用が掲載され――『ヴォーティガン』からの引用ということになっていた――それが世間の注目を浴びたので、サミュエルは『オラクル』に、そうしたものを否定する文を載せざるを得なかった。『ヴォーティガン』を茶化した愉快なものは非常な人気を博したので、何週間も何週間も続き、やがて本として出版された。題は『ヴォーティガンとロウィーナの文学的大裁判における著名人の発言』である。揶揄と嘲笑の炎に、こうして絶えず燃料が補給された。

それはすべて空想の産物だが、なかなか魅力的で、人が大いに信じたがった空想の産物だった。しかし、アイアランド父子の不安は高まった。「シェイクスピア文書」の特異な綴りが新聞で容赦なくふざけて真似され始めた。「櫃の中で発見された」戯文と冗談の手紙が、ほかのいくつかの新聞に載り始めた。間もなく紙面は、あらゆる種類の「古い櫃」で満ち溢れた――シーダー製のトランク、新しい「古い櫃」、古いトランク、別の古いトランク、二つの大きな櫃、鉄製の櫃、鉄製の箱。「掘り出し物」の中には、「シェイクスピアに宛てたエリザベス女王の手紙」と、ベン・ジョンソン宛の数通の手紙があった。

シェイクスピアの友人でライバルだったベンジャミン・ジョンソンは、古代ギリシャ・ローマ文学に造詣の深い劇作家で詩人だった。したがって、贋作の対象になる一人だった。喧嘩早い彼は、決闘で仲間の俳優を殺害し、「聖職者特権」を主張して辛うじて絞首刑を免れた。読み書きができたので（かつて、この特権の行使が認められれば聖職者だけでなく教会関係者も教会裁判所で審理を受けることができ、死刑を免れた。その際、教会関係者か否かは、聖書のある一節を読むことができるか否かで決まったが、のちに、実際上、読み書きができる者はすべてこの特権を使おうとした）。彼の最初の喜劇はシェイクスピアの一座によって上演された。彼の劇には『気質くらべ』（一五九八年）、『気質なおし』（一五九九年）、『シジェイナス』（一六〇三年）、『狐』（一六〇五年）等がある。ジョンソンはジェイムズ一世（スコットランド王としてはジェイムズ六世）の治世に活躍したが、ジェイムズ一世のために、冬の数ヵ月間の宮廷の娯楽として、約三十の仮面劇を書いた。

ベン・ジョンソンは、学問がないという理由でシェイクスピアをよくからかった。ジョンソンは今日、そのいくつかの劇と、友人シェイクスピアとの競い合いで人々の記憶にとどまっている。また、肉付きのいい顔をし、やや鈍重なジョンソンが、頭の回転の速いライバルのシェイクスピアと丁々発止のやりとりをしたことと、シェイクスピアの死後、詩聖に賛辞を呈したことでも人々の記憶にとどまっている。「私は、あの男を愛した、そして、彼の思い出を尊《たっと》ぶ、偶像視せんばかりに……彼の中には、宥《ゆる》されるべきであるより称賛されるべきものが多くある……彼は一時代の人間ではなく、万代の人間であった」。

「シェイクスピア文書」をからかった幾通かの手紙については、一例を挙げるだけで十分だろう。

Tooo Missteerree Beenjaammiinnee Joohnnssonn

DEEREE SIRREE,
Wille youe doee meee theee favvourree too dinnee wytthee meee onnn Friddaye nextte att twoo off theee clocke too eatee somme muttonne choppes andd somme pottaatooeesse
I amm deeerree sirree
Yourre goodde friendde
WILLIIAME SHAEKSPARE.

（ベンジャミン・ジョンソン氏へ
拝啓
次の金曜日マトン・チョップと馬鈴薯をいくらか食べるために　二時に私と一緒に食事をして頂けないでしょうか
敬具
貴下の忠実なる友
ウィリアム・シェイクスピア）

少なくとも、そうした手紙は新しい劇に対する関心が持続するのに役立った。

ウィリアム・ヘンリーは、H氏についてと、新しい劇を巡って世間が面白がっている事態について父が覚えている不安を鎮めるために何かしなければならないということを知っていた。モンタギュー・トールボットが十一月にダブリンからまた戻ってくるということを聞くと、友人をいっそう深く騒動に引き込んだ。最初にH氏に会ったのはトールボットだと父に言ったのである。トールボットが到着するとすぐ、ウィリアム・ヘンリーは、何を言うべきかを前もって教えた。まさにその晩、トールボットはサミュエルから晩飯に招かれていたからである。次第に必死の形相になってゆくサミュエルからしつこく問われると、いつもは快活な若き俳優は、どっちつかずのことを言うか黙っているかだった。一体、なぜH氏は姿を現わさないのか？　その晩トールボットが下宿に戻ったあと、サミュエルはトールボットを訪ねた。贋作者とトールボットは、これから帰る場所であるダブリンから一部始終を説明した手紙を出すと約束した。トールボットは、それまで二人が交わした手紙をすべて破棄した。ウィリアム・ヘンリーは、そうしたのは、「浅はかにもみずから陥ってしまった迷路のような事態から自分を救い出すため[3]」だと、のちに説明した。

　二日後、矢も楯もたまらなくなったサミュエルは、またもやH氏に手紙を書いた。どうしても、『雑纂』の序文に、「シェイクスピア文書」が発見された経緯を説明する数行を加えなければならないのだ。サミュエルの蒐集熱が、またしても表に沸き上がってきた。彼はH氏に、肖像画、紋章認可書その他の何としても欲しいものについて思い出させた。しかしウィリアム・ヘンリーは、H氏から何の返事も来ないと父に報告した。H氏の筆跡は女っぽいとサミュエルが思っているとH氏に言うと、H氏は怒った、ともウィリアム・ヘンリーは言った。確かに、何通かの手紙では筆跡は女っぽい。

　サミュエルの注意は、今度は息子のウィリアム・ヘンリーに向けられた。息子は、どんなふうにして「文書」をそもそも手に入れたかについて、正式な宣誓文を書かされた（付録4を参照のこと）。その中で彼は、トールボットが最初の文書を見つけ、それから自分をH氏に紹介してくれたと主張している。その話は、それまでのすべての話と違っていた。サミュエルにとって、トールボットから話を聞くのが必須だった。ついに、一七九五年十一月二十五日付のトールボットの手紙が、ウェールズのカーマーゼンから届いた。トールボットはその時、そこで、ある劇団に雇われていたのである（付録5を参照のこと）。その長い手紙の中で、H氏は旧友であると言い、どんなふうに自分が証書を見つけ、それをウィリアム・ヘンリーに見せ、彼をその老人に紹介し、それからどんなふうにもっとたくさんのものを発見したのかを説明した。その手紙は、ウィリアム・ヘンリーの一番新しい話を裏付けていた。

その間アイアランド父子は、一人の王族の支援を得た。十一月十七日の話し合いにケンブルは来なかったが、その翌日、女優のドロシア・ジョーダンが、アイアランド父子とクラレンス公が会う手筈を整えてくれたので、父子の気分は明るくなった。一七九五年十一月十八日、父と息子はセント・ジェイムズ宮殿に呼ばれ、「シェイクスピア文書」を公爵（のちのウィリアム四世）とジョーダン夫人に見せた。その時ドーラは、すでに少なくとも五年は公爵の愛妾で、やがて『ヴォーティガン』の中心的な役を務めることになる。内気なウィリアム・ヘンリーは、ほんの少し会っただけで、彼女は魅惑的だと、すぐに思った。大方の者同様。彼女は有名な女優だったが偉大な女優ではなかった。しかし、彼女には何か特別のところがあるということは誰も否定できなかった。今日でさえ、彼女の肖像から温かな人柄が輝き出てくる。ジョーダン夫人は、大発見をした若者が気に入ったようだった。二人はその後、何年も友人同士だった。『ヴォーティガン』に関わったすべての俳優の中で、それを本気で成功させようとしたのは彼女だけだった。

ジョーダン夫人

アイルランド生まれのドロシア（ドーラ）・ジョーダンは、一七七七年に初舞台を踏んだ。喜劇で比類のない才能を発揮したこの女優は、一七八五年以来、ドルーリー・レインに出演し、人気を博した。何度も妊娠し、その都度舞台に出なかった時は、彼女を出せという示威運動が起こった。（彼女はあまりに敬愛されたので、一七八六年にグラスゴーで舞台に立った時には、彼女に敬意を表してメダルが鋳造された。彼女は不精で、気まぐれで、傲慢で、巧まざる陽気さを発揮し、大きくて柔軟で寛大だと言われた――彼女の魂の如く。随筆家で講演家で論客のウィリアム・ハズリットは、彼女は「心に響く声を持つ自然児」のようで、「彼女の笑い声を聞くのは美酒を飲むのと同じだった」と評した。彼女は最初に属した劇団の座主とのあいだに一人の子供をもうけ、リチャード・フォードとのあいだに二人の子供をもうけた。フォードはドルーリー・レインの共同経営者の息子で、彼女と結婚することを約束したが、結局は断った。その後、彼女は一七九〇年から一八一一年までクラレンス公の愛妾になり、十人の子供を産んだ。だが公爵は、公女アデレードと結婚せざるを得なかった。借金を免れるため、一八一四年、ジョーダン夫人はフランスに移住し、そこで死んだ。公爵は王位に就いてウィリアム四世になると金が自由になったので、ただちにジョーダン夫人と何人かの子供の魅力的な像を委嘱した。国王がクラレンス公だった時に生まれた長男は、一八三一年、マンスター伯爵に叙せられた。

ロンドンの社交界は、『ヴォーティガン』の上演に関する追いつ追われつの騒動を、面白がって眺めていた。鈍感な公爵でさえ、それについては一家言があった。舞台装置が作り始められるまで劇の原稿を手放さなかったのは正しかったと、彼はサミュエルに請け合った。そして、この世で最大の無頼漢の一人であるシェリダンと、最大の策謀家である、その代理人のケンブルに気をつけるようにと警告した。その忠告は、シェリダンが公爵の兄の皇太子（のちのジョージ四世）の代弁者であるにもかかわらず、あるいは、そうであるがゆえに与えられたのである。公爵は、「われらがヘンリーたちの歴史を劇にすることで十二分に立証されている」ウィル・シェイクスピアの天才に、愛想よく言及した。さらに、サミュエルを支持していることを示すために、『雑纂』を七部、予約してくれた。

父のアイアランドの周囲で真贋論争が次第に熾烈になっていく只中にいた息子のアイアランドは、再び活力を取り戻していた。一七九五年十二月の初め、クラレンス公と会ってから数日後、若き贋作者は父に、もう一つの劇を発見したと言った。それは『ヘンリー二世』だった。彼はそれをたった十週間で書き上げた。それはシェイクスピアの大半の劇同様、幕場割りされていなかった。書き終わるや父に渡し、現代の筆跡である理由を説明した。H氏が、写しを持って行くようにと言い張ったのだ。興味深いことに、若者の文学的技術は向上しつつあった。『ヘンリー二世』はのちに『ヴォーティガン』よりも技巧的で詩的だと見なされた。新しい劇『ヘンリー二世』は、トマス・ア・ベケット（ヘンリー二世の下で大法官、大司教を務め、ヘンリー二世と対立しカンタベリー大聖堂で殺害された）の没落をめぐって構成されていて、ベケットはウルジー（一五三〇年に没したイギリスの政治家、聖職者。権謀術数に長けていたが、反逆の嫌疑で逮捕された）に似た特徴を示し、全体としては、『ヘンリー八世』に手を加えたようなものである。大衆は、『ヴォーティガン』が上演されたあとになって初めてその劇のことを知った。もうその頃には事態は収拾のつかぬものになっていた。

一七九五年十二月は、いくつかの面で記憶すべき月である。ウィリアム・ヘンリーの姉のアンナ・マリア・アイアランドが、インド局（ロンドンに置かれたインド統治機関。一九四七年に廃止）に勤める若い恋人、ロバート・メイトランド・バーナードと結婚し、二人はランベスに住むことになった。同月、『ヴォーティガン』が上演されることになり（だが、延期になった）、サミュエルの本、『雑纂』が出版されることになった。

十二月二十四日のクリスマス・イヴが、『ウィリアム・シェイクスピアの雑纂および署名と印章のある法律文書、自筆原稿からの悲劇「リア王」と「ハムレット」の断片を含む、所有者サミュエル・アイアランド』の出版される日だった。サミュエルは『ロンドン・タイムズ』に広告を出し、『雑纂』は「本日、ノーフォーク街の自宅で、お配りする用意ができるでしょう」と予約申し込み者に告げた。それは大判の二つ折本で、「詩聖」による素描と一房の髪の色付きの複写が入っていた。そして、『ヴォーティガン』と『ヘンリー二世』以外のすべての「シェイクスピア文書」が収められていた。その二つの劇は、収録するにはあまりに遅く発見されたからだ。

序文でサミュエルは、「文書」を敢然として擁護した。

この期間中、文書全部を、彼［サミュエル］は熱心に文学界のすべての率直な人物、公平無私な方の批判的な目に晒そうと熱心に努めてきた。

それは真実からいささか外れている。予約申し込み者は「文書」を見る資格があることになっていたが、実際には、サミュエルの客しか見ることを許されず、客の中には最大のシェイクスピア専門家、マローンが含まれていいなかった。

彼［サミュエル］はシェイクスピアが生きていた時代の詩と語法に最も熟達した者に意見を求め、さらには挑みさえした。また、職業上あるいは研究分野の関係で古い証書、書類、印章、肉筆に精通している者にも。

サミュエルは大袈裟に書いた。

その範囲はきわめて広いように見えるかもしれないが、そして、それには学者、趣味人、古物研究家、紋章官が含まれるが、彼［サミュエル］の調査は、理論家の私室で終わりはしなかった。彼は文書全部が職人の実際的経験の吟味を受け、文筆家だけではなく製紙職人に判断を下してもらうことをも切望した……

サミュエルは続けた。

彼［サミュエル］はそれらの文書を、それに当てうるならばいかなる光のもとであれ、いかなる人にもぜひ見てもらいたいと思ってきた……それらの文書は、本物であるということを誰もが一致して証言し、暴かれる非常な危険を冒すことなく模倣するのは不可能なくらいの厖大な内的および外的証拠があると断言した。その結果、次のことも断言した。**これらの文書はシェイクスピア自身が作ったものでしかあり得ない。**(4)

自分はこれらの文書を、当時まだ十九になっていなかった息子から受け取った、とサミュエルは言った。息子はある資産家の紳士の家で偶然これらの文書を発見した。サミュエルはこれらの文書はそれ自体の価値で判断されねばならぬことを強調し、マローンに悪口雑言を浴びせながら、そうでなければ、「自分のこれまでの苦労は空しく、かつ無用のものになる」と言った。

序文には「シェイクスピアの天才」に対する感激の発露が見られるが、サミュエルは残念なことに、シェイクスピアのこの本物には「自発的な感情の流露と素朴な言い回し」が見られるといったふうに『ヴォーティガン』を評して自分の文学的鑑識眼のひどさを露呈した。

彼はさらに続けて、他人を騙す「贋作する」のは大変に悪いことだが、騙したと言っていわれなく誰かを非難するのも同様に悪いと書いている。そして、こう言う。自分はそんなふうに非難されたが、もし、「文書」が真正のものではないのではないかという「ほんのかすかな疑念」を持っていたなら、出版しなかったであろう(5)。

父のアイアランドはまた、『ヴォーティガン』を舞台にかける準備が目下進められているということ、「もう一つの史劇が発見された」(『ヘンリー二世』)ということ、自分はシェイクスピアの蔵書の多くを所有しているということ、そしてそのどれにも詩聖の注釈が書き込まれていて、それは詩聖に関する興味深い事実を明かしているということを述べている。

サミュエル・アイアランドもほかの多くの者も、誰かが英語圏の最大の天才劇作家の作品を贋作するのを考えることさえ、信じられなかった。

シェイクスピアの天才はあまりに優れていて超越的なので、彼と競おうとか、彼を真似しようとかいう試み（一顧の価値もないほど軽蔑すべきものであるが）は、ほとんどなされなかった。彼はきわめて含蓄のある機知、実に無限の想像力、人間の心についてのきわめて直観的な知識（それはきわめて素朴で至高のものであるが）を持っているので、彼の精神の産物に、まるで天の印が捺されているかのように思えた。

さらにサミュエルは、「シェイクスピア文書」は詩聖がモラリストであるということを明かしていると、満足げに付け加えた。

父のアイアランドはこうした誇大な言葉で、まさしく、もうあとへは引かれぬ立場に自分を置いた――そして賢明で、社会的に重要な地位にある人々は、それをすべて記憶にとどめたのである。サミュエルの人生のこの絶頂期に、ジョーダン夫人はサミュエルが皇太子に謁見を賜るように手配した。サミュエルは一七九五年十二月三十日、セント・ジェイムズ公園の散歩道の脇のマルにある宮殿のような邸宅、カールトン・ハウスに派手好きな皇太子を訪ねることになっていた。ところがまさにその日、サミュエルが謁見に出掛けようとした矢先、人を小馬鹿にしたような笑みを浮かべながらオールバニー・ウォリスが勢い込んで飛び込んできて、ジョン・ヘミングの本物の署名を見つけた、それはウィリアム・ヘンリーが「発見」したものとは違うと言った。皮肉屋の弁護士の絶妙のタイミングはひどく怪しい。おそらく、ウィリアム・ヘンリーの贋作を最初から見抜いていたのであろう。

皇太子に謁見するためにまさに家を出ようとしていたサミュエルは得意の絶頂にあったが、その機を捉えてやってきてサミュエルを驚かせ、罪を認めさせようとしたのだろうか?

署名の問題を解くためには、サミュエルはウィリアム・ヘンリーが午後三時に事務所から戻ってくるのを待たねばならなかったが、その知らせが掻き立てた不安を抑えつけ一大決心をし、「シェイクスピア文書」を皇太子に見せるために、勇敢にもそのままカールトン・ハウスに向かった。ともかくもサミュエルは、二時間の非公式の謁見に耐えるだけの性格の強さを持っていた。その間、皇太子は「シェイクスピア文書」をじっくりと調べ、二人はそれについていろいろ話し、サミュエルは皇太子の要を得た多くの質問に答え、「信仰告白」を朗読した。皇太子は、そうしたものを発見したことを褒めはしたが、賢明にも旗幟を鮮明にしなかった。サミュエルの特別な日は、ウォリスによって(実際には自分の息子によって)台無しになってしまったのである。

事務所から家に帰ったウィリアム・ヘンリーは、カールトン・ハウスで皇太子に謁見した様子を父が楽しげに語るのを聞くことを予想していたが、動揺してほとんど頭が変になっていた父から、新たに発見された署名に関するショッキングな知らせを聞かされた。父子はヘミングの署名を見ようとウォリスの家に駆けつけた。そのあとでウィリアム・ヘンリーは、これまでしたことのないような何とも驚くべきことをした。その本物の署名をちらりと見ただけで家に帰り、ヘミングの署名のあるもう一枚の受領書を、ほかの文書に交ぜてからウォリスの家に戻ってきた。今度は、その署名は本物の署名にそっくりだった。その間、往復で一時間十五分しかかからなかった!

ウィリアム・ヘンリーは、H氏の家に行ってこんなほかの文書も見つけたと言った。そして、前の受領書の署名が違うのは、シェイクスピアの時代の演劇界に二人のジョン・ヘミングがいたという嘘を言って誤魔化した。グローブ座ののっぽのジョン・ヘミングと、カーテン座のちびのジョン・ヘミングである。そしてのちにウィリアム・ヘンリーは疑惑を逸らそうと、即座に贋作した、もっとよく出来た文書と掏り替え、もう数枚のヘミングの受領書を追加した。だが、オールバニー・ウォリスは弁護士で学者だったので、その新しい贋作に、まったく騙されなかったということは大いに考えられる。おそらく、そうした滑稽な事態と、アイアランド父子の反応ぶりをひそかに楽しんでいたのだろう。

しかし、形勢はアイアランド父子に不利になってきた。最初は「シェイクスピア文書」を盛んに支持し、『オラクル』紙上で滑稽なくらい大袈裟な文句を書き連ねたジェイムズ・ボウデンでさえ、考えが変わった。徐々に疑念が心に忍び入ったボウデンは——ジョージ・スティーヴンズは親友だった——反対陣営に寝返った。まず、『ヴォーティガン』から「抜粋」したと称する、無害だが長い劇をでっち上げて発表し始めたが、それは、彼が以前、熱心に「シェイクスピア文書」を支持していただけに、アイアランド父子にとって大きな痛手だった。

ボウデンは「信じない者」として、ますますあけすけになった。十二月二十三日の晩（『雑纂』が出版される日の前夜）、新刊見本を見にノーフォーク街にやってきた。サミュエル・アイアランドが家にいなかったので、「この作品がいつまでも公衆の目に触れるよう全力を尽くす」ので、新刊見本を貸してくれないかという、小馬鹿にしたようなメモを残した。サミュエルは愚かな返事をした。「自分が立っている立場——真実の立場——を固めるためのどんな助力も必要としないと感じるので、この作品をお貸しするのはお断りしたい……」。サミュエルは衝動的にそう返事をしたことを、たちまち悔いることになる。

かつては忠実だったこの友人は、自分がこれまで馬鹿であったことを悟った者、また、真っ正面から相手をやっつけたいという衝動をあまりに長く抑えつけてきた者特有の怒りと激しさで応じた。ボウデンはフリート街のホワイト書店から『雑纂』の新刊見本を借りた。ホワイト書店はサミュエルから貰ったのである。『雑纂』の発行日にボウデンは、これまで見たことのないほどの「何とも見事なぺてん」からの抜粋を『オラクル』に載せた。

翌日、キリスト降誕祭に『オラクル』は、「黄泉《よみ》の国にいるシェイクスピア氏よりサミュエル・アイアランド氏」に呼びかけた戯文を載せた。

地口の謎！　恋文！　信仰告白
ばらばらの法律関係証書
ブリテンの老リアの改訂版
（淫らな言葉が何も出てこないのを見て私は嬉しい）。

そして、同じ調子の戯文がさらに続いた。

そのあと、ボウデンは一七九六年一月十一日、次のような題の小冊子でもっと激しく攻撃した。『ジョージ・スティーヴンズ氏への手紙。シェイクスピア自筆原稿の批判的検証を含む』。ボウデンは今や敵になったかつての友人に、異常なほどの憎しみの籠もった報復的態度をとったのである。

その中でボウデンは、自分がかつて「シェイクスピア文書」の忠実な「信じる者」だったのは間違いだったことを率直に認めた。そして、自分は文書に使われている古い材料に騙されたと言った。また、サミュエルが文書を朗読するのを聞いた際、それを展示した紳士の……［立派な］性格のせいで気を許してしまった……」とも言った。ボウデンは自分が「ごく純粋な喜びをもってその文書を見た……」ことは否定しなかった。だが今は、自分が「友人たちの小さな輪の中で欺瞞行為に手を貸してしまったことを恥ずかしく思う[6]」。

　誰がそうしたことをしたのかは問題ではない、とボウデンは言った——だが、問題だった。彼はサミュエルをよく知っていて、サミュエルがしたとは思っていなかった——かなりの程度。ボウデンはウィリアム・ヘンリーが怪しいと睨んだ最初の批評家だった。贋作文書の中に時折フランス語が紛れ込んでいた（若きアイアランドはフランス語が流暢だった）。そして若者は、古文書に馴染んでいた。ボウデンは、頭の回転が速くて演劇に対する天賦の才能を持っているトールボットが絡んでいるのではないかと疑いさえした。いくつかの矛盾点が指摘された——例えば、すでに述べたことだが、グローブ座はエリザベス女王がシェイクスピアに手紙を出した時点では、まだ建てられていなかった。『雑纂』の序文でサミュエルが述べ立てている滑稽な事柄が、おそらく贋作自体よりも、ボウデンとほかの者を苛立たせた。サミュエルのほうは、自分に対する攻撃は、「ごく卑劣で小心な性格をもって弄された術策[7]」だと考えた。

　ボウデンの言葉による攻撃は実に深刻なものではあったが、大方は、「シェイクスピア文書」を否定する説得力のある議論というよりは、ひどく不快な議論だった。実のところボウデンは、自分はシェリダンの影響でシェイクスピアの作品がさほど好きではなく、贋作者は詩聖の作品をもっとよいものにしたのではないかと危うく言うところだった。考えて見ればボウデン自身、贋作者の文体で書いたのである。その代表的な例を、彼がコヴェント・ガーデン劇場で上演した、一七九〇年に作った

『フォンテンヴィルの森』から採ろう。

絶望が、その無情な手を私に置き
私がかつて怯えて尻込みした行為に
私を向かわせた——ほかの手段がなかったのだ
強盗をする以外には、何たる堕落！(8)

『雑纂』が出版されると、「シェイクスピア文書」は世間の目に晒された。もはや隠れることはできなかった。『トルー・ブリトン』と題されたある出版物は、こう評した。「批評はここに、貪り食うであろう高貴な御馳走を前にしている」。「シェイクスピア文書」をやっつけるのは今や朝飯前だった。一七九六年一月号の『マンスリー・ミラー』は、こう断言した。「全部、ひどく厚かましい欺瞞で、われらの不滅の詩聖の品格に対する侮辱であり、国民の趣味と理解力を中傷するものである！(9)」

「シェイクスピア文書」に対する嘲笑の声は、いっそう高まった。一七九六年二月に出た本『ウィリー・シェイクスピアの亡霊からサミー・アイアランドに与えられたお馴染みの詩』(匿名で出されたが、諷刺漫画家のG・M・ウッドウォードが書いたもの)の中で、詩聖の亡霊は、自分の文章を改竄したサミュエルを叱責するために現われる。「サミー・アイアランド」は大昔のトランクから魔法で呼び出される。

……大昔の汚い巻子本、

羊皮紙、証書、黴臭い巻物の長い切れ端に。
髪の見本、恋歌、ソネットが出会う、
ノーフォーク街で偶然一緒に。
そこで、葡萄のようにたくさん、小さな妖精は
幼い原稿をサミーの棚に作る。
胎児のドラマは隠れている穴を出て、
小さな『ヴォーティガン』は群れをなして泳ぎ出す。(10)

この気の利いた諷刺詩の中に、ケンブル、シェリダン、「どれも偽物と言明している」マローン、ボイデルとともに、オールバニー・ウォリスが出てくる。しかし、ウィリー・シェイクスピアの亡霊は、サミーの欺瞞行為は暴かないと約束する。暴くことなどないではないか、当時の演劇界のどこでも、詩聖の作品はずたずたにされていたのだから。

もうその頃には、「シェイクスピア文書」を信じない者は無数にいた。二月に『トルー・ブリテン』は、こう報じた。「今は、へてんの時代である、したがって、いかに掘り出し物に対処するかに心を用いねばならない」。『セント・ジェイムズ・クロニクル』は、シェイクスピアの新しい劇が発見されたといっても大したことはない、なぜなら、これまでのシェイクスピアの劇はほとんど儲からなかったのだから、と述べた。だが一七九六年三月には、批評的判断は、その後に起こることに比べ、まだ比較的穏やかで公正なものだった。

その頃は「信じる者」を依然として擁護する者がいた。ボウデンの攻撃に応え、一七九六年三月初旬、劇作家で演劇史家のウォリー・チェンバレン・オウルトンが、『ヴォーティガン考察』の中で、「信じる者」のために提灯を持った。彼は用心深く、その劇は本物であるとは言わず、本物でありうると言った。そして、ボウデンと同じような報復的態度でボウデンの攻撃に対抗し、仕返しにボウデンの作品自体を引用した。その質は実際、厳しい吟味に耐えうるものではなかった。それはすべて、おおやけの議論の場では実に面白かったが、真剣な反駁にはならなかった。

舌戦は続いた。今や「シェイクスピア文書」の文学的長所を擁護するには勇気を要したが、サミュエルの友人のマシュー・ワイアットは、勇敢にも、そのありがたくない役割を引き受けた。ワイアットは『シェイクスピアの自筆原稿に関する……ジェイムズ・ボウデン氏の見解についての比較検討』の中で、「文書」が真正であるのを信じていると再び断言してから、ボウデンに対する攻撃を開始した。ワイアットはボウデンが公衆の趣味の嚮導者《きょうどう》を自任しているのを攻撃し、ボウデンが個々の「文書」に対して最初に述べた言葉を、ボウデンの最近の評言と並べて引用した。ボウデンは、「信仰告白」は「合理的に敬虔で壮大に表現された彼［シェイクスピア］の宗教的信念に溢れたもの」だとかつて言ったことを思い出させられた。ところが今やボウデンは、こう言っているのだ。それは「幼稚で奇異なもの、機械的で大袈裟な文章で書かれた、表現力に乏しい貧弱な代物以外の何物でもない！精妙なる戯言《たわごと》！忌まわしい訳のわからない文章！」等々と。かつてボウデンは、こう言った。「［シェイクスピア文書の価値が］わからない人間は、シェイクスピアの人生の問題が理解できると思ってはいけない。霊感で書かれた頁に手を触れて、それを汚してはならない[11]」。

ワイアットは、文書の非常に多くの誤りは実はその真正を証明していると言って反撃に出た。「贋作者は、チャタトンの失敗例を真似して不必要な文字を加えるという面倒なことをするだろうか？贋作者はむしろ、あの若者がみずからを砕いた岩を慎重に避けるのではなかろうか？」(12)それは理に適った問いだった。

そのうえワイアットは、ボウデンはこの問題について何の知識もないし、性急で嫉妬心に燃えていると非難し、万一『ヴォーティガン』の初日に組織的に妨害しようという気運があれば、観客がそれを排除するであろうと警告した。

ジェイムズ・ボウデンはこんなふうに攻撃され厳しく懲らしめられたため（「シェイクスピア文書」を支持したこと自体、永遠にひどくばつの悪い思いをすることだったが、一番痛かったのは、自分の書いたものに触れられたことだった）、すたこら逃げ出し、その後は何も言わなくなった。それは「信じる者」にとって小さな勝利だった。

ボウデンとの喧嘩の話はたちまち次から次へと伝わったが、それは、『ヴォーティガン』攻撃の始まりでしかなかった。『ヴォーティガン』の上演前のどんな出来事も、「文学界」の面々とほかの多くの者にとって何とも興味津々たるものだった。

マローンとスティーヴンズに圧力がかかり始め、二人とも小冊子を早く出せ、という声が上がるようになった。その小冊子は今にも出るものと思われていたのだが、何度も遅れ、「信じる者」を大いに喜ばせた。その小冊子が出るのを見越したサミュエルは、「文書」を擁護する小冊子を発表して先手を取ろうと思った。そこで、ウェッブにそれを書いてくれるように頼んだが、ウェッブはその仕事をする資格は自分にはないと本心から思い、パー博士に書いてもらったらどうかと言った。パーは、サミュエルが感激するほどに「信仰告白」が本物であるのを保証したので、今や、「これらの宝物」

が真正なものであると言うべきだった。そう言ってくれれば、サミュエルは非常に助かることになる。パーは（彼はハロー校でシェリダンを教えた）、数週間時間稼ぎをしてから、自分は発見された劇の真正を疑ってはいるが、公平に真実を発見するつもりだという返事を寄越した。

サミュエルがどうしても譲らなかったので、友人であるフランシス・ウェッブはついに折れ、一七九六年三月、「シェイクスピア文書」の真正を保証した。ただし、「フィラリーシーズ」（「真実を愛する者」）という匿名で。『アイアランド氏所有のシェイクスピア自筆原稿調査報告』の中でウェッブは、「文書」のすべてに一貫性があること、透かし模様が適切であること、法律用語が正しいことといった、「文書」の真正を裏付ける点を全部挙げた。もし贋作なら、それはシェイクスピア時代にものされたものに違いないが、自分としては、「文書」が本物であるのを十分に確信している、と彼は言った。また、「文書の中の誤りは、かっとなる性質の、衝動的でせっかちな天才なら犯して当然のもの」[13]と論じ、どんな贋作者がわざわざそんなことをするだろうかと、筋の通った問いを発した。一般にぺてんや贋作というものは蓋然性の範囲内にとどまることを指摘してからウェッブは——ウィリアム・ヘンリーの信じ難い行為は予期だにせずに——詩聖に私生児がいたなどと一体誰があえて言うだろうかと問うた。

ウェッブはまた、シェイクスピアの蔵書から出た本にある注釈はどれも同一人によるものであるのを明白にしていると論じた。そして、こう付け加えた、あとになって当惑したのは疑いないが。「このうえなく優れた知恵と、このうえなく鋭い発明の才が、このうえなく巧妙な狡猾さと、このうえなく根気強い努力と結び付いていたとしても、こうした出来事を予想したり、こうした一連のものを贋作したり、こうした作品を作ったりはできなかったであろう」。そして、さらに続けた。「したがって私は、この不滅の詩人が、こうした聖なる遺物を片方の手に持って生き返って立ち上がり、これらは私のものであったと言うのを聞くと思う。そして同時に、かつては彼のものであったこうした重要な本をもう一方の手で指しながら、これらは暇な時の楽しい仲間だったと、われわれに告げると思う」[14]。「文書」の数の多さこそ「文書」の真正を保証しているし、おまけに贋作者なら、そんなにたくさんの誤りは犯しはしないだろう、というわけだった。ウェッブはこう結論付けた。「こうした文書には、彼の手の印だけではなく、魂の刻印、天才の特徴が見られる」[15]。それがウェッブにできた、せいぜいのことだった。だが、ともかくも遅過ぎた。なぜなら、「信じない者」の勢力と怒りは日ごとに増し、彼らが先手を取ったからである。

「シェイクスピア文書」は、いわばさまざまな鉱脈に至る無数の縦坑と坑道のある、幾層もの鉱山にたちまちなった。そして、ほとんど誰もが、ひとつ発掘してみようという気を起こした。戯文作者も、三文文士も、自分でも何かを発表したいと思っている者さえも。そして大衆は「シェイクスピア文書」に言及したものなら何であれ面白がって読んだ。

それは、フランシス・ゴドルフィン・ウォールドロンのような者に、自分の駄作を宣伝する機会を与えた。ウォールドロンは、自分はシェイクスピアと肩を並べる存在だと思い込んだ。そして、「文書」は贋作だと信じ、「文書」をちょっとばかり攻撃してから、自分の労作である戯曲『処女女王』を出版した。それは『テンペスト』が終わったところから始まる退屈なものだった。彼はサミュエルの置かれた羨ましからざる立場を利用し、自分の惨めな文学作品を売り込もうとしたのである。何と、『処女女王』を褒めた者さえいた。

実際に内情に通じていたように思われるある匿名の著者が、『貴重な遺物あるいはヴォーティガンの悲劇試演』の中で、真相に近い話を書いている。それは、ほぼ正鵠を射ていたにもかかわらず、人気は博さなかった。『貴重な遺物あるいはヴォーティガンの悲劇試演』は二幕物のドラマだった。その劇では、サミュエルの役は「デュープ氏（騙されやすい男）」で、ウィリアム・ヘンリーは「クラフト（悪知恵）」で、サー・アイザック・ハードは「サー・マーク・ルーディクラス（滑稽な）」等々である。それは楽しい遊びである。

どんなふうに批評されようと、五幕の「シェイクスピア」悲劇は、母国語を話すのがびっくりするほど下手な、ろくな教育も受けていない内向的な思春期の若者による、驚くべき作品である。

第九章　たった一回の上演

サミュエルたちは、最も恐るべき二人の敵にこれから対峙しなければならなかった——ライバル同士のシェイクスピア学者、エドモンド・マローンとジョージ・スティーヴンズである。二人とも強い影響力を持ち、一致してサミュエルたちに対立していた。スティーヴンズは早い時期に「シェイクスピア文書」を見たが、それについては口を閉ざしていた。マローンは観るようにと招かれもしなかった。だが、ロンドンの文人の温室的世界にいたので、二人ともノーフォーク街で起こっていることをすべてよく知っていた。というわけで、何をいつマローンは発表するのかが問題だった。

エドモンド・マローンは一七六七年にアイルランドの弁護士の資格を取った。ロンドンでの最初の文学上の仕事は、ジョージ・スティーヴンズの一七七八年版の『シェイクスピア全集』の補遺を編纂することだった。やがてマローンはシェイクスピアの一流の権威として年長のスティーヴンズを追い抜き、一七九〇年に十一巻の『シェイクスピア全集』を出し、称賛された。学問において常に綿密だったマローンは頑固な人物だった。十八世紀の最後の偉大なシェイクスピア編纂者として、『集注版シェイクスピア全集』のための厖大な資料を遺した。同全集は一八二一年、ジェイムズ・ボズウェル（「シェイクスピア文書」に接吻したジェイムズ・ボズウェルの息子）によって編纂された。一九〇六年に、マローンの業績を称えてマローン協会が設立された。

冷静で厳密なプロフェッショナルであるマローンは、至極入念で、微に入り細を穿った、反論の余地のない研究にもとづいて仕事をした。そして、衰えぬ熱意をもってその研究を進めた。感情的で向こう見ずなアマチュアだったサミュエルは衝動的で、熱心に工芸品を蒐集したが、その際、あまり意味のないことだったが、工芸品の価値を年代、材料、有名な人物との繋がりに置いた。

マローンは最初から「シェイクスピア文書」に懐疑的だったが、それをおおやけの場で、つまりノーフォーク街では見たくはなかった。わけても、サミュエルがそばでうろうろし、自分の一挙手一投足を観察していたのでは。マローンは時間をかけて細心に仕事をする男だったので、一度見ただけでは「文書」を贋作ときめつけることはできないと思った（たぶん、できたではあろうが）。もし、その場ですぐに贋作と判断できず、あとでじっくりと吟味してから贋作と判断したならば沽券に関わるのを知っていた。そこで、友人の家で「文書」を吟味することができるよう、ノーフォーク街から「文書」の一部を一時借りようと二度試みた。サミュエルは馬鹿ではなかったので、断った。そして一七九五年二月、自分の貴重な羊皮紙の文書は「ともかく、どんな注釈者にも、あるいはどんなシェイクスピア商人にも」(1)見せないと宣言した。それにマローンが入っているのは明白だった。サミュエルは何を疑っていたのだろう、あるいは知っていたのだろう？　そういう訳でエドモンド・マローンは、サミュエルが「シェイクスピア文書」を公刊するのを、怒りを募らせながら待たねばならなかった。

以前に一度だけ、マローンは文学の世界の騒動に巻き込まれた。サミュエルにとって不吉なことに、マローンは三十年ほど前にチャタトンの贋作を攻撃した最初の何人かの一人だった。サミュエルとマローンは一つの面で似ていた——骨を銜《くわ》えている時は絶対に放そうとしない。

しかし、エドモンド・マローンが正面攻撃をして頑張り通す獰猛なテリアだとしたら、ジョージ・スティーヴンズは音を立てずに忍び寄り、正確無比に襲いかかる蛇だった。悪意に満ちたスティーヴンズはエリザベス朝の文学の個人蔵書を持っていて、一七六六年、原本の四つ折本をもとに『シェイクスピアの二十の劇』を出版した。それが契機で、一七七三年、サミュエル・ジョンソン博士を助けて十巻の『シェイクスピア全集』を出した。疑いもなく偉大なシェイクスピア学者だったスティーヴンズは（やはりチャタトンの贋作を暴いた）、研究においては根気強く注意深かったが、同時に、実に不愉快な人物だった。

スティーヴンズはひどく嫌な性格の持ち主だった。誰かがある方向に向かうように仕向けるのを楽しんでから——例えば、ギャリックがシェイクスピア記念祭に関わった際——あとになっていつも匿名で、情け容赦もなくその人物を批判した。ボズウェルにも同じことをした。人前ではボズウェルの『ジョンソン伝』を褒めながら、陰でけなした。スティーヴンズは若いマローンの庇護者だった。ところが、かつての被庇護者が一流の権威になり、七年の歳月を費やして一七九〇年に十一巻の『シェイクスピア全集』を出版すると嫉妬心を抱いた。スティーヴンズは一七九三年に十五巻の『シェイクスピア全集』を出して報復をした。その中で、マローンの研究を的外れなものに見せるため、いくつかの事実を変えた。

驚くべきことにスティーヴンズは、自分では人から軽んじられていると思い込んだために、かつ、他人を担ぐために、執念深くも二度、贋作をした。一七六三年、エリザベス朝の劇作家ジョージ・ピールがクリストファー・マーロウに宛てたことにした手紙を贋作した。その手紙の中でピールは、グローブ座でシェイクスピアとほかの者に会った様子を書いた。その手紙は『演劇評論』に載り、その後、学問的な詳しい分析と一緒に再録され(2)、スティーヴンズは大いに面白がった。ウィリアム・ヘンリーがシェイクスピアの贋作に取り掛かる、たった五年前、スティーヴンズは古物研究協会の会長サー・ヘンリー・ゴフから不届きなことをされたと思い込み、仕返しをする手立てを考え出した。スティーヴンズは大理石の煙突の平板の破片に、いくつかの古代ゲルマン人のルーン文字を酸でエッチングをした。「此処にてハードクヌート王、角製器《ホーン》の葡萄酒を飲み干し、辺りを眺め渡したのち死す(3)」。それはテムズ川南岸のサザークのとある店のショーウィンドーに置かれた。そしてスティーヴンズは、それが古物研究協会の会員の目に留まるように手配した。それは、ケニントン・レインで掘り出されたハードクヌート（クヌート二世の息子で、二人ともイングランドとデンマークの王だった）の墓石のかけらだということになり、スケッチされて『紳士雑誌』に載り、学術論文の研究対象になった。その間、おぞましいスティーヴンズは事態の馬鹿馬鹿しさを意地悪く、たっぷりと楽しんだ。

サミュエルとスティーヴンズのあいだには、もう一つのことでも敵意が存在していた。二人ともホガースの版画を蒐集していたが、サミュエルのコレクションのほうが優れていた。「シェイクスピア文書」を巡る真贋論争が起こった時期は、スティーヴンズが人生において何とも忌まわしくも大いに愉しんだ時期だったに違いない。ウィリアム・ヘンリーはこう言っている。スティーヴンズは「土竜《もぐら》に似ていて、隠密裏に行動した。そして機会があり次第、毒蛇さながらの狡猾さで人を刺した(4)」。それに異を唱える者は、まずいないだろう。

マローンとスティーヴンズは誠に恐るべきペアで、アイアランド父子は言うまでもなく、誰をも怯えさせたであろう。アイアランド父子は本質的には熱心なアマチュアで、世間知らずと言ってもいいくらいだった。二人の学者が攻撃の準備をしているということは広く知られていて、どんな攻撃をしてくるのかということについての噂が流れていた。

父が四面楚歌の状態にあった時、息子は突然、思いがけないことをした。それは立派なことだった。ウィリアム・ヘンリーはストラットフォード＝アポン＝エイヴォンのシェイクスピアの生家が売りに出されていることを耳にした。一七九三年に彼が生家を見た時には、すでに寂《さび》れていた。そして持ち主の肉屋の老ハートが死ぬと、恐ろしいほど荒廃してしまった。ウィリアム・ヘンリーはシェイクスピアの生家を保存したかった。そこで、その家に責任を持つ弁護士と接触した。その購入計画は幻想だった。なぜなら、ウィリアム・ヘンリーは文無しだったからだ。しかし、裕福で影響力のある何人もの友人のいる父を巻き込めば目的が達成できるかもしれない。（一八四七年にシェイクスピア生誕地記念財団が設立された時に、その生家は初めて国の文化財として確保された。）だが、ウィリアム・ヘンリーの夢のすべては、まさに泡と消えようとしていた。

サミュエル・アイアランドが一七九五年十二月二十四日に、シェイクスピアの署名の複製を含む『雑纂』を出版した時は、ウィリアム・ヘンリーが最初の贋作を父に渡した時から、ほぼ丸二年が過ぎていた。

いよいよエドモンド・マローンが『雑纂』を見ると、望み得なかったほどの数の、贋作を立証する問題点があった。彼が最初から抱いていた敵意は一時間のうちにいっそう強固なものになり、それを偽物と断じた。一七九六年一月十日、マローンは本腰を入れて批評を書き始めた。最初は二月中旬までに書き終えようと思っていたが、言うべきことがあまりも、あまりにも多かった。際限のないくらいの証拠を入念に集めたので、最初は単なる小冊子で出すつもりだった文書の出版が遅れに遅れた。

『ヴォーティガン』は依然として上演されなかった。『雑纂』が出版されたあとの一七九六年一月には、批評は次第に敵対的なものになった。それは、サミュエルが新しい戦いをしなければならないことを意味していた。早速サミュエルは、劇をすぐにも上演しなければならないと考えた。当初の計画は、劇を十二月に上演し、そのあとで『雑纂』を出版するというものだった。もしその順序で事が運んでいれば、大衆の反応は違っていただろうということは十分考えられる。ついに、事態の進展が見られた。一七九六年一月四日、『モーニング・ヘラルド』はこう報じた。今や座主は『ヴォーティガン』の台本を手にし、役は振り当てられ、舞台装置は「用意が整った状態」にある。サミュエルは一月十一日、ケンブルが楽屋で本読みをするということを知らされた。二月十九日、サミュエルは宮内長官から上演の許可を得た。

すると、前口上を巡って意見が対立したため、またしても上演が遅れることになった。宣伝手段が限られていた時代だったので、シェリダンはどんな劇を上演する際にも前口上は欠かせないと考えていた。その目的は、それに続く劇に関する、何であれ珍しい点、注目すべき点を強調し、観客の気分を穏やかなものにするか、『ヴォーティガン』の場合は、観客の気分を掻き立てるかするのが目的だった。シェリダンはヘンリー・ジェイムズ・パイに前口上を書いてもらうことにした。パイは桂冠詩人だったが、詩人というよりは作詞家だった。おそらくそれだからシェリダンは、どうしてもパイに頼みたかったのだろう。そして、パイも書きたがった。一七九五年十二月二十八日、パイは綴りを現代風にした『ヴォーティガン』の台本を読みに、サミュエルをノーフォーク街に訪ねた。そして、それを読んで感動し、涙を流した。パイが前口上を書くという話を聞いた『モーニング・ヘラルド』は、それがあまりに「消化しにくいもの」でないことを望むと書いた。だが、前口上が出来上がるまでの経緯自体、面白おかしい。

　パイは、シェイクスピアと素晴らしい掘り出し物にふさわしい前口上を書く、それもすぐに書き上げると勢い込んで約束したが、それは、ジョン・ケンブルに会う前の話だった。十日間何も連絡がなかったのでサミュエルは、パイがウェストミンスター警察署にいるのを突き止め、パイを訪ねた。パイはそこの治安判事だった。パイは困惑気味で、自分はケンブルに会ったが、その結果、劇の真正について疑念が湧いたので前口上の調子を弱めなければならないと言った。パイから受け取った前口上は、まさにサミュエルが望んでいなかったものだった。

　それは、こう始まる。

学問上の論争で満たされた件《くだん》のものが
ついにこの裁きの場に持ち出されたのを見よ
いかなる欺瞞も、諸君の透徹した目を騙すことはできない
今日の誰も、シェイクスピアの作品を偽造することはできない[5]。

　無数の「もし」と「しかし」を使った、問いかけるような調子で続くその前口上は、苛立たしいことに、「信じない者」が書いたかのように思えた。初日に観客は、劇の終わりで、真贋を自分で判断するよう求められるのだ。ケンブルがパイに、観客をいっそう刺激するような前口上を書くよう頼んだのは明らかだった。ケンブルはその前口上でよいと言った。しかしサミュエルは、ぞっとした。とりわけ、たった一回の不穏な観客の反応を受け入れて最終判断を下すという考えに。彼はパイの前口

上を友人のフランシス・ウェッブに送った。ウェッブはやや理解しにくい返事を寄越したが、その結論は、「それは、取るべき最後［の手段］」というものだった。それに勇気を得たサミュエルはパイに手直しを要求したが、パイはケンブルを怒らせたくはなかった。自分の劇をドルーリー・レインで上演してもらいたかったからである。パイは前口上の結びの調子を和らげたが、それに満足しなかったサミュエルは、詩聖が作者であることを明言するよう命じた。パイは二月二十六日に自分の前口上を取り戻し、三月十七日に『オラクル』に載せた。

今やこれまで以上に粘り強くなっていたサミュエルは、親切な旧友のウェッブのところに行った。ウェッブは別の前口上を書くことを了承した。ウェッブが勇敢にも書いた前口上は、こう始まる。

この大事な夜に、正しい進路をとるという仕事は
期待が大きいゆえに何と難しいことか！
われらの北極星ははっきり見えるとは思うが
いくらかの雲がわれらの半球にかかるかもしれぬ！……
いかなる贋造が、この比類ない光の宝石を真似ようなどという
無謀な試みをあえてするだろうか……(6)

心優しいウェッブは今度も最善を尽くしたが、それはあまりにもか弱いものだった。サミュエルほどに気が強くない者だったら諦めてしまっただろう。上演の日が、どんどん近づいていた。今度はサミュエルは、サー・ジェイムズ・ブランド・バージェスに頼んだ。申し分のない社会的地位を占めて

いたバージェスは、政界で立派な仕事をしてから引退したのちは、詩と劇を楽しむ余裕があった。サー・ジェイムズは窮地に立っているサミュエルを助けることを承諾し、期日を守って前口上をサミュエルに渡した。それはサミュエルにとって満足すべきものだった。六行を除いて。その六行は削除された。サミュエルがそれを受け取ったのは三月二十日だった。少なくとも前口上の問題は解決した。

　マローンの反論が六週間遅れたことは、「信じる者」たちを喜ばせた。新聞もマローンが反論を延ばしていることに注目した。

　マローン氏は、**シェイクスピア**のトランク［木製の櫃］を粉々にしてみせると非常に長いあいだ脅したあと、その奇妙な仕事をするための道具がまだ揃っていないと今になって言っている。**アイアランド信奉者**はそれを聞いて得意になり、剣を抜けと彼に挑んでいる、そして、彼には**人工の尻**（トランクの底）を叩き壊すだけの力がないばかりか、自分たちのお気に入りの**古いトランク**のけば一本乱す能力さえないと言っている！(7)

　マローンに対する批判が、さらに続いた。マローンはそうした侮辱を決して忘れぬ感情的な学者だった。とりわけ、それほどの憎しみを込めて浴びせられた侮辱を。自分が正しいことを知っていたマローンは激怒し、反論を世に問う前の声明を出した。

　シェイクスピア偽造原稿

マローン氏が当原稿が贋作であるのを発見したことに関する文書の公表が遅れたのは、避け難いことですが、彫版作成に思ったより手間取ったためであります。しかし、今月末までには　出版の準備が整うものと期待しております。

一七九六年二月十六日(8)

「シェイクスピア文書」は贋作であると誰かが新聞ではっきりと述べたのは、それが最初だった。三月末が近づくにつれ、戦いに備えていたサミュエル・アイアランドは不安になったが、父を何とか助けようとした思いやりのある息子は、父が欺瞞行為に関わっているのではないかという疑念を一掃する、自発的宣誓証言をすると約束した。しかしながら、ウィリアム・ヘンリーの宣誓証言はあまりにも曖昧で、次のような文句はいっそうの疑念を人に抱かせただろう。「本供述人［ウィリアム・ヘンリー］の父、上述のサミュエル・アイアランドも、サミュエル・アイアランドの家族の誰も、本供述人以外、本供述人が前述の証書あるいは自筆原稿あるいはその一部を所有するに至った経緯……について何も知らないことを誓う」（付録7を参照のこと）。その代わり、公開状を世間に発表することが決まった。

アイアランド氏は、これらの文書の真正に関して一般の人々を納得させるために、同時に、これらの文書を最初に発見した当事者の性格に投げかけられるかもしれぬ一切の疑念を一掃するために、これらの文書が、直系の曾曾祖父が法曹界において著名な人物であった紳士の所有物であることを宣言する権限を与えられている。これらの文書は、シェイクスピアに関連するほかの多くのものと一緒に、ジョン・ヘミングの息子が一六五〇年頃死亡した際に、その紳士の所有するところとなった。アイアランド氏はまた、もしアイアランド二世［ウィリアム・ヘンリーは、「文書」と父を無関係にしようとした時は、そう自分を呼んだ］がいなかったならば、これらの文書は間違いなくこの世から失われてしまったであろう、と宣言する権限も与えられている。持ち主自身、それほどの宝物を自分が所有していることを、まったく知らなかった。このように宣誓したからには、世の人々は十分に納得したと思われるし、さらに説明を求める資格はないと思われる。(9)

時が経つにつれサミュエルは、マローンの反論がエープリル・フールの日に出版されるのではないかという期待を抱くようになった。実際には、それは一七九六年三月三十一日に出版された。『ヴォーティガン』の初日の二日前に、エドモンド・マローンは「シェイクスピア文書」に対する致命的な反論を発表したのである（二日前というのは絶妙なタイミングであると同時に重大なことでもあった）――『一七九五年十二月二十四日に出版された、シェイクスピア、エリザベス女王、サウサンプトン伯ヘンリーのものとされている雑纂および法律文書の真正に関する調査報告……』。マローンの溜まりに溜まっていた欲求不満は、薄い小冊子ではなく四百二十四頁の大冊になってどっと噴き出た。彼はその中で、誰もが愚鈍だと思った若者が手掛けた贋作の一つ一つを完膚なきまでにやっつけた。そのやっつけ方があまりにも徹底したものだったので、ウィリアム・ヘンリーの贋作のいくつかの文学的側面は称賛に値すると思った者も、今や、そう言うのを恐れた（実際、そう思った者はいたのであり、若者の驚くべき贋作には多くの気の利いた個所があったのである）。『ヴォーティガン』の初日に対する関心は、いっそう高まった。

『調査報告』の中でマローンはまず、「H氏」の存在はまったく信じ難いとして、さっさと始末した。弁護士である彼は、万一「H氏」なる人物が名乗り出た場合に備え、ギルバートの『証拠法』を引用して、本能的にみずからを守った。将来、謎の人物が現われたとしても、そのこと自体は「文書」が真正であることを証明しはしないという点に関し。マローンは「信じる者」を当てこすり、「学識豊かな学者や古物研究家や紋章官は……いとも簡単に納得してしまう[10]」と言った。

マローンはエリザベス女王の手紙に特に関心を抱いた。そして、それに関する何もかもが間違っていることを証明した。「その手紙は、たった一ヵ所が弱点であるなどというのとは程遠い。その手紙においてもほかのすべての文書においても、攻撃できない個所は、ほとんど一つもない」。短い贋作の手紙と、女王が書いた四通の本物の手紙とを比べると、二十五もの綴りが違っていて、贋作の手紙には「女王の筆跡に少しでも似た」筆跡は見られなかった[11]。

八ヵ国語に精通していた、この学識のある教養豊かな女王は、ここでは、自分の熟知している言葉の正字法を知らぬばかりではなく、自分の宮殿と近くの町の区別もできぬ［ウィリアム・ヘンリーは「toe Hamptowne forr the holy dayes（休日を過ごしにハンプタウンに）」と書いた］うすのろになっている。おまけにご丁寧にも、女王は町の名に、英語の本来の語法にとってまったくおぞましい語尾を与えたことになっている……[12]

この手紙や「シェイクスピア文書」全部の正字法と綴りは、その前の何ヵ月か前から批評家や新聞に次第にからかわれるようになった。マローンは、手紙の中の「ande」や「forre」や「Londonne」

などのような本来存在しない綴りに世人の注意を惹いた。自分はヘンリー四世の時代以来の約千の証書を研究したが、eの付いた「and」や「for」は一度も見たことがないと言った。そしてさらに、「ほとんどどの語にも子音と母音が重ねられている馬鹿らしいやり方(13)」を攻撃した。憤慨した紋章院のタウンゼント氏はそれを見逃さず、マローンは千の証書を「ざっと見た」かもしれないが、その数の証書を「読んだ」わけではないと言った。するとマローンは、その綴りはエリザベス朝の綴りではない、「いかなる時代の綴りでもない(14)」と言い返した。

次に、エリザベス女王からの手紙の日付が一蹴された。マローンはすでにほかの者が指摘したように、それはレスターが死ぬ前に書かれたはずであると断言した。そして、レスターが一五八五年に北海沿岸の低地帯（今のオランダ・ベルギー・ルクセンブルクの占める地域）に遠征してから一五八八年九月に死ぬまでのあいだ、レスターがイギリスにいた時、女王は休日をハンプトン・コートで過ごしたことはなかったことを証明した。そして、その手紙が一五八五年以前に書かれたことはあり得ないだろう、なぜなら、詩聖はたった二十一くらいだっただろうから——まだ、それほど偉くなってはいなかったのだ。さらに、シェイクスピアは、パットナムが一五八九年に出した『英詩の技法』の中の、傑出した詩人のリストに入っていなかった。もし彼がそれほど早く偉大な女王から目を掛けられていたなら、そのリストに入っていただろうが。

もっとたくさんの誤りがあった。「レスター」（Leicester）は、彼が生きていた頃は「Leycester」と綴られていた「重大な誤りである」。また、彼は「閣下《ヒズ・グレイス》」とは呼びかけられなかっただろう。そして贋作者は、ローマ数字を使うべきところにアラビア数字を使っている。マローンは、不正確な個所全部を読まされると読者はうんざりしてしまうのではないかと心配した——それは本当だった、というのも、この極度に偏執狂的な学者は、結局のところ五十語足らずの短い手紙をやっつけるのに九十頁たっぷり費やしているからである。ここにもまた、一種の狂気が見られる。

「アンナ・ハサウェイ」(Anna Hatherrewaye)の手紙についてマローンは、彼女は「アン・ハサウェイ」という名であったこと、その奇妙な綴りは、おそらく、古風に見せようとする試みだったのだろうということを指摘した。(息子は父の綴りを真似たのである。)マローンは徹底していた。「アンナ」宛の手紙に出てくる「亭々たる巨杉《シーダー》」に触れて、イギリスには一六六〇年の王政復古まではシーダーはなかったと言った。[15] だがシェイクスピア自身、こう書いた。「彼《か》の巨杉《おほすぎ》(Cedar)も斧の刃に屈従するんだ……」(『ヘンリー六世』、第二部)。マローンでさえ無謬ではなかったのである。

サウサンプトンの短い手紙については、一度通読するだけで十分だった。それは「馬鹿らしさにおいて、これまでに検証したいかなるものにも勝る」[16]。それからマローンは、シェイクスピアの署名は、彼自身の本にある署名の複製をなぞったものに違いない、その本の中で自分は一つの間違いを犯した、そして、その間違いがそっくり模倣されていると、くどくどと説明した。(ウィリアム・ヘンリーは『告白』の中でそのことを怒りを込めて否定し、その署名は、父の蔵書にある、ジョンソン博士とスティーヴンズの編纂した『シェイクスピア全集』から写したものだと言った。)

マイケル・フレイザーとその妻に家を賃貸ししたという証書は「ガラクタの寄せ集め」だった。ヘミングに対する贈与証書については、マローンはこう言った。「すでに述べたあらゆる馬鹿らしさと矛盾は、今や、いっそうの馬鹿らしさに勝ちを譲らねばならない……」。

マローンは、『ハムレット』は『リア王』に比べれば「純潔」だと言った。[17]『ヴォーティガン』については、「人生は、こんな屑を検証するのに無駄に費やすほど長くはない……」。それは、二十を下らぬ、それぞれ違った透かし模様の紙に書かれていた。（ウィリアム・ヘンリーは非常に長いその劇を、たった二月《ふた》で急いで書くという重圧のもとにあったので、最初の頃のように透かし模様に細心の注意を払う暇がなかったのである。）

「シェイクスピア文書」に表われている共和主義者的感情は、シェイクスピア時代のイギリスでは、まったく場違いであったろう。マローンは言葉遣いがうまかった。『雑纂』の中の手紙のどれも「作り話で騒然」としていて、「不自然で羽目を外した突飛さと不規則さ」を示している、なぜなら、「文書」の贋作者は何も手本にしなかったからだと評した。(18)

マローンはこう付け加えた。「チャタトンの欺瞞が暴かれ、六つの鍵の付いた櫃が壊されたあとでは、昔の原稿が入ったそうした容器について少なくとも当分は耳にすることはあるまいと思っていた」。(19) この偉大な学者は、「文書」の今後の販売を永遠に差し止める命令が出されるべきであると言った。そして、自分は詩聖の最大の利益を守る者だと信じていた（その信念は、彼にもサミュエルにもウィリアム・ヘンリーにも共通していた）。

マローンはこう要約した。贋作者は、「シェイクスピアの歴史、演劇の歴史、英語の歴史について何も」(20) 知らない。頁から頁へと無数の証拠が、これでもかというくらい提出され、言うべきことはそれ以上ほとんど残らなかった。

一七九六年四月二日の『ヴォーティガン』の上演まで、あと二十四時間足らずのあいだに、マローンの著書は五百部売れた。

『ヴォーティガン』は一七九六年三月中旬から本稽古が行なわれた。劇場側は結局、魅力的な舞台装置を作った。初日に、それは見事で立派だと評された。だが、稽古のあいだ中、俳優たちが劇に共感している様子も、サミュエルに協力しようという気配もなく、稽古の最中に野次を飛ばすことが奨励され、出演者全員、劇に対する敵意をあらわにすることが許された。シェリダンは『ヴォーティガン』をその程度の劇にしようと決めていたのである。

サミュエルは、シェイクスピアが『ヴォーティガン』の作者であるのを広告で明確にしてもらいたいと思った。シェリダンは、シェイクスピアが作者だということを、ほんのわずかでも匂わせるのを断った。初日をエープリル・フールの日にしようという案はケンブルの残酷な嫌がらせだったが、憤慨したサミュエルが抗議した結果、初日は四月二日に延ばされた。一緒に上演される開幕劇に『私の祖母』を選んだのも、わざとだった。その笑劇は、ある少女と、その少女の先祖が驚くほど似ていることに騙された馬鹿な美術史家が登場するものだった。（ケンブルが若い頃に片想いした相手――美しいド・カーン嬢――が、その軽い劇に出演した。）

ケンブルの姉のサラ・シドンズ夫人は、ヴォーティガンの妻である女の主役のエドマンダを演ずることになっていた。しかし、初日の一週間前に、タイミングのよい「体調不良」のせいで役を下りた。「体調不良」というのはきわめて疑わしいが、本当であったのかもしれない。のちに彼女の出演料は、シーズン中、あまりに頻繁に病気になったので減額されたのだから。別の女優のパウエル夫人がシドンズ夫人に代わった。そのチャンスを与えられた彼女は、『ヴォーティガン』は長期公演になるかもしれないと楽天的に考えた。

初日が近づくにつれサミュエルは、当日『ヴォーティガン』を台無しにしようという陰謀が巡らされているのではないかと疑った。友人たちも同じ意見だった。上演中、観客がどんな騒ぎも起こさないよう、サミュエルは王族を招くことにした――たった三ヵ月前に喜んで会ってくれた皇太子に手紙を出し、「偉大な文学上の宝」を支援するためにお出で頂けないかと頼んだ。皇太子は、残念ながら当日はロンドンを離れているという返事を寄越した。たぶん、実際にそうだったのだろう。二日後、彼がハンプシャー州で狩りをしていたことがわかっているのだから。クラレンス公は劇場にやってきて「信じる者」の味方をし、滑稽なくらい人目に立ったが、王族が臨席しても、事態は鎮まらなかった。何であれ、事態を鎮めることはできなかっただろう。

『ヴォーティガン』の初演の当日、サミュエルの旧友で「シェイクスピア文書」の勇敢な支持者であるジョン・ビングは、ベドフォードシャーのビグルズウェイドにある安くて閑静な宿、太陽亭《サン・イン》に家族と泊まることになっていた。そこはロンドンから四十マイルほど離れたところで、人が馬車で北に行く際に一泊する場所だった。常に思いやりのあったビングは、一人の友人がサミュエルと一緒に『ヴォーティガン』の最終稽古に行くように手配した。

一流のシェイクスピア学者たちが初日に劇場にいたならば、贋作者が明らかにシェイクスピアのいくつかの劇から剽切したことに気づいただろう。一例を挙げよう。『マクベス』で、マクダフは言う。「此上《このうへ》もない大破壊が行はれたのです」（第二幕第三場第七十二行）。『ヴォーティガン』では、エドマンダは言う。「今や此上もない悲しみが訪れたのです」（第一幕第二場第四行）（「此上もない」は両者とも「masterpiece」）。

しかしながら、のちに『ヴォーティガン』のいくつかの台詞は、詩聖に匹敵するものと評価された。その台詞は、将来の見込みのなさそうな十九歳の若者が書いたにしては、いまだに偉業のように思われる。

剣をくれ！

こいつを血とぬるぬるした血糊で
ひどく詰まらせ汚《よご》してしまったので
こいつは握ろうとする私を虚仮《こけ》にする。
剣だ！　さあ。

切羽詰まったサミュエルは、瀬戸際になって二度目の「文書の真正に関する確信証明書」を作り、十五人に署名をしてもらった。それには、「文書」はどんなものから成っているかの説明があり、署名者は「文書」を検証し、その真正を確信したことを保証すると書いてあった。その証明書は、一年程前の一七九五年二月に作られた証明書より詳しいものだった。署名者は前回よりもずっと社会的地位の低い者だった。もっとも、驚くべきことに紋章院は「文書」が本物であることを依然として支持し続けたが。たぶん、以前の過ちを認めたくなかったのだろう。

そのいずれも成功しなかった。『ヴォーティガン』を否定する声は高まった。旧友のフランシス・ウェッブでさえ、その劇を引っ込めるようサミュエルに忠告した。もしそれが本物なら、時が証明するだろう、と言って。

そして、時がまさに証明しようとしていた。今では、砂時計の砂は、すっかり下に落ちていた。

『ヴォーティガン』の筋

筋はホリンシェッドから盗んだものであるけれども、若き贋作者は物語に変更を加えるのを躊躇しなかった。ローマ化したブリテンの王、老いたコンスタンシャスはスコット族とピクト族の度重なる侵入に悩まされ、寵臣の将軍、ヴォーティガンに援助を求め、王国の半分を譲り渡す。しかし将軍は王位を手に入れたいので、老王を殺害させ、それをスコット族の密使のせいにする。王の二人の息子、オーレリアスとウーターはローマから戻り、ヴォーティガンを討伐するため軍を召集する。ヘンギストとホーサス（またはホーサ）はヴォーティガンのサクソン人の味方である。ヴォーティガンは直臣たちを引き寄せておくための囮として娘のフレイヴィアを使おうとする。しかし、フレイヴィアはすでにオーレリアスと婚約しているので逃げ出す。ヴォーティガンはヘンギストの娘のロウィーナに首ったけになり、妻のエドマンダを離婚する。エドマンダは気が狂い、服毒自殺をする。ヘンギストとホーサスは殺されヴォーティガンは敗北するが、命だけは助けてもらう。オーレリアスは王になり、フレイヴィアは王妃になる。

一七九六年四月二日土曜日に『ヴォーティガン』は上演された。ボックス席を手に入れようとした者が大騒ぎを演じた。何度も繰り返された真贋論争と、傍《はた》で見ていて楽しい罵り合いでこの二年間前宣伝が行き渡っていたので、サミュエルとウィリアム・ヘンリー以外の誰もが、狂乱状態に近いほどの嬉しがりようで初日を待ち望んでいた。ライバルの劇場コヴェント・ガーデンも、『儚《はかな》い嘘』を上演して、その晩の気分に合わせていた。

何であれ劇の上演は、暴動、大乱闘、さらには惨事に簡単になり得た。わずか二年前――その時、やはり笑劇の『私の祖母』が開幕劇だった――狭い階段で十五人が踏み殺された。その中に二人の紋章官が入っていた。劇場は、大衆が圧力釜の中にいるような生活の「湯気」を発散することが許される社会の安全弁の一つだった。時には、圧力釜は爆発した。もし国家の名誉が劇の中で汚されたら、もし、一群の徒弟たちが自分の職業が侮辱されたと感じたら、そして――とりわけ――もし、平土間の入場料が値上げになったら、劇を計画的に妨害することさえ稀ではなかった。ギャリックの時代には、ドルーリー・レインで大変な暴動が起こり、家具とシャンデリアが目茶目茶に壊された。また、その後一八〇九年にコヴェント・ガーデンが再建され、その費用を賄うために入場料が値上げになった際には、元の値段に戻されるまで六十一夜、連続して暴動が起こった。ウィリアム・ヘンリーの『ヴォーティガン』によって前例のないほど興奮が高まっていたので、何が起こるかわからなかった。

初日には、劇場前の通りでは、異常で騒然とした情景が午後三時から展開され始めた。劇場の地味で古代ギリシャ・ローマ風の正面と対照的な、騒がしい行列が出来ていた。ドアは劇が上演されるわずか一時間前、つまり五時半に開くのだが。四時半までには通りは通行不能になった。群衆に揉まれた芝居の常連は、これから上演される劇は贋作だと書いてあるものをぶら下げたサンドウィッチマンを目にした。サミュエルに雇われた数十人の騒々しい少年たちは、上演前にサミュエルが最後にした『ヴォーティガン』擁護の試みであるビラを配って喧噪をいっそうひどいものにしていた。

ビラには、「**ヴォーティガン**」という見出しの下に、こう書いてあった。「シェイクスピア自筆原稿に対する悪意的で無力な誹謗文書が劇『ヴォーティガン』の初日前夜に出現しましたが、それがシェイクスピア自筆原稿の持ち主の利益を損なう目的であるのは明白であります……」。サミュエルは「マローン氏のきわめて狭量で根拠のない『調査報告』」を論破する時間がないと説明し、この劇が

「英国の観客の特徴である公正さ」をもって観られることを求めた。

　劇場の中に入ろうとしている者は、それにはまったく耳を貸したがらなかった。彼らは愉快なことを求めていたのであり、議論を求めていたのではなかった。ドアが開くと、大方が男の群衆が、どっと殺到した。平土間と、両側の三層のボックス席はすでに売り切れていて、二シリングの天井桟敷だけが空いていた。そこに群衆は玄関番を押しのけて急いだ。天井桟敷に坐った者で料金を払った者は、ごく少なかった。平土間には女は二十人しかいなかった。席の奪い合いで女は体力で負けたからである。ドルーリー・レインの収容人員は三千六百だった。その晩は、料金を払った者は二千五百人だった。それに加え、数はわからないが、金を全然払わなかった者が大勢いた。金めっきの鳥籠と評された、劇場内部の通路さえ観客で一杯だったが、天井桟敷を支えていたほっそりした柱（深紅と緑で塗装した上にガラスが張ってあるもの）は何とか持ちこたえた。

　サミュエルは天井桟敷の四十枚の招待券を貰った。そして、フリーマン夫人と娘のジェインと一緒に中央のボックス席に着くと天井桟敷の観客は拍手喝采した。平土間の何人かは野次った。ウィリアム・ヘンリーは自分が成し遂げたことに静かな誇りを抱いたが、迫りくる最後の運命を予感した。劇が上演されているあいだ、ほとんど舞台裏の楽屋にとどまっていた。一緒にいたジョーダン夫人が、時折、励ましの言葉をかけてくれた。

　前口上を読んだのはウィットフィールド氏で、土壇場になって逃げ出したパウエル氏の代役だった。彼は始めた。


　　ありきたりの申し立てが、今、皆様の評決を求めているのではありません。

裁判官の前に、不滅のシェイクスピアが立つのです……

緊張した雰囲気はたちまち一変し、猫の鳴き声の野次が乱れ飛んだ。喧噪に包まれたウィットフィールドは落ち着きを失って台詞を忘れ、黙り込んだ。プロンプターは先を続けるように促したが。ついに観客も盛んに励まし、最後には、彼の勇敢な努力は、長い拍手喝采で報われた。

観客は静まり、この騒ぎは一体何なのかひとつ見てみようという気になった。シェリダンの俳優たちは、ウィリアム・ヘンリーの「シェイクスピア劇」を無理にもできるだけ陽気で愉快なものにするように言われていたらしい――そして、俳優たちはそうしたのである。俳優たちは、詩聖が『ハムレット』(第三幕第二場)で役者に与えた、優れた、曖昧なところの少しもない忠告に従うべきだったのだ。詩聖はその忠告を、エルシノア城に劇中劇を演じに来た一座に演技について教えているハムレットの口を通して与えたのである。

また手でもて此《こ》のやうに空を切るまい。総別、しとやかに物したがよい。畢竟、情が高ぶって、早瀬、暴風《あらし》、乃至旋風《ないしつむじかぜ》のやうに狂ひ乱るゝ最中ぢゃとて、必ず程といふことを学んで、ふくらみを失わぬやうにするが肝腎ぢゃ。おゝ！ 予は彼《か》の荒事師どもが、たわいもない黙劇《みぶりしばゐ》や空騒《からさわ》ぎのほかは能《よ》う賞翫せぬ土間連の気を取らうとて、荒廻り叫立《わめきた》つるを観るたびに、何とも堪忍がなりかぬる。暴風神《ターマガンド》を演《し》過《すご》したり、暴君《ヘロッド》を演過したりするを見ては、打懲《うちこら》してもやりたいと思ふわい。あのやうなことは止めてくれい。(坪内逍遙訳)

舞台前迫持《プロセニアム・アーチ》の上から、喜劇と悲劇の女神に挟まれて、彩色したウィリアム・シェイクスピアの頭像がその光景を見下ろしていた。もし彼がその場にいたなら、ドルーリー・レイン一座を打ち懲らしたであろうのは疑いない。

ジョーダン夫人は、父のヴォーティガンから逃れるために少年に変装したフレイヴィアを演じた。ウィリアム・ヘンリーは、友人の彼女が若者として舞台に立つことができるよう、特に彼女のために、その際の台詞を書いた。彼女はほっそりとした腰と脚を見せびらかすために、よくそうしたのである。そして、舞台に立った時はいつでも喝采された。

劇は一応順調に進んで行き、恐ろしいほどのつまらなさは、魅力たっぷりのジョーダン夫人と、愛らしい若い女優のリーク嬢の歌う歌で救われた。だが、それも第三幕の初めまでだった。「シェイクスピアの」悲劇は喜劇に転じたのである。劇中でヴォーティガンは、外国から帰ってきた王子を、内乱を煽動したと言って責める。直臣の一人を演じていたのは下手な俳優で、彼は高いテノールの声がひどく自慢だった。ケンブルにけしかけられたその俳優は、甲高い声に喉頭音を混ぜて台詞を言った。ウィリアム・ヘンリーはその時のことを決して忘れなかった。彼でさえも、観客が大声で笑って野次ったのを咎めることはできなかった。忠実な「信じる者」だった下院議員のチャールズ・スタートは——開演前に五本のアルコール飲料を飲んでいたのだが——牡牛の鳴き声の抑揚で、「公正な裁きをしてやれ」と叫んだ。びっくりするようなその大声で観客は一瞬、黙り込んだ。俳優に奇声を発しさせたことをのちに非難されたケンブルは、スタートの普段の会話の声も「縮絨機《しゅくじゅうき》（木製の槌で叩いて毛織物の組織を密にする機械）を思い出させる」と言い返した。アイアランド父子は、劇を喜劇にしたのはケンブルの企みだったと終生主張することになる。今や、観客が静かになる機会などなかった。

第四幕第四場の終わりでサクソン族の将軍のホーサスが「死ぬ」。ホーサスを演じたのは、コミカルで大鼻の性格俳優フィリモアだった。カーテンが彼の上に降りると、両脚だけが観客のほうに突き出た。カーテンの一番下に付いていた木製ローラーが重かったので、「死んだ」ホーサスは体を出そうとして呻き始めた。フィリモアは「巨大な鼻の大きな猪さながらに転がり回り」、全力で大袈裟な芝居をした。ヘンギスト役の俳優も、観客に「尻を見せ」たので、事態を改善しはしなかった。一方、縁《へり》に大釘が打ってある張り出し舞台の横の上等席にいた酔っ払ったスタートは、もう少しでフィリモアに手が届いたので、道化た真似をやめさせようと、フィリモアを引っ張って自分の席に入れようとした。スタートは観客にシーッと野次られ、林檎の皮を投げつけられた。スタートも同じように返報した。観客は笑い、やがて大声で叫んだ。

その後は、観客は何か新しい愉快なことが起こるたびに敏感に盛んに反応した。俳優たちは大乗り気でそうした機会を提供した。

当代一流の俳優で、劇を成功させることも失敗させることもできたケンブルは、主役のヴォーティガン王を演じていた。第五幕第二場で、長台詞の二十七行目に入ったところで、「そうして、このものものしい猿芝居が終わったら」という文句を、できるだけ物悲しい調子で強めた。ウィリアム・ヘンリーは回想している。たちまち、「かつて聴覚器官を一度も襲ったこともないほどの不協和音に満ちた喚き声が平土間から谺した」(21)。スタートは手元にあったものを何でも構わずにケンブルに投げつけた。呻き声と野次が十分たっぷり続いた。観客がやっと鎮まるとケンブルは、そのまま先を続ける代わりに、悪意を込めて同じ台詞を繰り返し、同じ反応を得た。のちに誰もが、ケンブルは職業上の倫理に反したと異口同音に言った。どんな劇であれ、座主兼俳優として劇を盛り立てるのが彼の義務なのだ。そしてシェリダンは、その後、ケンブルの行動と自分は無関係だと言った。有名な俳優は『ヴォーティガン』の上演をすっかり駄目にしてしまったのである。

ケンブルは少なくとも『ヴォーティガン』に関しては、傲慢な態度をとるべきではなかった。過去において彼自身、シェイクスピアの劇を好き勝手に変えたことがあるのだ。『間違いの喜劇』を上演した際、双子の召使のドローミオ兄弟を黒人の道化に変えてしまった。

誰からも敬愛されていたジョーダン夫人は、五十五行の納めの口上を述べ——賢明にも、この劇はシェイクスピアが書いたものだという台詞は飛ばし——大喝采を博したが、それは彼女だけに向けられたものだった。最後に、俳優のバリモアが『ヴォーティガン』の次の上演について知らせようとすると、非難の喚き声が上がった。バリモアは騒音と騒動の中で、言い終えることができなかった。観客の中の「信じる者」と「信じない者」のあいだで小競り合いが起こったのである。喧噪は二十分間鎮まらず、その喧嘩の最中、スタートは舞台係の頭を乱暴にひっ掴み、勢いづいた観客から物を投げつけられた。

『ヴォーティガン』は、それを観た者によって非難された。本当に何かがシェイクスピアによって書かれたのかどうかについて、ほとんど、あるいはまるで知らなかったのであるが。野次った「信じない者」が勝ったのだ。ウィリアム・ヘンリーの『ヴォーティガン』は公平な態度で観てもらえなかったのだ。それより遥かに劣る劇さえうまくいき、長期にわたって上演されたことがあるのに。

アイアランド父子はノーフォーク街に戻った。サミュエルの数人の男の友人もやってきて、深夜までその夜の出来事について話した。ウィリアム・ヘンリーは自分の部屋に、自分の夢に引っ込んだ。誰もが、取るに足らぬ人物として相手にしなかった若者は、自分の書いた劇が、イギリスで最も有名な劇場で、きわめて異常な状況の中で上演されるのを見たばかりなのだ。だが彼も、ほかの者同様、その劇がたった一回の上演で終わるのを知っていた。心中は、これまで長いあいだ経験しなかったほど穏やかだった。心を圧迫していた重荷がなくなったのだ。彼は熟睡した。

翌日、朝食の際、落ち着き払っていた若者は、ひどく冷淡だといって父に叱責された。サミュエルは損をした金のことに心を奪われていた。蒐集品に対する父の貪欲さは、金に対する旺盛な関心に、ほとんど釣り合っていた。父と息子は、収益の分け前を受け取りにドルーリー・レインに戻った。サミュエルは、すでに前金として二百五十ポンド（今の約八千七百ポンド）受け取っていた。そのうちから息子に六十ポンド（今の約二千ポンド）渡した。上演に関しては、二人の分け前は百三ポンド（今の約三千六百ポンド）を、ほんの少し下回った。そのうちからサミュエルは息子に三十ポンド（今の約千ポンド）渡した。金がサミュエルに支払われたのは、ウィリアム・ヘンリーが未成年だったからである。そういうわけで、ウィリアム・ヘンリーは合計九十ポンド（今の約三千百五十ポンド）受け取った。もしサミュエルが、『ヴォーティガン』に対する関心が非常に高かった、上演の直前か直後に『ヴォーティガン』を遅滞なく出版していれば大儲けをしただろう。『ヴォーティガン』は、『雑纂』には入っていなかったのである。サミュエルがそれを受け取るのが遅過ぎたからだ。

信じられないような話だが、「信じる者」は、なおも頑張った。苦境を救うには、たった一つの手段しかないということで、彼らは皆一致した――何としてでもH氏に答えてもらわねばならない。それをどうやるかを決めるために、三十人の著名な人物から成る委員会が作られ、一七九六年四月にノーフォーク街で三度会合が開かれた。ウィリアム・ヘンリーも同席し、老紳士に会って事の一部始終を聞くために委員会から二人を選んだらどうかと大胆にも言った。ウィリアム・ヘンリーは、もう少し時間を稼ぐためならば、どんなことでも言うつもりだった。何度か会合が開かれ、H氏に会う者が選ばれ、H氏に手紙が出され、H氏から返事が来た。それはすべてサミュエルの評判を取り戻すためだった。

その時点で告白すべきだったのに、若者はこれまでにしたどんなことよりも正気の沙汰とは思えないことをした。委員会にさらに多くの宝物のリストを見せたのである。彼はH氏の家で実際に見たと言ったものに星印を付けた――銀の台に嵌め込まれたシェイクスピアの細密画、サー・フランシス・ドレイクに捧げられた詩、グローブ座の素描といった素晴らしいものに。いずれも、詩聖礼賛者が夢に見るようなものだ（付録6を参照のこと）。それを知って、委員会の面々はためらった。その話に騙され、面々の関心が再び高まった。

結局、一人だけ選び、H氏から一部始終を聞いてもらうことになった。法律家のオールバニー・ウォリスが、誰も同席しないという条件でその役を買って出た。それは、ウォリスと贋作者が企んだ策略のように思える。

今やサミュエルは、息子をスパイし始めた。探偵になり、ウィリアム・ヘンリーの跡をつけ回し、どこでH氏に会っているのかを知ろうとした。だが、もちろん、徒労だった。息子がウォリスを訪れるのを見ただけだった。ウィリアム・ヘンリーは弁護士に厳しく問い糺され、何もかも告白するのに忙しかった。若者はウォリスに、自分の贋作の見本、使わずに残っている紙、インク、印章、糸を見せた。なぜウォリスが一切に決着をつけて、惨めな事態を終わらせなかったのかは今でも謎である。しかし彼はそうはせず、それについてサミュエルと話し合うのも拒否した。一七九五年十二月には、ウィリアム・ヘンリーの「発見」したヘミングの署名が偽物であるのを嬉しげに暴こうとしたのに。

その動機は一体何だったのだろう?

一七九六年四月二日のドルーリー・レインでの異様な光景は、人に忘れられることはなかった。何年も経つうちに、その晩起こったことは尾鰭が付くようになり、いっそう興味深いものになった。演劇の世界では、ウィリアム・ヘンリーの『ヴォーティガン』の上演は伝説になる。

第十章 「息子さんは、あれやこれやで神童だ」

頑固で妥協を知らぬサミュエルは、自分に渡すとずっと前に約束した例の文書はどうなったのかと、以前にも増して不機嫌になりながら、ウィリアム・ヘンリーに依然としてしつこく訊いた。その文書があれば身の潔白が証明できるのだ。サミュエルは、愚鈍な息子が贋作をして自分を騙したなどということは到底受け入れ難かった。息子は、自分でやったと主張して名声を博し、頭がいいと人に思われて得意になりたいのだ、あるいは、息子はある種の泥棒だとサミュエルは考えたかった。ウィリアム・ヘンリーに対するサミュエルの態度を頭から非難することはできない。なぜなら、ほかの誰も、哀れな若者の才能に何の信頼の念も抱いていなかったからである。世間の人間は、誰が実際に罪を犯したと思っていたのだろうか？

この件に関係している二人の主な人物について考えてみれば、サミュエルにとっては不幸なことに、ほとんど誰もが、彼がそれに関与していたばかりではなく、全部考え出しもしたのに違いないと推測した。したがって父は、ウィリアム・ヘンリーに責任を取らせることによって、頭の鈍い息子を犠牲にして自分を救おうとしている、ということになった。それは、世間の人間にとっては許されないことだった。ともかく、イギリスのあれほど傑出した人々を完全に騙したのは、それなりの人間の仕業でなければならなかった。そしてそれは、サミュエルということになった。

ビグルズウェイドにいたビングは、『ヴォーティガン』が大失敗に終わったという噂を盛んに耳にした。彼が泊まっていた太陽亭《サン・イン》は、ロンドンから北に乗合馬車で行く際に人が一泊する宿だったからだ。四月五日、彼はサミュエルに手紙を出した。「息子さんに関してだが、どう言っていいのかわからない。息子さんは（不可解な虚栄心から）、きみを厄介な状況に陥れようと決心しているように見えるので」。五月十五日付のサミュエル宛の手紙から、ビングが依然として「文書」の真正を信じていたことがわかる。というのもビングは、ウィリアム・ヘンリーは一切を説明するのを遅らせているか、H氏からのその後の手紙を持ってくるのを遅らせているかだろう、なぜなら、成年に達して残りの宝物の所有権を主張することができるまで待っているので、と書いているからである。それはまた、ビング自身、ウィリアム・ヘンリーをさほど信用していないことを示している。

思いもかけぬことにウィリアム・ヘンリーは、裕福な一家の娘と結婚すると家族に告げた。家族は気もそぞろになった。それは全部嘘だったが、家族の者は、存在しない娘の一家を探そうとして、またも興奮した。だが彼は、結婚することを考えてはいた。

一七九六年四月、サミュエルは、かつては快適で楽しかった世界が自分のまわりで崩れ始めたのを感じ、事態を何とかしようとして、モンタギュー・トールボットに宛て、痛切な手紙を書いた。トールボットが慎重に書いた返事は、何も明かさなかった。サミュエルは救いのない絶望的な状況に置かれた。ウィリアム・ヘンリーはそもそも、贋作をすることで父をどんな形であれ傷つけようとは思っていなかった。まったく逆だった。その時も、それからのちの人生でも。ウィリアム・ヘンリーは父を守ろうとした。ウォリスの助けを借り、父が欺瞞行為にまったく関わっていないという新聞広告を出した（付録を9参照のこと）。無駄だった。

一七九六年五月、ウィリアム・ヘンリーは家族に慎重に告白し始めた。まず、庭を一緒に歩きながら姉たちに話し、次にフリーマン夫人に話した（フリーマン夫人は彼の言うことを即座に撥ねつけた）。女たちが頭の鈍い若者の言うことをサミュエルに伝えると、馬鹿げた話だと言ってサミュエルは一蹴した。息子はH氏を守っているのであり、この私にそんな話をする厚かましさは息子にはない、とサミュエルは言った。ウィリアム・ヘンリーはサミュエルに面と向かって腹を割って話し合おうとしたが、苛立っている父は何を聞かされるのかを察し、そんな信じ難い話をしようとする哀れな息子を追いやった。

五月の末、サミュエルとフリーマン夫人はバークシャーのサニングで、大いに必要としていた休暇を過ごした。六月五日、日曜日に、そこから彼は愛情に満ちた手紙を息子に宛てて書き、自分の惨めな境遇について説明し、問題を解決してくれと訴え、若いおまえが人生の非常に大事なこの時に下す決断は大変に重要だということを優しく教えて手紙を結んだ。

親愛なるサム［ウィリアム・ヘンリー］よ、私がロンドンを出て以来、一週間以上、おまえから何の便りもない。こうした状況では落ち着いていられないおまえは、私の心がおまえと家族のことを思い、大いに揺れているということは想像できないだろう。私はおまえが約束した通り、間違いなく手紙を寄越し、文書に関する計画と今後の意図について説明することを期待していた。おまえに請け合うが、私の今の状態は、おまえと家族のことを思い、実に惨めなのだ。私は日夜、心の休まる時はない。おまえがもっと打ち解けて包み隠しなく行動してくれたら大いに楽になるのだが。確かな話、もし、おまえが束の間でも同情できる人間がいるとすれば、それは、おまえが生まれ出たその時からこれまで、あらゆる安楽と配慮を絶えることなくおまえに与えてきた親に違いない。おまえは時には、人生の将来において息子を持ち、自分が、今私が置かれているような苦境に置かれた場合のことを想像し、よく考えてみなければならないと思う。そうしてから、自分の精神状態はどんなものか、そして、私の現在の精神状態はどんなものかを判断しなければならない。この手紙でおまえを責めるつもりはない。ただ、もし、おまえが私を自分の友人と考えることができなければ、おまえは、将来結ぶであろうどんな友情においても欺かれるのではないかと私は恐れるということを言いたいのだ。私はおまえに対する自分のどんな行動も、友人、仲間としての行動以外のものであったことを思い出すことはできない――厳格な、あるいは気難しい親の行動ではなく。したがって、私がおまえが進んで提供してくれる情報を聞くべき時に（いかなる情報であれ）、無理矢理情報を聞き出すというのはひどく不自然であるのは確かだ。おまえは私からだけではなく、家族全員と私の知人全部から疎遠になってしまったように思える。自分のすること、また、自分が決断することをよく考えてもらいたいのだ、なぜなら、おそらく今が、おまえの家とおまえの将来の境遇を心地よいものにするか、おまえを永遠に幸福から遠ざけてしまうかの瀬戸際だからだ。私はレディング［バークシャー］で、文書に関する世間での私の立場について、そこの多くの紳士からいろいろ聞いたが、彼らは皆、私の置かれている状況は実に惨めなものだということで意見が一致している。皆、事の成り行きを心配しているようだ。おまえがした誓約や約束がどんなものか私は知らないし、世間も知らない。しかし、いかなる義理も親を破滅させてはいけないということは広く認められている。もし、文書が真正であることが今後証明されるとするなら、何で、ずっと前に約束してくれた例の文書を私に渡すのを遅らせているのか？　しかし今は、その問題についてこれ以上は言うまい……家族の一同によろしく。そして、おまえの今後の運命がいかなるものであろうと私を信じてもらいたい、おまえの誠実な友にしておまえを愛する父を。[1]

サミュエルは息子としてのウィリアム・ヘンリーの欠点に気づいていたが、親としての自分の欠陥と、そもそもこうした飛んでもない状況が生まれた理由を理解していなかった。だが彼は、一つのことについては正しかった――今となっては、もう引き返せない。

いずれにせよ手遅れだった。息子は家にいず、父の手紙をあとになって読んだのである。というのも、もう一つの思い切った行動だが、一七九六年五月二十九日、ウィリアム・ヘンリーはほかの家族全員が留守で邪魔な者がいなかった時に、そっと父の家を出たので。召使たちは、雇った四輪馬車に自分の持ち物を運び入れて彼が立ち去るところを見ていたが、彼が御者に告げた行き先を聞くことはできなかった。

娘のジェインは六月七日、ひどく動揺していた父に宛てて早くも手紙を書いた。彼女は郵便代を遣いたくはなかったが、事件を報告しなければならなかった。彼女が、ランベスにいる結婚している姉のアンナ・マリアのところで週末を過ごしてから月曜日の夕方に家に帰ってくると、ウィリアム・ヘンリーの姿が見えなかった。弟は家を出るということを盛んに口にし、自分は五十ポンド（今の約千七百五十ポンド）受け取ることになっている、だから、その金が入ったらきみにプレゼントを買ってやろうと言ったという、驚くべきことを女中は告げた。洗濯物はどうしたらよいのかと女中が尋ねると、彼はそのまま持って行き、これから泊まることになっている紳士の家で始末をすると言った。そして女中たちに、自分には庇護者がいて、翌朝、五十ポンド貰うことになっていると話した。それは作り話ではなかった。実際に庇護者がいたのである。その庇護者は父の友人で、ベンティンク街に住むギルバート・フランクリンという人物だった。今は引退しているが、かつては西インド諸島の農園主だったフランクリンに贋作について、若者は告白したのである。フランクリンも父の家を出たほうがいいと言い、何かを始めるためのいくらかの元手をやろうと約束してくれた。ところが結局、亭主を尻に敷いているフランクリンの妻が、夫が若者を助けることを頑として許さなかったので金は届けられなかった。そういうわけで、たちまちウィリアム・ヘンリーは、ピカデリー・サーカスと劇場街から数ヤードのところにあるスウォロー街のみすぼらしい部屋に落ち着く羽目になった。彼は晩には戻ってくると召使に言ったが、戻ってはこなかった。家族の者は彼がどこにいるのか見当もつかなかった。

サミュエルはサニングから戻ってくると、今の事態についてどんなふうに考えているのか訊こうと友人のビングに会いに行った（ビングはその頃にはウィリアム・ヘンリーの親友でもあって、ウィリアム・ヘンリーはすでに彼に一切を告白していた）。自分の息子に「シェイクスピア文書」を贋作することができるのだろうか？　そして六月十一日、ビングはサミュエルとジェイン・アイアランドにウィリアム・ヘンリーの贋作の見本を見せ、若者は確かに贋作ができるということを、はっきりとさせた。サミュエルはそれでもそのことを受け入れることができなかったし、受け入れようともしなかった。(2)

一七九六年六月十四日、ウィリアム・ヘンリーは父に宛て、詫び状を書いた。

もし、親愛なる父上（まだ、あなたをそう呼ばねばなりませんので）、これまでいつも表に誇らかに現われていた私に対する愛情が少しでも残っているならば、この手紙を読む前に破るということはないのを私は確信しております。私が自分の軽率な行為について弁明しようとしているとはお考えにならないで下さい。ただ、私の心の痛みを和らげ、あなたの感情の惨めさを減らすであろう二、三の言葉のみを述べようとしているのです。私は、自分が文書を書いたことを告白します。

息子はこう言って抗議した。「言葉に関しては、私は無能だと、あなたはいまだにお考えですが、私が誤解されているのは、その点です」。そして、自分が「天才的人物の道具」ではないということ、自分だけで『ヴォーティガン』を書いた、もし誰かの作品を写したとすれば詩聖の作品を写したということ、『ヘンリー二世』の内容は、さらにいっそう自分自身の作品であるということを強調した。将来、彼は家族のためになる仕事に専念するつもりであり、「わが親愛なる父」に会うのには、まだ耐えられないと言った。また、「もし文書の筆者が、つまり、文書を通して息づいている精神が、いくらかでも天才の閃きを示し、栄誉を受けるに値するなら、その人物は、サー、私、すなわちあなたの息子なのです……」とも言った。そして、トールボットは秘密を知ってはいるが、「文書」のどれも書かなかったと付け加えた。(3)

サミュエルの返事は、ウィリアム・ヘンリーの聞きたかったものではなかった。「おまえの才能などどうでもいい――あんなひどい、故意の欺瞞を世間に晒したからには、しかも自分の父を手段にして、そうしたからには、今後、誰がおまえを認め、おまえと付き合うとおまえは思うのか」。

驚くべきことに、その時点になっても、サミュエルにとっては自分の蔵書が依然として最大の関心事だった。息子が息子自身の本を、約束に反し、自分にまず最初に買う機会を与えずに売ったと言って息子を叱ったのである。そして、借金の問題もあった。『ヴォーティガン』の上演で入った金はすでになくなり、未払いの借金が残った。サミュエルはそれを払うことができなかった。「自然の人情に反するおまえの行動に覚えている非常な怒りを表わす言葉を私は持っていない——言葉も叱責も今やすべて無駄だ」。彼は続けた。「おまえは私に多くの悲しみを残し、おまえは自分に多くの悪評を残したと思う。おまえはそれを取り除くのに、私以上に苦労することになるだろう(4)」。

父は、息子が贋作者である事実を受け入れたように思われるのに、翌日書いたもう一通の手紙では、告白してはならないとウィリアム・ヘンリーに強く言っている。「虚栄心やほかの動機から、そんな告白に固執するのを自分に許してはならない」。ウィリアム・ヘンリーはその忠告を断固として拒否し、自分は「今度のことを説明する」ために小冊子をすでに書き始めたということを父に知らせた(5)。

ウィリアム・ヘンリーはオールバニー・ウォリスと連絡を取っていた。そして六月十六日に、父に真相をすっかり話すように頼んだ。問題を解決し、父に自分を信じてもらおうと、若者は必死の努力をしていたのである。だがウォリスは、サミュエルがしきりに頼んだのにもかかわらず、自分の知っているすべてのことをサミュエルに説明しようとしなかった。どんな不思議な理由からであれ。仮に説明したところで、おそらくサミュエルの態度は変わらなかっただろうが。

父の頭の中にあったのは、「シェイクスピア文書」と自分にかけられた疑惑を晴らすことだけだった。彼は息子に欺かれたということ、値の付けようのないほど貴重な自分の宝物と、金色に輝く永遠の名声が自分の手から奪われてしまったことを受け入れるのを拒んだ。サミュエルが六月に『トルー・ブリトン』に出した、自分は潔白である旨の声明は何の効果もなかった。誰一人として彼を信じなかった。「シェイクスピア文書」の評判は凄まじく、一つ一つの「発見」が新聞に毎日報じられ、次第に白熱する真贋論争が何ヵ月にもわたって続けられ、『ヴォーティガン』の上演に関する気違いじみた前宣伝が行われ、マローンの痛烈な『調査報告』が出されたが、すべては、ドルーリー・レインにおける馬鹿騒ぎになった劇の上演で頂点に達した。その上演の失敗は尾鰭が付いて伝わった。それは、滑稽なほどもったいぶったサミュエルと、冴えない息子を支持する者はごく少なくなったということを意味した。

若き贋作者は父の友人のジョン・ビングと、いっそう親しくなった。今ではビングは若者から真相をすっかり聞いていたが、若者を助ける努力はやめなかった。彼はサミュエルに宛てて書いた。「息子さんは、あれやこれやで神童だ」。そして、一つの贋作が次の贋作へと発展したが、一連の出来事は最初から目論んだものではなかったことを、若者のために弁じた。彼は父に、息子を手荒に扱わないように、たとえそう扱って然るべきだとしても、と忠告した。なぜなら、息子の心は「そんな手段を取れば、頑なになるように思える」からだと言った。そして、こう付け加えた。ウィリアム・ヘンリーは、「きみを親として考える時はいつであれ、非常に心を動かされる。息子さんに優しくしてあげてくれ給え……」(6)。

サミュエルは以前、進退きわまったウィリアム・ヘンリーに圧力をかけたが、その際、ウィリアム・ヘンリーはやむなく友人のモンタギュー・トールボットを事件に巻き込み、その後、いっそう深く関わらせた。またもサミュエルは、トールボットに真相を言わせようとした。だがトールボットは、共同宣誓供述書を作成しようという最初の申し出以上のことをするつもりはなかった。

フリーマン夫人がごたごたに割って入ってきて、激怒しながらトールボットに向かって息子を非難した。「これまで息子のお友達の誰一人、息子の性格に文学的才能のかけらも見つけなかったので、息子は自分だけで、あの文書と劇を書いたという話を広めています……」。彼女は、「彼［サミュエル］の忠実な友人」であるべきだった「彼の子供、仲間」の「彼に対する扱い方」を嘆き、「今度の犯罪、彼の家族全員を巻き込んで破滅させてしまう犯罪の大きさに見合う処罰の仕方を工夫することができるかどうか、お考え下さい……(7)」と言った。

しかしトールボットは、そうした手紙にも動ぜず、もしウィリアム・ヘンリーに会ったらば、彼を友人と誇りをもって呼ぶだろうと書いた。サミュエルはトールボットにどうしても何かをさせようと決心していて、卑劣にも、トールボットをアイルランドの劇場から連れてくるために、よく知っているアイルランド総督に頼むかもしれないと脅した(8)。ウィリアム・ヘンリーが一生相手にして苦労しなければならなかったのは、こういう男だったのである。そしてトールボットは、ウィリアム・ヘンリーにした約束を常に守った。トールボットはしっかりした性格だったので、俳優になるという夢を実現し、のちに座主になった。伯父の遺産を相続することができなかったにしても。なぜなら、伯父の遺言書に、トールボットは俳優になってはいけないという一条があったからである。のちに一七九九年、トールボットはダブリンとウェールズで舞台に立ってからドルーリー・レインに出演したらしい。なぜウィリアム・ヘンリーは、もう約束は守らなくていい、本当に起こったことを皆に話してくれと頼まなかったのだろう？　そうすれば、友人を嘘つきにしてしまっただろうからかもしれない。

もう一つのショッキングな出来事が待ち受けていた。ウィリアム・ヘンリーの一家は、一七九六年六月四日に、クラーケンウェル教会で彼が結婚したことを知り、びっくり仰天した。結婚式に立ち会ったのは、W・クレインとジェイン・クレインという人物だった。サミュエルの友人の書店主の娘、アール嬢は、一緒にいる二人をケンジントン・ガーデンズで見かけた、花嫁は「やや背が低く、街の女めいていて、あまり端麗ではなかった」と報じた。花嫁のぱっとしない名前はアリス・クラッジで、サミュエルの友人も家族も、彼女が存在していることを知らなかった。例のシェイクスピアの一房の髪は彼女の髪から取ったのだろうか、また、ひょっとしたら、サミュエルが女の手で書かれたと思った「文書」のいくつかは、彼女が書いたのだろうか？

父の大の親友のビングはウィリアム・ヘンリーが気に入るようになったが、親切なビング夫人も、自分を抜き差しならない窮地に追い込んでしまった若者に同情した。夫婦は若者を経済的に援助し、ロンドン塔を真っすぐ北に行き、オールドゲイトを越したところのデューク街にある自宅によく招いた。そこで若者はビング夫妻の二人の息子と親友になった。

一方、トマス・ハリスのコヴェント・ガーデン劇場で――サミュエルは、ハリスが最初は『ヘンリー二世』について好意的な感想を述べたので、そこで『ヘンリー二世』が上演されることを望んでいた――ウィリアム・ヘンリーは自分がちゃんと評価されているように初めは感じた。だが、自分の能弁を盛んにひけらかしたので、間もなく歓迎されなくなった。一七九六年の中頃には、座主のハリスは、その奇妙な状況に関わることを考えるのさえやめてしまった。サミュエルは『ヘンリー二世』に磨きをかけるため、本職の劇作家アーサー・マーフィーを雇おうとしたが条件が折り合わなかった。

『ヘンリー二世』が上演されることはなかった。

今やウィリアム・ヘンリーは、それまで仄めかしていた流浪の旅に出た。どこに逃れることができるのか？　一七九六年七月下旬、彼はウェールズに姿を消した。最初はオールバニー・ウォリスと一緒だった。新妻はロンドンにとどまった。

常に親切なビングは、旅費として五ギニー（今の約百七十五ポンド）、ウィリアム・ヘンリーに与えた。そして、若者が自分の友人のジョン・ウィンダーの一家の客となるよう計らった。ウィンダー一家は、モンゴメリーシャーのウェルシュプールにあるポウイス城の近くの、エリザベス朝様式のヴェイナー荘園に住んでいた。ビングは、ウィリアム・ヘンリーが農園で働くかもしれないと考えたのだ。あり得ないことだが。一六五〇年頃に建てられた屋敷は、かつて別の建物のあった高台にあり、赤煉瓦で出来ていた。ジョン・ウィンダーは一七九五年に荘園を相続したのだが、ジョン・ビングが三年前の一七九三年に訪れた際には、荘園は惨めな状態にあった。ビングはそれが高台にあるのが気に食わなかった。彼はそれを、丘に建つ目立った、赤い、醜い家のある荘園と言った。何もかも「ひどく荒れていた」。だがビングは、荘園を住みうるものにし、いくつかの淀みのある沼地の川を美しいものにすることができると思った。

通常ならばそれは、人の住まない荒れ果てた城や陰気な館《やかた》についてあれこれ空想するウィリアム・ヘンリーにとって魅力のあったであろう場所だった。「私は陰鬱な城に住みたいと何度も思った。あるいは、侘しいヒースの野で道に迷い……ある魔法にかかった館に案内されたらいいのだがと思った……(9)」。

だがその頃彼は躁病的な気分だったので、その屋敷と古い寂れた荘園のメランコリックな雰囲気は気に入らなかっただろう。しかしながら、リウ川の木の茂った深い渓谷と、リウ川がセヴァン川に合流する辺りのリューポートとグランセヴァンの低地にあるいくつかの館の美しい眺めが楽しめた。近くのウェルシュプールは市の立つ町だったが、ロンドンで暮らしたあとでは、そこでの暮らしは実際何とも静かだった。ウィリアム・ヘンリーはそこに落ち着く気になれなかった。

ウィンダー氏と、亭主を尻に敷いている活潑な妻を楽しませようと——また、自分が「シェイクスピア文書」を贋作することができたくらい才能があるのを証明しようと——ウィリアム・ヘンリーは「貪欲」についての詩を書いて披露した。この不思議な若者は、人を活気づけるウェールズの空気のせいで想像力が奔放になり、数多くの「途轍もない、考えられないような話」を夫婦にした。ビングに宛てジョン・ウィンダーは（ウィンダーは一八〇三年にモンゴメリーシャーの州長官になった）、ウィリアム・ヘンリーが滞在中に起こったことについて長い手紙を書いた。そしてビングは、「きみの放浪中の息子さん」に関する話をサミュエルに伝えた。

ウィリアム・ヘンリーは「気性がひどく変わっていて激しい」が、無一文だったということ以外、何も「不道徳な、あるいは非難すべき出来事」は起こらなかった。だが、彼の中の何かがウィンダー夫人の心に訴えた。おそらくウィリアム・ヘンリーの空想癖が琴線に触れたのだろう。彼女——アンナ・クリスティアーナ・ウィンダー——は、ロシアの女帝エカチェリナ二世の侍女《ドムワゼル・ドヌール》だった。ロシアの宮廷の妖精の国めいた生活を経験した彼女はヴェイナー荘園をすっかり変えてしまい、一八三九年に八十六歳で死ぬまで贅沢な暮らしをした。（夫やジョン・ビング、ずっと若いウィリアム・ヘンリーよりも長生きした。）

ウィリアム・ヘンリーが滞在中、ウィンダー夫人は彼に自分の財布から五ギニー貸した。ジョン・ビングがそれを返し、「即刻、私に払って」くれるようにサミュエルに頼んだ。ウィンダー氏の激しい気性に辟易したせいか、自分の落ち着かない性格のせいか、ウィリアム・ヘンリーは最初、デヴォンのティヴァトンにいる友人のもとに滞在するため出発すると言った。しかし、一七九六年七月の末、その代わりにグロスターに「よちよち乗り物」［徒歩］で向かった。いつもは親切なビングも、若者の父に対し、若者をからかわずにはいられなかったのである。[10]

ウィリアム・ヘンリーは招待を受けていた。ヴェイナー荘園のウィンダーズ一家のもとに滞在中、派手好きな中佐のウィリアム・ダウズウェル（一七六一年～一八二八年）に出会った。ダウズウェルは、イーヴシャム渓谷のテュークスベリー近くのブッシュリー・グリーンに建つプル・コートに住んでいた。特に版画を集めていた蒐集家で、下院議員でもあった。ウィリアム・ヘンリーはダウズウェルと馬が合った。ダウズウェルは、次は田舎にある自分の館《やかた》、ジェイムズ一世時代の様式のプル・コートに泊まるようにと若者に言った。そして、そこの差配に宛てた手紙を渡し、五ギニー貸した。ウィンダー夫人がそうしてくれと頼んだからである。

ウィリアム・ヘンリーはプル・コートに向かって南に旅をした。それは、ウスターからテュークスベリーに通ずる本街道から一マイルほど離れたところ、すなわちテュークスベリーの北、約四マイル半のところにあった。セヴァン川とエイヴォン川の合流点にあるその町には、古い歴史があった。プル・コートはほんの少し高くなった平らな場所に建つ宏壮な館だった。モルヴァン丘陵が遠くに見える、緩やかに起伏するその田園地帯には、ノルマン征服以前から人が住んでいた。ウィリアム・ヘンリーは差配のストーン氏から十二ギニー（今の約四百二十ポンド）借りたあと、八月十二日までには、錬鉄製の門のあるプル・コートを去った。（ダウズウェル一族は一九三三年までそこに住んでいたが、その年、プル・コートは売却されてブリードン学校《スクール》になった。しかし、門は今でもそのまま建っている。）若者に貸した金に関してダウズウェルは、一七九八年四月にサミュエルに宛てて手紙を書いた。ウィリアム・ヘンリーは、サミュエルがスケッチをしにそのうちにその辺りを訪れるという印象をダウズウェルに与えた。そこでダウズウェルは、プル・コートを足場にしたらいいとサミュエルに言った。ウィリアム・ヘンリーは借りた金をいくらか返済したが、一七九八年にダウズウェルはサミュエルに、息子の残りの借金を思い出させている。それには、テュークスベリーで貸した金と、そこの渡し守に払う金が含まれていた。合計十二ポンド七シリング（今の約四百四十ポンド）が未払いのままになった。

ストーンと下院議員から金を借りたウィリアム・ヘンリーはセヴァン川に沿って進み、テュークスベリーからグロスターに下り、川の一番低いところにある場所に着いた。そこは、かつては、ウェールズに入るいくつかのルートが一つになる場所を守っていた、要塞のあるローマ人の町だった。サミュエルのある友人は、「ズボンを穿いて徒歩で旅をしている、アイアランドという名前の若者にグロスターで出会った」とサミュエルに知らせた。その若者はジョン・ビングの名を口にし、自分は第八十一連隊にいると言ったとも知らせた。（若者の想像力は、ダウズウェルがした軍隊生活の話に触発されたのだろうか？）若者は「昔の文物に対する激しい愛情を告白し」、金があれば古い時代の本が買いたいと言った。若者は文無しであるのがわかったけれども。(11)

今や陽気なウィリアム・ヘンリーは、人格の変化を経験したように思われる。たぶん、父と、ロンドンに残してきた、際限もなく広がっていく騒動の両方から自由になったためであろう。元気潑剌とした彼は、自信に満ち、よく喋り、颯爽としていた——事実、あまりに生き生きしていたので、彼が長時間坐ったまま何かを贋作していたとは思えないほどだった。

そうやって放浪中、さらに南にあるトマス・チャタトンの生まれ故郷のブリストルの港に惹かれるというのは避けられなかった。ウィリアム・ヘンリーはチャタトンの話を知って贋作を思い立ったのである。九月に、ダーダム丘陵にあるオストリッチ亭《イン》からビングに宛てて手紙を書いた。「私はロマンチックであると同時に申し分なくひっそりとした所にいるようです。私はわが王国の最良の場所から数マイル以内にいます。そこから、ブリストル海峡、海、ウェールズの山々のすべてを見渡すことができます……(12)」。

そこの景色と歴史が彼の心に訴えかけた。エイヴォン川がセヴァン川の河口に注ぐところにあるブリストルは、十世紀以来、商業港として栄えた。ウィリアム・ヘンリーは想像力が豊かだったので、一四九七年にジョン・カボット（イタリア生まれの探検航海家）が出帆する姿や、冒険商人組合の面々が血沸き肉躍るような航海に出る光景を至る所に見た。旧市街の壁のすぐ外の川の上に聳えている、聖メアリー・レッドクリフ教会の切頭の尖塔は数百年にわたり、その下の港に犇《ひし》めいている船のマストを見下ろしていた。水夫たちは航海に出る前と航海から帰ってきた時に、そこで祈りを上げた。ロレトにある、「海の星」の聖母マリアの祀堂に参拝しようと思っている巡礼たち同様。

ウィリアム・ヘンリーは大聖堂のように見えるその教区教会の雰囲気を満喫した。一四九七年にアメリカへの航海から帰ってきたカボットが教会に寄進した鯨の骨や、ウィリアム・ペンの父（その教会に埋葬された）の葬儀用の甲冑を見た。ウィリアム・ヘンリー自身、甲冑を集めていて、欠けている部分は厚紙で作って取り付けた。彼が見捨てたノーフォーク街の家の自室は、兜、鎧の胸当てで一杯で、武具庫さながらだった。『恋と狂気』とともに、彼の愛読書の一つは、ゴスの『古代の武具』だった。もう一冊はトマス・パーシーの『英国古謡拾遺』だった。のちにウィリアム・ヘンリー自身が出した本の多くは詩集だった。

彼は塔の最上階の部屋を見ようと、狭い螺旋階段を登った。一七七六年、やはり同じ目的でその階段を登った、でっぷり太ったジョンソン博士は、階段の両側の壁に挟まれ、もう少しで身動きでなくなるところだった。その中世の貴重品室の古い木製の櫃の中で、トマス・チャタトンは『ロウリー詩集』を発見したと言ったのだ。その櫃は残っていたが、空で、寒々とし、侘しかった。

この教会は若いチャタトンにとっては第二のわが家だった。一五七一年以来、固い木製のベンチを並べた教区学校が教会の中にあった。そして、一五七四年に教会を訪れたエリザベス一世の等身大の人形があった(現在もある)。富裕な商人たちによって建てられたこの壮麗な教会は、パイル街のチャタトンの家のすぐそばだった。しかし、その豪壮な教会と貧弱なチャタトンの家とは天と地の差だった。鮮やかな色で塗られた墓石、何とも美しい浮き出し飾りのすべては、「羊《シープ》、船《シップ》、奴隷《スレイヴ》」から得た利益で作られたものだった。

ウィリアム・ヘンリーはチャタトンの姉のメアリー・ニュートン夫人を訪ね、自分の英雄が痩せていたこと、整った容貌だったこと、目が、とりわけ左の目が「火を発する」ように見えたこと、それらすべてがチャタトンを「際立たせていた」こと、最初の詩がたった十歳の時に発表されたことについて聞いた。ひどく内気だったチャタトンは、独り居《い》と勉学を好んだが、同時に、覚えの悪い生徒だった(13)。そして、教えることはできないと見なされ、一人の女が経営する小さな学校から家に戻された。ニュートン夫人は、弟は贋作者ではなく、完全な詩集を見つけたのだと終始主張した。それはすべて、われらが放浪の若者には、聞き慣れた話に思えた。

聖メアリー・レッドクリフ教会と詩人たち

トマス・チャタトンは贋作を通して、天賦の才のある詩人としての能力を示した。だが大成はせず、二十《はたち》にならずに死んだ。しかし贋作をした結果、チャタトンと「彼の教会」はほかの詩人たちを惹き寄せた。ジョン・キーツは「チャタトンへ」というソネットを書き、ウィリアム・ワーズワースは、パーシー・ビッシュ・シェリーとサミュエル・テイラー・コールリッジ同様、「驚異の少年《マーヴェラス・ボーイ》」を讃えた。一七九八年、コールリッジは聖メアリー・レッドクリフ教会でサラ・フリッカーと結婚した。そのあと、同年、彼女の姉のイーディスは詩人のロバート・サウジーと、その教会で結婚した。チャタトンは、金持ちになり有名になって一家を支えたかった。サウジー夫妻はチャタトンが死んでから七年後、彼の姉のニュートン夫人のために基金を募るため『ロウリー詩集』を出版した。一七九九年、サウジーは、『恋と狂気』の著者であるハーバート・クロフトを、偽りの口実を設けてチャタトンの姉と母からチャタトンの何通かの手紙を手に入れ（それは本当のことだった）、二人の許可を得ずに、また、二人に十分な報酬を払わずに出版しようとしているとして非難した。その論争は、出版される予定の手紙に対する関心を高めるのに役立った。

ウィリアム・ヘンリーは寛いだ気分でブリストルのあちこちを見て歩いたが、精神を集中させ、考えていることを行動に移すのに必要な、不安から引き起こされる強迫観念に欠けていたために、ほとんど何もしなかった。しかし、書店主のジョーゼフ・コトル氏のためにシェイクスピアのいくつかの署名を書いてやることはできた。コトルは、詩人のコールリッジとサウジーを中心にした「ブリストル仲間」の一人だった。(コトルは一七九六年、コールリッジの最初の詩集『くさぐさの事を詠める』を出版した。)

ブリストルにいたあいだにウィリアム・ヘンリーはビングに宛てて手紙を書いた。父にどう対するかということ、生計を立てる何らかの手段を見つけるということでビングの助けがどうしても必要だったからだ。とりわけ、処女作『尼僧院長』を売るということで。ウィリアム・ヘンリーはその小説を、ある晩、ノーフォーク街で友人と一緒にいる時に書き始めた。友人たちは、「シェイクスピア文書」が書けるくらいなら何だって書けると励ました。そこで彼はその場でその小説を書き始めたのだが、なかなかいいと友人たちに言われた。ああしたことが起こったあとでは、父の問題と小説の問題で彼が頼れると感じたのは、ビングだけだった。

夏のあいだブリストルとほかのところを旅しているうちに何紙かのロンドンの新聞を読み、「シェイクスピア論争」(今や、贋作事件はそう呼ばれるようになった)は下火になったと思ったが、それは間違いだった。それに加え、ロンドンのゴールデン広場に住むジョーンズ氏という債権者が、ブリストルの彼の住所を見つけた。負債者監獄の光景が若者の目の前に大きく浮かんだ。どこのお節介な人間が自分の住所を教えたのか? 現実が、ウィリアム・ヘンリーの夢の中に入り込んできた。

第十一章　「きわめつきの狂人」

ウィリアム・ヘンリーは一七九六年十月末にロンドンに戻った時、事態がまったく鎮静していないのを見て、ぞっとした。鎮静したどころではなかった。新聞は依然として毎日のように父を攻撃していたばかりではなく、何の罪もない父は劇の登場人物にさえされていた——フレデリック・レナルズが書いたふざけた劇、『運命に弄《もてあそ》ばれる男』のサー・バンバー・ブラックレターに。その劇は十月二十九日にコヴェント・ガーデンで始まり、大当たりした。ほうぼうに旅をしたこと、大きな館《やかた》に泊まったこと、ブリストルで夢を見ているような日々を過ごしたことについての思い出は消し飛んだ。

彼は新妻のもとに戻った。若者の妻は、もし裕福であったら、あるいは美人であったら家族に温かく迎えられたであろう。二人は金もなく暮らしていたにもかかわらず、ウィリアム・ヘンリーは愚かなことに、成功者を装って体裁を繕おうとした。日曜になると夫婦はケンジントン・ガーデンズを散策し、週日は上流階級の人間のように振る舞おうとした（最初は、H氏がそうした暮らしの金を出してくれているということを匂わして）。たいていは馬丁を従えて馬に乗ってロンドのあちこちに行き、毎晩、観劇をした。残念ながら、それはすべて借金で賄った。ビングは父と息子が和解する道が開けるように努めたが、それは非常に難しいことだった。

父と息子は今や食い違ったことをしようとしていた。ウィリアム・ヘンリーは、父が贋作騒ぎとは自分は無関係だということを証明する文書を出版するつもりなのを知って驚いた。息子は、自分が「シェイクスピア文書」の筆者であることによってのみ、「偉大な天才」の資格を得るのを心得ていた。そして、一切を世間に向かって告白する自分自身の小冊子を出版しなければならないと決心した。サミュエルも、息子のしようとしていることを知ってぞっとした。

　誇り高いサミュエルは、今ではやはり誇り高くなった息子が、自分に働きかけてくることを望んだ。一七九六年十二月十二日、オールバニー・ウォリスが仲介役になり、父と息子が、ノーフォーク街の端のウォリスの家で会う手筈を整えた。サミュエルはこう書いている。「彼［ウィリアム・ヘンリー］はその部屋で私に会ったが、非常に冷たく、よそよそしく、文書の筆者は自分だと言った……素寒貧なので、金を得るためにそれ「彼自身の小冊子」を出版しなければならないと言った」。

　サミュエルは息子がその小冊子さえ書けるとは信じられず、誰に書いてもらったのかと尋ねた。息子は、自分で書いたと答えた。サミュエルはなおもしつこく尋ね、もし息子が書いたのなら間違いだらけだろうから、息子が「文書」の作者だったとは誰も信じないだろうと言った。オールバニー・ウォリスは――サミュエルは部屋にいてもらいたいと彼に頼んだ――自分が文章を直したと言った。そして次第に苛立ちを募らせたウィリアム・ヘンリーは、印刷業者が自分の小冊子をさらに直すだろうと言った。

　「彼は図々しくも、『金がなかったので何も書けなかった』と言いながら……繰り返し、それは全部自分が書いたのだと言い張った」とサミュエルは記している。父は、息子がそんなあけすけな態度をとるのに慣れていず、息子の口振りと振る舞いに腹を立てた[1]。怒った父と息子は、妥協せずにそのまま別れた。だが二人は運命によってしっかりと結ばれていたので、互いに離れることはできなかった。

若者はあまり多くの持ち物は持たずに家を出たのだが、アイアランド父子は、ノーフォーク街の家にあるもののうち、正確に何が息子が売っていいものかについて手紙で言い争うことになった。

威圧的な父と競おうとした息子は、自分も大きなことができるのを、みずからに証明してみせた。独立を主張し、家族の家を離れ、結婚さえした。だが現実には、ウィリアム・ヘンリーは崇拝していた父を必要としていたのである。自分をいつも気にかけてくれ、自分に代わって決断を下してくれ、経済的に支えてくれた父を。

息子は実際に進退きわまっていた。まさに翌日、一七九六年十二月十三日、サミュエルに宛てて手紙を書いた。

きのうお話ししたように、私は金が必要なので、スコット氏を通し、私の［?］と版画をお送り頂ければ感謝致します。それを売ることによって、少額の借金を払い、かつ、当面、自分が困ることがないようにするためです——数日中に、私の甲冑、小さな本箱、本棚、机も送ってもらいたいのです、そうすれば、それを売った金で借金が払えるでしょうから……(2)

ウィリアム・ヘンリーは自分の才能を実際に示すために、「シェイクスピア」、「エリザベス」、「サウサンプトン」、「W・H・フリーマン」（彼の筆名の一つ）の署名が書いてある、茶色になった羊皮紙の断片をサミュエル宛の手紙に同封した。母の姓を使うことによって、自分が自由であることを強く主張していたのである。おそらく母自身、何年も前にそうしたであろうように。

一七九六年十二月中旬、ウィリアム・ヘンリーは小冊子『シェイクスピア自筆原稿等に関する真相』を出版し、その中で、自分が「一切の文書の筆者」であることを明言した。序文は、こう始まる。

世間のために、かつ、シェイクスピアのものであるとして私が渡した原稿を出版することによって父が蒙った汚名を雪《そそ》ぐために、事の真相を語ることが必要であると思う。そして私は、何であれ以下の頁に述べられていることは少年の仕業なのだと思って頂き、好意と許しを得るであろうことを望む。(3)

ウィリアム・ヘンリーは許しを乞い、自分のしたことを正当化しようとした。贋作を通して自分は、ただ父から認められ愛されることを求めたのであり、父を贋作には引き込まなかったと言った。だがマローンは、それでも信じなかった。ほかの者も信じなかった。初版のみで終わった小冊子は売り切れ、稀覯本になった。贋作者はもう一冊手に入れるのに四年も待ち、一ギニー(今の約二十五ポンド)ほど払わねばならなかったのである!「シェイクスピア論争」は毎日続いた。『トルー・ブリトン』は、ウィリアム・ヘンリーは「自分が偽作の筆者であると平然と認めている」と報じた。だが、彼を知る者は「あれほどに精緻な贋作をものす才能を彼が持っているとは認めないであろう」。『モーニング・ヘラルド』は叫んだ。「若き贋作者は信じてもらいたがっている!」それは馬鹿げた考えだと断じた同紙は数日後、「息子のアイアランドは自分が一切書いたと主張しているが、彼の小冊子に見られるひどい無知ぶりと文学的才能の欠如ゆえに、彼の宣誓さえ、どんな馬鹿者も信じない……」と書き、シェイクスピアの名前すら綴りが間違っていると指摘した。『トルー・ブリトン』は、その小冊子を「途方もないもの」、「それ自体、厚かましいぺてん」と呼んだ。「信じる者」は「紛れもない木偶《でく》の坊連中」と見なされた。サミュエルが、もし『真相』を出版すれば実際ひどく困ったことになるぞと息子に忠告したのは正しかった。おそらく詩神《ミューズ》は、ウィリアム・ヘンリーが贋作をしている場合にのみ、彼と一緒にいたのだろう。

息子の小冊子が一七九六年十二月に世に出てから間もなく、サミュエル・アイアランドはおのが潔白を宣言する文書を公刊した――『シェイクスピア原稿と思われるものの刊行に関する行動のアイアランド氏の弁明』。『弁明』の中で彼は、「私の潔白を疑うことのできる者は……救い難い悪意か、計り知れない不信かで非情になっているに違いない」と言い、「かの原稿に対する世間の偏見を掻き立てるための……卑劣な手練手管」[4]について苦情を言った。サミュエルが人々に与えた惨めな印象は、彼が無力だというものだった。とりわけ、滑稽にも、何もかもマローンのせいにした時は。

その年の十二月は、前年の十二月といかに違っていたことか。前年の十二月にはアイアランドたちは非常に多くの期待を抱き、非常に興奮していた。だが、さまざまな出来事と人物が一緒になり、ある家庭ドラマを本格的な悲劇にしてしまったのである。シェイクスピア学者サミュエル・シェーンボームによれば、父と息子の関係は「耐え難いほどの悲哀感を帯びたものになった[5]」。

フリーマン夫人が言ったように、アイアランド一家が破滅に瀕していたのは疑いない。サミュエルの名誉と、生活費を稼ぎ出す能力は、取り返しのつかぬほど損なわれた。アイアランド父子がそれほどに悪名高くなってしまっては、誰も父の版画を買おうとせず、誰も息子を雇おうとしなかった。サミュエルは、「文書」について繰り返ししょっちゅう自分から言い立てることはせずに騒ぎが収まるまで放っておくようにという、まだ残っている数少ない友人の忠告を無視し、「文書」の真正を公言し続けた。そしてサミュエルは大声を出して胸壁から頭を突き出すのをやめず、誰もが面白がって狙い撃った。
そうした事態から強いプレッシャーを受けたウィリアム・ヘンリーは、彼を終生苦しめ、おそらく、贋作の直接の動機になったであろう、自分の本当の親は誰なのかという問題を強く意識するようになった。そして一七九七年一月三日、父に宛てて再び手紙を書いた。

拝啓、

私があなたに渡した例の原稿の『真相』を出版して以来、さまざまな意見が世人を興奮させているようです。そのために、舞台に立とうという私の試みは阻まれる気味があります。私は自分の将来の幸福に関し、どんな手立てが最も適切なのかわかりません——あなたに金銭的な援助をお願いするのではなく、別の種類の助言と、おそらく援助をお願いするのです……

もし、あなたが本当に私の父であるなら、親としてのあなたの気持ちに訴えます、もし親でなければ、私の若い頃の教育その他の面倒を見て下さったことに対し、いっそうあなたに恩義があるわけです。私はそれほど多くのことは期待できませんが、しかし、どの人間も仲間の者に対して当然持って然るべき程度の気持ちを、あなたから示してもらうことを望むでしょう——私は、もし、あなたが私の親ならばと言いました。それは、あなたがフリーマン夫人に対して繰り返し口にした文句と、彼女が、あなたは私を自分の息子とは思っていない、と何度も私に言ったことの説明がつかないからなのです。そのうえ、あなたはF夫人とちょっとした諍いをしたあとは、私が成年に達したら私を驚かせ、また（もし間違っていなければ）私に非常なショックを与える話をしてやろうと何遍もおっしゃいました。F夫人は、私が「文書」をあなたに渡してからは、あなたは私のような息子を持って嬉しいだろうと、皮肉っぽく言ったものです。もし、私に関し何かご存じでしたら、どうか教えて頂きたいのです。しかし、もしそれが私を苦しめるような、母に関する話なら、それを忘却の淵に沈めて下さるものと思います。それは確信しております。なぜなら、繊細な感情はあなたに無縁のものではないのを確信しているからです。

あなたに例の原稿を渡すという過ちを私が犯したことを告白すると同時に、申し訳ないと思ってもおりますが、邪まな意図を抱いてそうしたのでも、どういう結果になるか考えてそうしたのでもないことも請け合わねばなりません。あなたが何度も「真実は、いずれその根拠を見出す」とおっしゃっていたように、あなたの人格も(あらゆる中傷にもかかわらず)汚《けが》れのないものであるのが間もなく世間に知れるでしょう。私は上述の真実は云々の文句にも訴えます、そして、私のヴォーティガン、私のヘンリー二世に比べれば、どんな小冊子を書いても、今のところ、私はそうした作品の作者ではないと世間の人々に確信させるでしょう。しかし、私は厳粛な気持ちで私の神に訴えますが、真実を明らかにする「時」が、私の小冊子の内容の真正を立証するでしょう、それにより、「決して誤らない真実は、いずれその根拠を見出す」わけです。あなたが(ご自分の本を出版する前に)ウォリス氏の手元にある「文書」をよくお調べにならなかったのは残念至極です(ご覧にはなったかもしれませんが)。それは、私がすでにおおやけにしたものと、まさに同じような内容のものを含んでいるからです。こう言いますのは、あなたの本が、この件にさらに謎を投げかけ、何か隠された理由が私によってウォリス氏に明かされるという考えを世間に与えるだろうからです。

しかし、この手紙の主旨は、私を飢えないようにしてくれる何かの勤め口と活計《たつき》を見つけるのに手を貸して頂きたいということです。こういう文句を使うのは、ほどなくそうした危機が訪れるからなのです――あなたは、私が勤め口を得るのに手を貸してくれるかもしれない大勢の知人をお持ちです。何とか暮らしていけさえすれば、どんな勤め口でも構いません。今、小冊子を書いて貰った金［十ポンド］で暮らしていますが、それは間もなくすっかりなくなるに違いありません。舞台のために書くということですが、それは余暇にできます。しかし、それに確実には頼れません――もし誰かが、頭金を必要とする勤め口をくれるなら、その方のために、総額を返済することができるほどの成功を博するまで何かを書くでしょう。もし、力になってくれそうな、あなたのいろいろな友人にこのことを話して下されば、あなたは私を窮乏からのみならず絶望からも救うことになるでしょう……(6)

こんなふうにウィリアム・ヘンリーは、心の中で、両親は誰かという問題と贋作が、いかに密接に結びついていたのかを明かしているのである。彼はごたごたを引き起こしたことを詫びている。いかに自分が切羽詰まっているかを示してから、父が仕事を見つけてくれるかもしれないという妄想で手紙を結んでいる。そして、わかっている限り、サミュエルはウィリアム・ヘンリーが求めていた情報を決して明かさなかった。

一七九七年の初め、かつての「信じる者」の何人かが、無実のサミュエルを訴えようとしたが、それは無駄に終わった。「信じる者」は、今の事態からそっと身を引き、痛手から立ち直ろうとした。自分たちを世間の笑い物にしたサミュエルとウィリアム・ヘンリーに対する嫌悪感は、一生消えなかった。

一七九七年三月、父と息子は今度もウォリスの家でもう一度会った。その際、息子は帽子をちょっと上げる挨拶もしなかったし、何らの改悛の情も示さなかった。またもサミュエルは、ウィリアム・ヘンリーが「シェイクスピア文書」を書いたとは信じないと言った。息子は、世間がどう考えようともはや気にしていないと応じた。そして、サミュエルが決して真実を受け入れることはないのを知った。「おまえは世間を納得させるような証拠を提出することはできないし、そのつもりもないだろう」とサミュエルはやり返した。ウィリアム・ヘンリーは図々しく答えた。「よくもまあ、そんな大胆で残酷なことが言えたものですねえ！」激怒した父は、自分はそんな言葉には慣れていないと言って階下に降りて行った。二人は二度と会わなかった。

ウィリアム・ヘンリーは、これほど若い者による天才的な仕事が文才ゆえの名声を自分にもたらすのは確実だと思っていた。だが、正反対のことが起こったのである。もし「専門家」が、自分たちの学識に本当の難題を突きつけた、才気煥発で、経験豊かで、人当たりのよい贋作者に騙されたのなら、事情は違っただろう。だが、愚鈍な、子供と言ってもいいような若者——彼らが見るところでは——に一杯食わされ、常識的な判断力を失ってしまったのだ。彼らはそのことで決してその若者を許そうとしなかった。ウィリアム・ヘンリーは自分の暗い将来について考えざるを得なかった。

彼は俳優になりたかったが、誰も耳を貸そうとしなかった。そこで、彼があまりに酷い仕打ちを受けていると感じていた親切な書物蒐集家のために本に象眼を施して生計を立てた。そして、エリザベス朝の書体で書いた新しい贋作の注文を受けた。文筆家のジョン・メアによると、その仕事をした際、不正直だという噂が立ったが、その時点では、何であれ彼を非難するのは簡単だったろう(7)。

一七九七年十一月、ウィリアム・ヘンリーはまたもや父に手紙を出した。それまで半年、銀器と、さらには妻の持ち物さえ売っていた。だが、誇りだけはまだ捨てず、秘密を保ってくれと要求した――手紙を破り、決してその内容を人に明かさないように父に頼んだ、なぜなら、「世間から党派的な同情を寄せられたり、冷たく軽蔑されたりすることがなくとも、自分が貧しいということは十分承知していますので[8]」。サミュエルはその手紙をおおやけしに、「シェイクスピア文書」に関する手紙のコレクションに加えた。

一七九七年にサミュエルは、もう一つの小冊子『学者、批評家としてのマローン氏の資格検証』を出版した。サミュエルは哀れにも、またしても怒りをすべてマローンに対してぶちまけた。その中でマローンの無能を暴こうと、マローンの『調査報告』の中の誤りを指摘した。誤りはいくつかあった。

「シェイクスピア文書」をめぐる真贋論争は終息したわけではなく、一七九七年に再燃した。その年、スコットランドの古物研究家、歴史家、伝記作者のジョージ・チャーマーズが、『シェイクスピア文書を信じる者のための弁明』をおおやけにして、論争を活気づけた。サミュエルの旧友のチャーマーズは論争好きで、とりわけ、マローンのような論敵との論争を好み、宣戦を布告した。そして六百二十八頁の『弁明』で、マローンの四百二十四頁の本に反論した。『弁明』は「シェイクスピア文書」を擁護したものというより、マローンを攻撃するための道具と言ったほうがずっとよかった。マローンがそれに応じないと――マローンは文学上の喧嘩の場合、受けて立つことはしなかった――二年後、チャーマーズは何と六百頁という途轍もなく長い『弁明補遺』を出して再び挑戦した。その後、論争はまたも熄《や》んだ。

サミュエルは次第に円熟して老齢を迎える運命にはなかった。かつては世間から尊敬され、家族や、社会的地位の高い知人や、愛蔵の蒐集品に囲まれてごく快適な生活を楽しみ、それまで二年間「シェイクスピア文書」でスポットライトを浴びて得意満面で生きてきたサミュエルは今や病気になり、自信を失った。仮借ない非難を浴び続けるというプレッシャーのせいで衰弱したのである。

一七九七年の末になる頃には、サミュエルを傷つける漫画が現われた。当時の政治的、社会的戯画は残酷で、ナポレオン戦争の期間にその黄金時代を迎えた。ジェイムズ・ギルレイ、トマス・ロウランドソン、アイザック・クルックシャンクその他の戯画は、意地の悪さにおいてそれらを上回るものは以前にも以後にも滅多にないほど無慈悲きわまりなかった。（王族のちょっとした過ちを今後描かないようにしてもらうため、王室はクルックシャンクに金を払った。彼は金は受け取ったが、王族が罪滅ぼしをしている姿を描いた。）抗し難い魅力を持った犠牲者に事欠かなかった――謹厳で信義に厚いジョージ三世（のちに彼は残酷にも、気の狂ったリア王の姿で描かれた）、太った、放蕩者の重婚者で連続姦通者の皇太子、クラレンス公殿下とジョーダン夫人、また、小ピット、チャールズ・ジェイムズ・フォックス、ヘンリー・アディントンのような政治家。

ナポレオンが最初の世界的な人物として戯画に現われ始めた。そうした戯画は、その後の歴史に影響を与えたかもしれない。イギリスでは、戯画のせいでナポレオンの軍事的天才がひどく過小評価された。司令官のナポレオンは、愚かな小人物として描かれることが多かった。フランスでは、間もなく皇帝になる男は、イギリスの戯画を綿密に見て、イギリスの指導的政治家、王族、支配層を誤解した。劇作家で政治家のシェリダンのような著名な人物は誰であれ、戯画の格好の標的だった。

尊大で頑固なサミュエル・アイアランドは非常に有名だったので、当然、戯画の対象になった。一七九七年十二月一日、才走ったギルレイは、「悪名高き人物ナンバー・ワン」という悪意の籠もった題の戯画を彫版した。好色家めいた顔のサミュエルを「第四の贋作者」として描いたものである。サミュエルの上に次の二行がある。

かほどの呪わしい自信は
まったくもって耐え難い。

「第四の贋作者」とは、同じ年に、ウィリアム・メイソン（『エルフリーダ』と『カラタクス』の著者）が四人の有名な贋作者（ローダー、マクファーソン、チャタトン、アイアランド）について書き、一七九七年一月二十六日付の『モーニング・ヘラルド』に載せた詩を指している。

豊饒の時代に生まれた四人の贋作者は、
多くの鋭い批評を惹き付けた。
最初の贋作者は勇猛なダグラスの前に間もなく恐れ入った、
ジョンソンはその気があったら彼を保護しただろうが。
次の贋作者はスコットランド人特有の狡さをすべてそなえていた。
第三の贋作者は創意と天才と――その他もろもろをそなえていた。
欺瞞は今やすっかり種切れで、ただ、彼女の第四の息子に、
彼らの三倍の図々しさを与えることができるのみだった。

版画には、この肖像は「囚人およびその他の要注意人物……」と同じものに分類されねばならない

ということを仄めかす文句（意地の悪いスティーヴンズによる）があった。いっそう侮辱的なことに、情け容赦のないギルレイはその戯画を、サミュエルの自画像にもとづいて作った。その戯画はギルレイの多くの戯画ほど露骨に悪意的ではないけれども、やはり同じ効果があった。

ギルレイの犠牲になる者たちは、自分たちが痛烈に戯画化されるのを恐れてはいたが、それが著名である印でもあるのを知っていて、中には求めて犠牲者に選ばれて嬉しがった者もいた。もし、あるクラブのちゃんとした会員ならば、自分が戯画化されてもほかの会員と一緒に自分を笑うことができるだろうが、サミュエルはそうではなかった。彼は名誉毀損であるのがはっきりしている戯画について弁護士の助言を求めたが、その返事はよいものではなかった。もし被告側が自分の正当性を訴えれば（そうするのは間違いないが）、それはウィリアム・ヘンリーに証人になってもらうということを意味した。サミュエルが相談した弁護士のティッド氏は、サミュエルの息子は裁判所であまりよい印象を人に与えないだろうと考えた。哀れなサミュエルは、その際にも息子に期待を裏切られたのである――そして哀れなウィリアム・ヘンリーは、挙措が他人にとって不愉快だったので、そんなレベルでさえ人に拒まれたのである。例によってサミュエルは、弁護士の忠告を無視して頑固に事を無理矢理推し進め、訴訟の手続きを始めたが、後ろ楯になってくれそうな者は自分の知り合いに誰もいなかった。商売が下り坂になるにつれ、その後の中傷にサミュエルが対抗措置をとることはなかった。

少なくとも、あと二つの戯画が出た。美食家のジョン・ニクソンはイングランド銀行の行員で、グレシャム街の外れのベイジングホール街にある会計事務所の二階に住んでいた。彼が時折ものす戯画は、目覚ましいインパクトを持っている点で注目された。ニクソンは、「樫の櫃あるいはアイアランドの金鉱」という題の戯画でサミュエルとウィリアム・ヘンリーに栄光を与えた。その戯画では、低能じみたウィリアム・ヘンリーは、涎を垂らしそうな顔で稀覯本に見入っていて、ほかの家族全員は「シェイクスピア文書」の贋作に勤しんでいる。シルヴェスター・ハーディングの戯画のテーマは、「自分の名誉を損なう者の前に現われたシェイクスピアの亡霊」だった。二つの戯画には詩が付いていた。

今では六十代半ばになり、急速に老いていたサミュエルは、それでも諦めず、一七九六年に『ヴォーティガン』を出版し、その後、一七九九年に『ヘンリー二世』と『ヴォーティガン』を合わせて一巻本にしたものを出版した。息子はその所有権をサミュエルに与えたのである。その両方の序文でサミュエルは、ドルーリー・レインの座主のケンブルとフィリモアだけではなくマローンをも攻撃した。その際サミュエルは『ヘンリー二世』の広告文の中で、「このすべての公的、家庭的不運の原因」である息子とは三年近く音信不通であると言って、息子とおおやけに縁を切った。ホガースの版画集の第二巻も、やはり一七九九年に刊行された。そして、「景観」シリーズのもう一冊、『ワイ川の景観』(一七九七年)が世に出た。サミュエルが訪れた場所の一つが、ナサニエル・ウェルズ所有のピアスフィールド館だった。ウェルズはカリブ海のセント・キッツ島で奴隷として生まれ、遺産を相続し、イギリスの初の黒人の州長官になった。だが、すべての努力は手遅れで、どれもほとんど売れず、貧窮が手招きをしていた。さらに悪いことにサミュエルは、非常に大事なかつての友人知人から憎しみの目で見られるようになった。

一七九八年、ウィリアム・ヘンリーと妻のアリスは——妻が実際には愛人にしか過ぎないという噂を父が広めているのではないかとウィリアム・ヘンリーは疑った——貸本屋を開いた。店はケンジントン・ガーデンズの近くのプリンシーズ・プレイス一番地にあった。彼は妻の金で、貸本用に買った千二百冊の小説の代金の一部を払った。残りの借金を払うために、またもや父に手紙を書かねばならなかった。一七九七年の秋以来、家族とは音信不通だったのだが。ウィリアム・ヘンリーはサミュエルに、金を貸してくれた相手は、サミュエルの刊行した本の十冊で支払ってよいと言ったと伝えた。父に手紙を書いたのは、それが最後だった。サミュエルは返事を出さなかった。

ウィリアム・ヘンリーも諦めなかった。一七九九年、一巻が約五百頁で四巻から成る『尼僧院長、ロマンス』がついに出版された。贋作が暴かれてからわずか三年しか経っていなかったが、その処女作を、『シェイクスピア文書』等々の筆者であることを自認する者」である自分の名前で出版し、「ジョン・フランク・ニュートン様に」捧げた。「シェイクスピア文書」に関する委員会でニュートンが公正な態度をとってくれたこと、および若者の虚栄心を非難するよりは哀れんでくれたことに感謝したのだ。序文の中で、「文書」に関する出来事を回想し、「文書」という言葉を聞くだけで――意外な話だが、不安や恐怖や屈辱感ではなく――「全身に行き渡る内部のスリリングな感情」を覚えると言っている。たぶん、贋作者はスパイ同様、スリルを味わうために危険なことをするのだろう。

ウィリアム・ヘンリーは自分とみずからの行動を、自分を攻撃する者を攻撃することによって守り、そうすることで傲慢さと反抗的態度を示したが、しかし、「世の中」に受け入れられることをも求めていて哀れを誘う。ああいう優れた天分を持つ者たちが、シェイクスピアがあの「文書」を書いたと、どうして心から堅く信じたのかと彼は問うている。そして、彼らはみずからを騙したのだと言い添え、序文をこう結んでいる。「私の友人たちは［小説を］認めてくれた――しかし、彼らは私の友人たちだった。私は自分の小説を世に問う――世間は私の友人になってくれるだろうか？」(9)

もう一冊の大部の小説『リムアルド』がそれに続いて一八〇〇年に出た。その二冊は、ウィリアム・ヘンリーの文筆生活から生まれた数多くの作品の最初のものだった。その文筆生活において彼は、父の偏執狂的性格のすべてと、自分自身のかなりの文才を示すことになる（付録3を参照のこと）。

アイアランド一家は、最初は醜聞に、今では貧困に塗《まみ》れて暮らしていたが、正気の沙汰とは思えないのだが、サミュエルは依然として「シェイクスピア文書」が本物であることを主張し続けていた。そして、さらにもう一冊の本を出した。今では貴重で蒐集向きの『景観、ロンドンおよびウェストミンスターの法学院の歴史的説明付』（一八〇〇年）である。その勿体ぶった序文から、サミュエルがやはり高いところを狙っていて、これまで通りやっていくつもりであったのがわかる。彼はこう言う。「こうした調査は熱意をもってなされ、勤勉に遂行された」。だが、次のように言い添える。「苦しい病が著者を数ヵ月にわたってひどく苦しめ、目的の遂行を非常に遅らせた……」。

身に起こったさまざまな事件が彼の死を速めたのは疑いないが、末期の言葉は哀切である。なぜなら、最後まで人を楽しませようという意気込みと熱心さを失わなかったからだ。「著者は以前何度も経験した諸賢の恩恵を頼りにし、また、諸賢の庇護を得るという栄誉を心から願うものである。そして、さまざまな試みにおいて、諸賢に認められたことを光栄に思うとともに、著者の努力に対する惜しみのない好意によって報われた」(10)。

出版社は次の頁にこういう文句を挿入した。「アイアランド氏が序文で言及しておられる病が、本書の最後の頁が印刷に付された日に、氏の生涯に終止符を打ったことを謹んでお知らせ申し上げます。アイアランド氏は、遺著『セヴァン川の景観と歴史』の刊行を非常に楽しみにしておりました［出版寸前だった］」。『セヴァン川の景観。T・H［トマス・ハラル］による歴史、地形の説明図および故S・アイアランドによるデザインにもとづいた装飾付』は、やがて一八二四年、二巻本で出版された。

サミュエルは生前、糖尿病にひどく苦しんでいて、医者から、毎日の尿の量を計るように言われた。尿の総量は三週間にわたり、二十四時間で十一パイントという異常な量から四パイントに及んだ（正常なら約二パイント）。彼は、次第に衰えていくにつれ、自分の健康にさえ無関心になり、尿の量を計るのをやめてしまった。彼が最後の病気をした時に治療をしたジョン・レイサン医師は、病人の体は「疲弊し憔悴」し、「精神は失われ、心は破れていた」と記している。死の床にあったサミュエルは、「自分は欺瞞に関してはまったく潔白であり、あの原稿の真正を、最も強く信じている者同様に信じている」[11]と語った。

一八〇〇年七月にサミュエルは死んだ。死んだことによってサミュエルは、本人の想像もできなかったほどの苛酷な非難から解放された。娘の一人によれば、父の苦悩は凄まじいほどのものだったので、その死は祝福としか考えられなかった。

サミュエルは世の中と和解して死にたいと思っていた。遺言書の中で、息子が、悪名高い贋作の罪のない仲介者に自分をしたことを心から無条件で許し、二度打ち時計（ばねを押すと最新の正時を繰り返して打つ、暗所で使った旧式の時計）と、服喪の費用として二十ポンド（今の約五百ポンド）を一人息子に与えた。

贋作が暴かれてから四年が経っていたが、『紳士雑誌』に載ったサミュエル・アイアランドの死亡記事は仮借のないものだった。最後まで真の友人だったジョン・ビングは、その死亡記事が示している、不当な憎しみと悪意と無慈悲さから友人の思い出を救おうとして投書し、その記事に反論した。サミュエルの数多くの注目すべき業績は正当に評価されずに誹《そし》られ、サミュエルは「偽りの希望、軽信、絶望の殉教者……最も近い手から射られた矢の犠牲者」として死んだ、とビングは言った。ビングはついにウィリアム・ヘンリーを抹殺したのである。

サミュエルの死後、『コベッツ・レジスター』の匿名の記事の筆者は、サミュエルを「きわめつきの狂人」と呼び、ウェストミンスターの聖堂参事会長のジョン・アイアランド博士は、自分はサミュエル・アイアランドおよびその家族と何の繋がりもないと公式に声明した。

アイアランド一家はサミュエルの貴重なコレクションを売らざるを得なかった。一八〇一年五月（一ポンドが今の約二十二ポンドだった頃）、コレクションは七日続いた競売で売られた。彼の厖大な折衷的コレクションの宝庫である競売カタログは、興味津々たるドキュメントである。

彼の昔からのお気に入りのものが、そのカタログにあった。「シェイクスピアの桑の木で作られた、銀の台に嵌め込んであるゴブレット」（詩聖礼賛は健在だった。六ポンドで売れ、彼のホガースやヴァン・ダイクの各作品より高かった。サミュエルは一七九三年にそれを買ったが、息子は、それは確かに何年も前に彫られたもので、たぶん、元の木で出来ているのだろうと『告白』に記している）。葡萄の木の葉とシェイクスピアの紋章を彫った、「桑の木」で作られた楊枝入れ、「アン・ハサウェイの家」で買った管玉の財布（二シリング）、シェイクスピアの「求愛の椅子」、絹で裏打ちした、詩聖のパトロンのサウサンプトン卿の紋章で飾った旗。

重要なことだが、イギリスの最良のホガースのコレクションが売られた。フランドルの巨匠ルーベンスの油彩と四点の素描同様。ヴァン・ダイクの原画には、数点の肖像画、四点の細密画、十五点の肖像のエッチングと素描が含まれていた。

もちろん、何もかも怪しかった、とりわけ、「歴史的」品は。王族関係の品々の宝庫は、売るのが難しい場合があった。戴冠式でジェイムズ二世が使った靴下留め（六ペンス）、ヘンリー八世がアン・ブリンに与えた深紅色のビロードの財布（一シリング）、エドワード四世の一房の髪（それは、ウィンザー城の彼の墓が開けられた際、赤いモロッコ革の箱の中で完全な状態で発見された）。スコットランド女王メアリーがエリザベス女王に贈った、金と色付きの絹で刺繡をした白革の手袋、フランスのルイ十六世の毛髪が入っている金の指輪（一ポンド二シリング）。

騎士派（チャールズ一世時代の王党派）のものとしては、「バークシャーのハーリー・プレイス（かつてヘンリー八世が所有していた邸宅）の一室で見つかった」、チャールズ一世の宮廷でレディー・ラヴレイスが履いていたとされるピンクの革靴（ほかの品と一緒に三シリングで売れた）があり、一方、円頂派（騎士派と対立した議会派の蔑称）のものとしてはオリヴァー・クロムウェルのものだったと信じられている、裏地が絹の淡黄褐色の革コートがあった。

ウェストミンスター寺院のシェイクスピアの記念碑の雛型を含むいくつかの雛型、ベン・ジョンソンの石膏頭像、シェイクスピアの石膏頭像（彩色）、ジョン・ドライデンの石膏頭像（彩色）もあった。シェイクスピア記念祭が画題の十五点の版画と、ウィリアム・ヘンリーが『ヴォーティガン』の構想を得たサミュエルの素描、「ヴォーティガンとロウィーナ」（十三シリング六ペンス）も売りに出た。サミュエル自身の版画とエッチングは非常にいい値で売れた。

サミュエルの厖大な蔵書（その多くは古い、珍しいものだった）は、五百八十八のロットに分けられた。それらの本の中には、『［ヘンリー・］ボリングブルック卿の回顧録と生涯』（一七五二年）――ウィリアム・ヘンリーは彼にあやかって名付けられた――ジョンソンとスティーヴンズが編纂した『シェイクスピア全集』――ウィリアム・ヘンリーは、それからシェイクスピアの署名を写した――「余白にアイアランド氏による評釈がぎっしりと書き込んである」、マローンの『調査報告』（五ポンド五シリングで売れた）があった。

何振りかの骨董品の剣、三つの古代ローマの指輪、懐中果物ナイフ、随筆家で政治家のジョーゼフ・アディソンがかつて持っていた、『ハムレット』で亡霊が初めて現われるところを浮き彫りにした銀の匣《はこ》、それに加え、いくつかの奇妙な匣、ブロンズ像、「ラファエル筆の十一枚の琺瑯引きデザート用皿、画題は十二宮図」、その他多くのものがあった。売れ残った三つの珍妙なものは一纏めで一シリングの値が付けられた――ロッテルダムで手に入れたミイラの蠟引き布、チャールズ一世の外套の一部、ジョン・ウィクリフの儀式用外衣の一部。

詩聖の作品も売られた。一六四〇年版の『シェイクスピア詩集』(二ポンド六シリング)と、題扉ではシェイクスピア作となっている四つ折本の十九の劇。

「自筆注釈付シェイクスピア蔵書」から六十五点が競売にかけられた。その中には、緑のモロッコ革で装丁した二巻本のエドマンド・スペンサーの『仙女王』(一五九〇年~九六年)が含まれていた(三ポンド十三シリング六ペンス)。

アイアランド一家の女たちも自分たちのものを競売にかけた。アイアランド嬢の「エッチング用銅版および版権」、彼女が描いた六点の細密画のいくつかはいい値で売れた(ベン・ジョンソンは一ポンド十五シリングで、シェイクスピアは二ポンド六シリングで)。また、さまざまなエッチング(彼女の品物は合計八ポンド十六シリング六ペンスで売れた)、フリーマン夫人の『ウェールズの国境《くにざかい》のチェシャーで数年前に上演された幕間劇』(一七八八年)も競売に付された。

終わり近くに、痛ましい話だが、サミュエルの書庫用折り畳み式脚立(一ポンド十一シリング五ペンス)、八フィート半の高さの立派なマホガニー製の本箱(十二ギニーで売れた)、書棚付き書き物机、衣裳箪笥、引出し付き書き物机(十七ギニーで売れた)が競売に付された。

最後の品は、サミュエルの一組の「シェイクスピア文書完全コレクション」で、それには『ヴォーティガン』と、サミュエルが息子から受け取った時には出版に間に合わなかったほかの原稿が含まれていた。「すべて優雅にロシア革で装丁され緑のモロッコ革のケースに収められている」（大敵のマローンがそれを百三十ポンド――今の約三千ポンド――で買った）。それはやがて、劇作家で演出家のウィリアム・トマス・モンクリーフの所有になった。贋作が始まった年に生まれたモンクリーフは、ロイヤル劇場ドルーリー・レインで笑劇を上演した。彼はそのコレクションをバーミンガムのシェイクスピア記念図書館に寄贈したが、それは一八九七年の火災で焼失した。「文書」の個々のものは、いくつかの図書館、コレクションに今でもある。

今ならば値の付けようのないほど貴重なコレクションの売上は、千三百二十二ポンド六シリング六ペンス（今の約三万ポンド）だっだ。遺族はそれで借金を返し、暮らしを支えることになった。

フリーマン夫人が一八〇二年に死んだのち、ジェイン・アイアランドは父が出版した『雑纂』の二つ折本の残部をすべて破棄し、複製を印刷する際に使った銅版を摩損した。一家の破滅の象徴を激しく叩き、満足感を覚えたに違いない。

第十二章 「蒙った汚名を雪《そそ》ぐ」

ウィリアム・ヘンリーのその後の人生も平凡なものではなかった。地道な人生と言ってよい人生を決して送らないのが彼の運命だったからだ。ありさえすれば三文文士の仕事をし、二度目の結婚をし、二人の娘をもうけ、イギリス中を転々とし、イギリスとフランスのあいだを行き来し、その間、憑かれたように物を書き続けた。

アイアランドの書いた六十冊以上の本は、詩と諷刺の才能があったことを示しているが、思春期の早熟ゆえの行動にまつわる醜聞は、彼の人生のその後の四十年を駄目にしてしまった（付録3を参照のこと）。一八〇一年、無韻詩のドラマ『ミューシアス・スカエヴォラ（前二世紀のローマの政治家、法学者）』は、幾人かのロンドンの座主に、上演を即座に断られた。遥かに劣る作品が上演されていたにもかかわらず。このように自国で排斥され、数度、フランスに引っ込んだ。

王族の庇護を受けたことはあった。ウィリアム・ヘンリーは一八〇二年六月、ジョージ三世の六十四歳の誕生日を祝う野外劇を書くよう、王の十五人の子供の一人である王女エリザベスから依頼された。そして、一連の幕間劇で、できるだけ王にお世辞を言うよう指示された。ウィリアム・ヘンリーはずらずら褒め言葉を連ねたので、拒否されるものと確信して、結果については無頓着だった。ところが、野外劇は何と受け入れられた、しかも熱烈に。彼はヴィクトリア女王時代の首相だったベンジャミン・ディズレイリの言葉に同意したことだろう。「誰もがお世辞を好む。相手が王族ということになると、むやみやたらにお世辞を使わねばならない」。次にウィリアム・ヘンリーはウィンザー城で野外劇の稽古の監督をするよう頼まれた。その野外劇は大成功を収めた。懸命に仕事をしたにもかかわらず五ポンド（今の約百五十ポンド）しか提供されなかった。侮辱されたと感じたウィリアム・ヘンリーは、その金を受け取るのを断ったため、一文も貰わずに終わった。

フランスでは、一七八五年には一介の少尉だったナポレオン・ボナパルトが一七九六年までにはジョゼフィーヌと結婚し、イタリアで軍の指揮官を務めていたが、そこで軍事的天才を遺憾なく発揮した。一七九五年から九九年まで国を支配していた総裁政府は、ナポレオンの権力と野望に気づき、彼をパリから遠ざけるため、エジプトに派遣した。すると、トラファルガル海戦が勃発し、その海戦でネルソンはフランスとスペインの艦隊を撃滅し、自分は戦死した。だが、それは数多くの戦いと会戦の一つにしか過ぎなかった——そして、そうした戦いと会戦において、ナポレオンがたいてい勝利を収めた。フランス革命後の新しい政府は不安定で、一七九九年、ナポレオンは権力を握り、十年間、第一統領になり、一八〇二年、終身統領になった。

一七九三年、フランスはイギリスに宣戦布告をした。一八〇二年、空しく短命だったアミアンの和約が結ばれると、戦争に倦んだイギリス人はパリをぞくぞくと訪れ、その年の九月、大産業博覧会が開かれた。イギリスの女は贅沢品を楽しみ、男は、ほとんど透けて見える腰の高いドレスを着た魅惑的なパリの女を楽しんだ。装飾芸術が盛んになり、パリの新しい都市計画が立てられた——そのために、今の大通りが出来たのである。ナポレオン法典は三百七十のばらばらの法典を一つに纏め、教育組織が改正された。ウィリアム・ヘンリーにとって大事なことに、ナポレオンはすべての著述家、芸術家、文人、科学者に大盤振る舞いをした。多くのそうした者は、困窮している場合には年金、下宿、称号と名誉を与えられた。ナポレオンが会ったことのない人間も。戦争中ではあったが、そうした範疇に入るイギリス人は自由にフランス中を旅行することが許された。

一八〇四年五月十一日、ナポレオン・ボナパルトは皇帝となり、戴冠式に出席するよう法王に求めた。そして、シャルルマーニュ大帝の王冠をみずからかぶった。

一八〇五年、ナポレオンは現代の最初の大戦争と言われる戦いでフランス軍を勝利に導いた——アウステルリッツでフランス軍がロシア、オーストリアの連合軍を破ったのは有名である。パリではフランスの大勝利が祝われた。

ちょうどその頃、ウィリアム・ヘンリーの人生は変わりつつあった。最初の妻、アリス・クラッジ・アイアランドは、彼の人生から消えてしまった。おそらく死んだのだろう。一八〇四年、彼は再婚した。今度は、ケントのコウルペパーかカルペパーの一族の一人と。二度目のアイアランド夫人は寡婦だった——サミュエル・アイアランドにとっては、ずっと満足できる選択だったろう。彼女の最初の夫はウィリアム・ヘンリーの友人の一人、パジェット・ベイリー海軍大佐だった。彼女はベイリーと一七九一年八月二十五日に結婚したが、ベイリーは一七九五年に死んだ。彼は第一代アックスブリッジ伯の弟だった。ウィリアム・ヘンリーは結婚した年、二番目の小説『深情けの女』を「サラ・コウルペパー嬢」に捧げ、「気取りのない慎み深い謙虚さと、博愛の温かい精神に溢れた魂を持つ」彼女を称えた。サラは、たぶん二番目の妻だろう。その結婚はうまくいったようである。いずれにしろ、二人は別れなかった。

彼は四巻本のケントの歴史を書いたが、新しい妻の一族を念頭に置いていたのは疑いない。各巻は約七百頁で、一連の風景で飾ってある（一八二八年〜三四年）。当然ながらどの巻にも、ケントのコウルペパー一族が言及されている。

ウィリアム・ヘンリーとサラは、結婚してからほとんどすぐパリに行った。彼はフランス語が堪能だし、学生時代の楽しい思い出もあるので、フランスにいると寛げた。サラにはささやかな収入があり、夫婦は華美な首都で貴族仲間に交じって贅沢な暮らしを楽しんだ。二人の財産はあっと言う間になくなったので、一八〇五年にイギリスに戻った。加えて、同年、ナポレオン戦争が始まると、イギリスとフランスのあいだの関係は変化した。世界帝国樹立に情熱を燃やしていたナポレオンは、海を支配しているイギリスをまだ征服していないのが不満だった。

一方イギリスでは、次第に大きく迫ってくる脅威が真剣に受け取られ始めていた。ナポレオンはカレーの南わずか数マイルのところにあるブーローニュの港に、イギリスに侵入するための十三万人の軍隊を結集させ始めた。そこはフランスからイギリスに渡るには最短の地点だった。彼は二千三百隻の平底荷船を海岸で建造することを命じた。（ナポレオンはそんなふうに努力をしたが、海の支配者を海上で打ち破ることはできないと、のちに悟った。）

ウィリアム・ヘンリーの友人たちは、彼の贋作の多くのコミカルな面を前々から楽しんでいたが、今や彼らは、それについて書くようにウィリアム・ヘンリーを促した。彼は躊躇した。というのも、もう十分苦しんだし、贋作事件は忘れたかったからだ。だが、いつまでも黙っているのは、公然と話すよりも不利だった。「不当に蒙った汚名を雪ぐ」[1]結果になることがしたかった。それに金が必要だった。そこで、書くことにした。『告白』は一八〇五年、彼が二十八歳の時に出版された。たぶん、それは一つの人生の終わりと、新しい妻との別の人生の始まりを意味したのだろう。

ウィリアム・ヘンリーの三百三十五頁の『告白』は、一七九六年に急いで書かれた四十三頁の『真相』より、ずっと充実していた。贋作事件以来ほぼ十年が経過していたが、出来事を雑然と、順序をまったく無視して物語っている。おそらく、思い出すままに書いたのだろう。あるいはひょっとすると、自分の行動を正当化しようとつねづね思っていたので、自分にとって具合の悪い出来事を隠したり、曖昧にしたりするために、わざとごちゃごちゃと書いたのかもしれない。彼は依然として単語を正しく綴ることができず、自分のよく知っている者の名前の綴りを間違えた。また、実際に起こったことについて、完全に正確でもなく正直でもない場合がある。さらに、いくつかの非常に大事なことに触れていない。例えば、「H氏」をでっち上げた詳しい経緯に。自分は贋作から鐚《びた》一文も儲けなかったし——儲けたとしても、ごくわずかだった——誰をも傷つけなかったと彼は言っている。彼が誰かを傷つけようとは思わなかったのは本当だが——とりわけ父を——しかし、結果的には、父を完全に破滅させてしまったのである。

ウィリアム・ヘンリーは『告白』の序文を、父の友人のジョージ・チャーマーズへのメッセージで結んでいる。自分が文学上のいかさまをしたことを詫び、チャーマーズと、「信じる者」だったほかの立派な紳士たちの許しを乞い、寛恕を何とか得ようとしている。彼はみずからの行為を、こう判断してもらいたいと頼んでいる。「金銭的報酬を得ようという卑しい欲望に駆られた薄汚い貪欲な贋作者の行為というより、無考えで衝動的な少年の」行為と。

『告白』の中で、贋作者の自己本位の性格が、エドモンド・マローンをまるですべて彼のせいであるかのように絶え間なく激しく攻撃している事実に現われている。そして『告白』全篇にわたってそこかしこに、将来父に見せるつもりで若い時に書きはしたが発表はしなかった詩の見本が引用されている。

彼が「翻訳」した『スコットランドの女王メアリーに対するシャートラール（フランスの廷臣、詩人）の恋の発露』も、一八〇五年に出版された。彼は「序詩」の中で、その年までには自分は「長年にわたり」パリに住んでいて――たぶん、学生時代も含めているのだろう――何度も許可を求めたのち、ついに、「パリのスコッチ・カレッジ（ウィリアム・ヘンリーがでっち上げた架空の大学）にあるスチュアート王家関係の文書の厖大なコレクション」を見ることができたと言っている。それは興味深く思われる。だが、自分が「翻訳」したという話は全部作り事なのだ。依然として贋作を続けていたのである。

イギリスに戻った時、ウィリアム・ヘンリーは三十くらいだったが、夫婦はしばらくデヴォンシャーに住んだらしい。一八〇八年から翌年にかけて『漁師の少年』および『田舎家の少女』を書き、しばらくのち、『デヴォンシャーの美景』を書いた。

夫婦は一八一〇年、北のヨークに行った。そこで彼は週刊誌『コメット』を発行した。その中で隣人たちを諷刺し、「禁酒の愉しみ」という詩さえ発表しようとした。だが、どれもうまくいかなかった。一八一一年の一月から七月二十五日、常に金遣いの荒かったウィリアム・ヘンリーは、ヨーク城内の負債者監獄に入れられた。旧友のジョーダン夫人は彼に五ポンド（今の約百二十五ポンド）送った。彼女は、『ヴォーティガン』が大失敗に終わってから十四年経っても依然として彼の味方だったのである。彼は強制的に蟄居させられていた日々を利用し、『ヨーク城の房内での詩人の独白、ヨーク城での一日、詩的叙述』と『ヨーク市の詩的書簡体描写、今年の三月の巡回裁判における判事の行列と判事の描写から成る』（どれも一八一一年）を書いて出版した。市長に捧げられたこの面白い詩の中で、彼はヨークを一巡りし、その歴史と美景を讃え、第一六頁で、ヨーク城の監獄が「見える」と、釈放してくれるように嘆願する。
ヨーク城の壁、この州の立派な監獄、
そこで哀れな負債者は、投獄されている悲しいおのが身を嘆く。
さあ！　有難き慈悲よ、汝の腕を伸べ、
これら苦しむ者たちの救い主かつ友人であることを証明してくれるか？
おお！　汝は監禁の足枷を外し、
負債者と債権者の法律を緩めてくれるか？

脚注で彼は、最近建てられた新しい監獄の建物を「ゆったりとしている」と言い、負債者たちが歩く場所は全周千百十ヤードだと付け加えている。何度もそこを歩測したに違いない。

一八一一年の秋、アンドルー・リチーという人物が、ウィリアム・ヘンリーが投獄されたあと、ヨークで彼に何度も面会した。リチーはこういう印象を得た。「挙措は魅力的で非常に話し好きだが、自惚れていて、節操のない男でもある」(2)。一八一二年八月、アイアランド夫婦はヨークを去った。その時点で夫婦は、おそらくロンドンに行ったと思われる。ウィリアム・ヘンリーはロンドンのいくつかの出版社から、ある程度定期的に仕事を貰っていたようだから。

一八一四年四月、アイアランド夫婦は二人の幼い娘を連れてフランスに戻った。それは二度目の長期のフランス滞在の始まりだった。ウィリアム・ヘンリーは、これから出す『シェイクスピア・アイアランドの人生の七つの段階』（一八三〇年頃）の内容見本の中で、自分の人生を振り返り、今は人生の六番目の段階だと言っているが、その段階のうちの九年をフランスで過ごしたのである。

夫婦はパリのセーヌ川左岸に住んだ。フォーブール・サン＝ジェルマン地区にある兵舎の近くで、そこは陸軍病院――廃兵院アンヴァリッド――と、サン＝ジェルマン・デ・プレ教会のあいだだった。貴族街だった。ウィリアム・ヘンリーは聞こえのいい住所に住む大切さをいつも心得ていた。

八年前は波瀾万丈の人生の頂点にいたナポレオンは、ローマ帝国以来、どんな帝国よりも大きい帝国で七千万人を統治し、西ヨーロッパの大半の支配者として、さまざまなヨーロッパの王座に親戚の者を就けた。だが、一八一二年のロシア遠征が悲惨な結果に終わって以来、彼の政治的な力はひどく低下した。

ウィリアム・ヘンリーは一八一四年の四月にパリに戻ったが、まさにその月、立場が極度に脆弱になっていたナポレオンは、フランスの元帥たちに無理に退位させられた。しかし、「皇帝」という称号をそのまま使うことは許され、一定額の手当を支給され、地中海のエルバ島に流された。ブルボン王家が復活し、肥満したルイ十八世が王位に就いたが、間もなく非常に評判が悪くなった。ウィリアム・ヘンリーはナポレオンが最初に退位した時以来「フランスの国情に詳しくなり、大陸に何年も住んだため、次々に起こる大事件に注目する力を十分にそなえるようになった(3)」。

ルイ十八世は軍隊とうまくいかなくなったが――配流になった皇帝は常に軍隊を異例なほどに厚遇した――皇帝はその機会を抜け目なく捉え、エルバ島から脱出し、一八一五年三月一日、フランスに戻って熱狂的に迎えられた。

ウィリアム・ヘンリー一家は、国外追放になっていたナポレオンが劇的に帰還するさまを目撃した。一八一五年三月十九日、国王たちは亡命した。一八一五年三月二十日、遠くの歓声と教会の鐘が、ナポレオンが近づいてくることを知らせた。辺りは慌ただしく騒然とし、混乱をきわめ、誤った無数の情報が乱れ飛んだ。一切の仕事は完全に停止してしまった。異常なほどの興奮状態で、「大衆の熱狂と国中の雰囲気は、それを正気の状態に戻そうというあらゆる努力を拒んだ[4]」。パリでは、「ボニー」(「ボナパルト」の蔑称)の外套は背中から破り取られ、数百の布切れになった。翌朝、彼はテュイルリー宮殿の窓辺に姿を現わし、ヒステリー状態の群衆の歓呼に応えた。

三十八歳のアイアランドは、人を鼓舞するような人物の皇帝に会った。スタール夫人(一八一七年に没した、フランスのロマン派の先駆者)は皇帝について、こう言っている。「あの男と一緒にいると、疾風が耳元に吹きつけるような印象を受ける」。ウィリアム・ヘンリーは「百日天下」のあいだにナポレオンに拝謁した――ナポレオンがパリに入ってから、ワーテルローの戦いのあと退位するまでの期間に。その考えられないようなペアには、ある共通するものがあった。二人は齢《とし》がかなり近かった。ナポレオンのほうが年上だったが。二人ともほぼ同じ齢にフランスの寄宿学校に送られた。ナポレオンは十の時(一七七九年)に、ウィリアム・ヘンリーは十二の時(一七八九年)に。そして、二人とも寄宿学校では余所《よそ》者で、外国語であるフランス語を学ばされた。(ナポレオンはコルシカ方言を話した。)皇帝は本を貪り読み「オシアン」の詩を賛美したが、ウィリアム・ヘンリーの名声を知っていて、その有名な贋作者を役に立つ宣伝道具と見ていたのかもしれない――憎むべきイギリスを裏切った者。皇帝はウィリアム・ヘンリーを国立図書館の或る地位に就け、かつ、一八〇二年に制定されたレジョン・ドヌール勲章の受章者に指名した。それは、長年、役人か軍人で功労があった者が貰えることになっていた勲章だった。ウィリアム・ヘンリーが敵のナポレオンから名誉を授けられ、その際、「[フランス]帝国の繁栄に資するために全力を尽くすことを名誉にかけて」誓わねばならないというのは、彼をイギリスの誰にも好かれない人物にしただろうが、彼はそんなふうにナポレオンに認められたことが誇らしかった。彼が一八二八年に出した『ナポレオン伝』の第三巻の題扉には、レジョン・ドヌール勲章の白い琺瑯引きの十字架が描かれている。ナポレオンは、緋色の絹の半ヤードのリボンと小さな勲章を授与することが持っている価値を心得ていた。ナポレオンは、さまざまな種類の勲章を、少なくとも三万個授与した。

驚くべきことに、『恋と狂気』の著者でサミュエルの友人のハーバート・クロフトは、まだ健在だった。クロフトもフランスにいた。一八〇二年、破産から逃れるために、また、作家や芸術家を優遇するナポレオンの政策の恩恵を蒙るためにイギリスからフランスに行ったのである。

そうした一切のことは、六月十八日にナポレオンがワーテルローの肉薄戦でウェリントンに敗れ、最終的に退位したのちに終わりを告げた。そして、痛風に苦しんでいる――しかし正統的な――ルイ十八世が再び王座に就いた。ウィリアム・ヘンリーはこうした大きな出来事を目撃した。ナポレオンはイギリス軍によって、何千マイルも離れた南大西洋の荒涼とした火山島、セント・ヘレナに配流された。そこで一八二一年に死んだが、おそらく砒素で毒殺されたのだろう。

才気煥発な騎兵で陸軍元帥になった、第一代アングルシー侯のヘンリー・ウィリアム・パジェット(一七六八年～一八四四年)は、サラ・アイアランドの甥だった(最初の夫を通して)。ワーテルローの戦いの際、アングルシーはイギリス、ハノーヴァー王家、ベルギーの連合騎兵隊の指揮官として目覚ましい役割を演じた。有名な事件だが、戦いの終わり頃、栗毛の軍馬の「コペンハーゲン」に乗ったウェリントンの隣にいた、葦毛の軍馬に乗ったアングルシーは、砲弾で片脚を吹き飛ばされてしまった。彼は報告した、「いやはや! 脚を失くした!」ウェリントンは答えた。「そうかね、いやはや」。

そのエピソードは逆境にめげずに任務を遂行するイギリス人の例として、のちに絵に描かれ、大衆紙の挿絵になった。

一八一六年から二二年までのウィリアム・ヘンリーの消息はわからない。彼はその間、何の本も書かなかったようである。その原因を想像するのは難しい。おそらく病気だったのだろう。監獄にいるあいだにも書くのをやめなかったのだから。書いてはいたのだが、決して人に明かさなかった、さまざまな筆名で書いていたということは十分にありうる。一八二二年以後、自著の題扉に、「パリ芸術・科学振興会会員」と記した。彼は最初、「会員」に選ばれ、のちに「古参会員」に選ばれた。

一八二三年までにはフランスでは政治情勢は劇的に変わり、不安定だった。ナポレオンとの繋がりのせいで、ウィリアム・ヘンリー一家がフランスにとどまるのは賢明ではなかった。彼が二巻本の『エストレマデュアの追い剝ぎ』を翻訳したのは、その年である。同時に、四巻本の『ナポレオン伝』の執筆を開始した。それは五年にわたり刊行された。『ナポレオン伝』の序文で彼は、「長年大陸に住み、その間毎日、将校、公務員、文人その他と交際した(5)」と述べている。

イギリスに戻るとウィリアム・ヘンリーは、ボンド街のとある出版社でジェイムズ・ボウデンに出くわした。シェイクスピア真贋論争から二十五年経っていた。そこを出てから二人は贋作について話しながら一緒に歩いた。二人はバッキンガム街の角で立ち止まった。ボウデンは今では著名な文学者で、シドンズ夫人、ジョーダン夫人、ケンブルの伝記作者だったが、遥か昔に起こった出来事に、いまだに憤慨していた。一七九五年、『オラクル』紙の編集長として、贋作の「シェイクスピア文書」を「信じる者」の中で一番忠実に、一番大声で擁護したのだ。彼はウィリアム・ヘンリーに面と向かい、「あんたは自覚しなくちゃいけない」と言った。「自分がシェイクスピアの神性に対して途方もない罪を犯したということを。そう、あの行為は、冒瀆以外の何物でもない。祭壇から聖餐盃を取って、その中に小＊をするのとまったく同じことだ」。今や中年のウィリアム・ヘンリーは、侮蔑の念を込めて記している。「老いぼれた歩く死骸が、そういった、衒学と愚かな考えの混ざったものの見本の文句を発するのを聞いて、私は薄れることのない印象を受けたので、当の場所を通りかかるたびに、耄碌した自称シェイクスピアの釈義者の戯言《たわごと》を思い出し、そぞろ哀れを催さざるを得ない(6)」。

ウィリアム・ヘンリーは今や、懐かしい昔の友人、故ジョーダン夫人の伝記の執筆に専心していた。女優でクラレンス公の愛妾は、『ヴォーティガン』が一七九六年に上演された頃から彼の友人になってくれたが、二人はその後ずっと友人だった。彼女は彼が贋作者であるのが暴かれたあとも、時折、援助してくれた。彼は、彼女の人生を讃える本を匿名で出版しようと思った。それは、残念なことに次のような題だった。故人の親友が著した『偉大なる私生児あるいは、かの有名なる女優ブランド嬢またの名はフォード夫人あるいはジョーダン夫人、クラレンス公殿下現国王ウィリアム四世の死せる愛妾の公生活と私生活』（一八三二年）。今度はウィリアム・ヘンリーは、出版しないという条件でウィリアム四世から金を貰った。その本は印刷されたが、数部売ったあとで回収された。

一八三〇年に王座に就いた国王ウィリアムは、一八一八年以来アデレード王妃と結婚していたので、ジョーダン夫人に世間の注意が向くのは好まなかった。彼女は、彼がクラレンス公だった時分、二十二年にわたって愛妾だった。そして二人は、一七九〇年から一八一一年までハンプトン・コート宮殿のブッシー・パークにある大きな家で幸せな生活を送った。二人の十人の子供はすべて無事に育ち、フィッツクラレンスという姓を名乗った。経済的に困窮したことと、ちゃんとした配偶者に子供を生ませる必要があるということが、その後の「海軍軍人国王」の人生を変えた。アデレード王妃とのあいだに生まれた二人の娘は幼児の時に死んだので、王座には将来、彼の姪のヴィクトリアが就くことになった。

ウィリアム・ヘンリーは物を書く際数多くの筆名を使ったが、しばしば、自分自身と多くの著者と出版業をからかった——次のような題名同様。『鞭で打たれた鞭』、『去年の復活祭の翌日の饗宴と歓楽について書かれた［written が wrotten になっている］バラード……』。一番馬鹿らしい題名は、おそらく次のものだろう。「アンセル（猥褻な詩を書いた古代ローマの詩人）・ペン・ドラッグ・オン（古代ブリテンの王ペンドラゴンと「だらだら書く」をかけた洒落）殿」編『スクリブルオマヌス』（「手で殴り書きをする」の意）。その中でウィリアム・ヘンリーは、同時代の著述家の品定めをしているが、依然として自分の贋作に誇りを抱いていて、自分も同時代の著述家に含めている。われらが英雄ほどの速さで「殴り書き」ができた者は、ほとんどいなかったろう。思春期に名声を博し始めた頃から、彼は速く、人を楽しませるような文体で書く能力を伸ばし、急がねばならない時は、憑かれたように書きながら執筆の速度を増すことができた。また、諷刺の才能があったけれども——それは新聞用の埋め草を書くには役に立った——諷刺文には独創的な考えや深みは、あまりなかった。彼は六十以上の作品を発表しているが、たった一篇の詩であったり、一冊が五百頁か七百頁の四巻本の小説であったりした。

彼がものした詩、小説、ドラマ、歴史的著述の題材は多種多様だが、その大方は彼の関心を反映していた——作家、天才、歴史、ドラマ、親切な友人のジョーダン夫人の生涯。ナポレオン時代に関する数冊の本（彼はブルボン王朝を攻撃し、自分の英雄のナポレオンを擁護した。ナポレオンは誤解され、セント・ヘレナで残酷に扱われたと感じていた）。晩年になってウィリアム・ヘンリーは、父を追憶するような数冊の本を書いた。四巻本のケントの歴史や、銅版画入りのデヴォンシャーの美景の本のような。

彼は人生の総決算をする時だと感じた。一八三二年、『ヴォーティガン』を再発行し、序文を利用して、「シェイクスピア文書」に関連した出来事について再び語り（そうしたのはそれが最後だった）、自己弁護をした。

トマス・チャタトンとウィリアム・ヘンリー・アイアランドとの数多くの類似点については、すでに述べた（若い頃ウィリアム・ヘンリーは、チャタトンの人生を自分の人生の青写真にした）。「不在の父」は二人にとって重要だった。チャタトンは学校教師だった父が死んでから二ヵ月後に生まれた。一方、ウィリアム・ヘンリーは、自分のいわゆる父のサミュエルは本当の父ではないと感じ、情緒的に饑餓感を覚えていた。二人は贋作を通して自分を主張し、個人として尊敬されようとした。そして興味深いことに、二人とも父親代わりの存在を創造した――それはチャタトンの場合はウィリアム・キャニングズで、ウィリアム・ヘンリーの場合は、でっち上げた「H氏」だった。

ウィリアム・ヘンリーは一八〇五年の『告白』の中で、こう書いている。「チャタトンの運命は私の関心を大変強く惹いたので、彼の運命を何度も羨んだものである。そして、同じような手段で自分の人生を終わらせることほど熱烈に望んだものは何もなかった」。内向的で、人から相手にされなかった思春期のウィリアム・ヘンリーの心の中では、自殺は天才に結び付いていた。それは、自分の作品が評価されなかった時に何度か仄めかし、考えたことだった。もし本当に自殺をしていたなら、実際、非常に有名になっただろうが、ウィリアム・ヘンリーは生きながらえた。

ウィリアム・ヘンリーは自分の出生についてあれこれ悩んだが、自分は私生児だと信じていた。一八〇三年の『ラプソディー』の冒頭の詩は、「トマス・チャタトンの思い出に寄せる悲歌」で、同詩集の三篇の詩は、「庶子」、「庶子の不平」、「庶子の不平に答えて」である。彼の贋作のいくつかは、自分自身と、すべての私生児の立場を向上させようとする直接的な試みだった。彼自身、不滅の詩聖の末裔だと称し、シェイクスピアに私生児がいたことにし、アイアランド家の紋章をでっち上げた。そして、後年の著作でも私生児を擁護し、世に認められない天才を『蔑ろにされた天才』(一八一二年)のような作品の中で称揚した。その中で、チョーサー(お気に入りの作家)、ミルトン、とりわけチャタトンの文体を真似ている。

ウィリアム・ヘンリーは決して父のサミュエルを非難しなかった。中年になって以降、父を懐かしく思い出している。一八三二年、サミュエルを、「至極心の寛い、自由主義的な考えを持っていた紳士」(7)と言っている。

サミュエル同様、多くの面でウィリアム・ヘンリーは偏執狂的で、衝動的で、仕事熱心で、愚かだった。画才のあった姉のジェインの描いた肖像を見ると、名声の絶頂にあった時の彼は、内気そうだ。図々しくも贋作をする男とはとても思えない。だが、五十代の肖像を見ると、目は抜け目がなさそうで挑戦的で、口辺にはある種の冷酷さが漂っている。父よりも芯はタフだったのである。

終生彼は自分の贋作を誇りにし、自慢をした。当時の文芸批評家を担いだのだ。そのことを、彼らは決して許さなかった。「私は少年だった——したがって、彼らは少年に騙されたのである。それゆえ、私が彼らの知的能力に食わせたぺてんは、いっそう彼らにとって腹立たしかったのである」(8)。彼は夥しい数の本を書いたが、「シェイクスピア文書」が示している、若い頃の才能を開花させることはなかった。もっとも、贋作以後の人生は波瀾万丈であるという点で、成功したとも言えるが。

批評家たちよりずっと若かったウィリアム・ヘンリーは、敵である彼らの大半よりも長生きをした。ジョージ・スティーヴンズは一八〇〇年に死んだ。エドモンド・マローンは、ウィリアム・ヘンリーの贋作に関する小冊子を完全に蒐集してから、一八一二年に死んだ。しかしマローンは、一七九二年、ストラットフォード＝アポン＝エイヴォンのトリニティー教会の牧師に、シェイクスピアの胸像に漆喰を無理矢理塗らせたことで、学者として世人に決して許されない存在になった。一七九五年に「シェイクスピア文書」を見た時に思春期の贋作者を怯えさせ、のちに、文学上の詐欺師は普通の重罪犯人同様、誰であれ縛り首にすべきだと公言した無慈悲なジョーゼフ・リトソンは一八〇三年に死んだ。諷刺漫画家のギルレイは一八一五年に死んだが、その前の数年間、気が狂った。パー博士は一八二五年に死んだが、死後、彼の文書の中に、自分は本当は決して「シェイクスピア文書」を信じていなかったという「激越な宣言」が見つかった。

ウィリアム・ヘンリーは、ロンドンの聖マーティン＝イン＝ザ＝フィールズ教会の教区にあるサフォーク・プレイスで一八三五年四月十七日に死んだ時、五十九歳だった。彼の寿命はシェイクスピアの寿命よりも七年長かった。一八三五年四月二十四日に、彼の名前は、サザークの殉教者聖ジョージ教会の埋葬者名簿に記録された。不気味なことに、その日付はシェイクスピアが生まれた日と死んだ日に、ほぼ一致していた。シェイクスピアは四月二十三日に生まれ（古来の言い伝えでは）、四月二十三日に五十二歳で死んだ。ウィリアム・ヘンリーのサザークの墓は、もちろん、シェイクスピアの創作活動にとって重要だった地帯、すなわちエリザベス朝のテムズ河畔のいくつかの劇場があった場所にあった。また、その墓は詩聖の俳優の末弟が埋葬されたロンドン自治区にあった。ウィリアム・ヘンリーは妻と二人の娘を遺して死んだ（シェイクスピアも妻と二人の娘を遺して死んだ）。娘の一人は、彼の母、旧姓ドゥ・バーグのアンナ・マリア・フリーマン夫人にあやかってアンナ・マリア・バーグと名付けられた。もう一人の娘の名前はわかっていない。シェイクスピアとは異なり、ウィリアム・ヘンリーは貧窮のうちに死んだ。

ウィリアム・ヘンリーの生涯は違っていたかもしれない――もし、彼の贋作が暴かれたのが何年もあとだったなら（「オシアン」の贋作者、マクファーソンのように）。もし、歴史的事実と綴りにもっと注意していたなら。もし、贋作した文書の数がもっと少なかったなら。もし、サミュエルが座主のハリスに、コヴェント・ガーデンで『ヴォーティガン』を即座に、そして派手に上演させていたなら。もし、「シェイクスピア文書」を複製したサミュエルの本が最初の計画通り『ヴォーティガン』が上演されたあとに出たなら（そうだったら、マローンの攻撃は遅れただろうから）。しかし、悲劇の大半は、父と息子二人の人間的弱さに起因する。もしサミュエルが、自己表現能力と自尊心と独立心を培うために息子が父の愛情と尊敬の念を必要としていたことを理解していたなら、もしサミュエルが、あれほど貪欲でなかったなら、もしサミュエルが、若者が告白した時に耳を傾けてやったなら、もし、子供に近い者が成し遂げた真に瞠目すべきことをユーモアの感覚をもって受け入れ、扱ってやったなら、それならば、関係する者すべてにとって、話はさほど悲劇的なものにはならなかったかもしれない。

ウィリアム・ヘンリーは世の中から忘れられることはなかった。十九世紀の中頃、彼に対する関心が再燃した。その驚くべき、かつ異常な人生と贋作が、一八五五年に出版された小説、ジェイムズ・ペイン著『町の噂』のテーマになった。そして、一八五九年にC・M・イングルビーの『シェイクスピアの偽造文書あるいは原稿』（アイアランドの贋作に関する付録を含む）が、一八八五年にヴォーブロートの『アイアランドの贋作』が出た。ウィリアム・ヘンリーの『ジョーダン夫人伝』は一八八六年に再刊された。『告白』も同年、再刊された。

そして、もっとずっと最近のことだが、『ケントの版画の至宝。W・H・アイアランドの「ケント州の新しい完全な歴史」(一八二八年〜一八三一年)に収められたG・シェパード、H・ギャスティノウ等々筆のオリジナルの素描からの一連の眺め』が一九七二年、キャッセル社から出版された。また、複写版のウィリアム・ヘンリーの『告白』(一八〇五年)がエリブロン・クラシックスから出版された。

現代のわれわれは贋作に騙されるであろうか？　一九八三年の『ヒトラー日記』と『サンデー・タイムズ』のスキャンダルで、一人の人物の立派な評判が傷ついた。著名な古典学者で歴史家の、デイカー・オヴ・グラントン卿であるヒュー・トレヴァー＝ローパーは最初、贋作のその日記を真正のものと認めた。それは、ドイツ人のコンラート・クーヤウが贋作したもので、『シュテルン』誌に一千万マルクで売られた。急いで判断するのを拒否した学者のマローンと対照的に、トレヴァー＝ローパーは学者であると同時にジャーナリストだった。そして、その二つの役割が衝突した結果、偽りの情報とわずかな抜粋をもとに、新聞に載った「日記」に関して早まった判断を下した。彼はすぐに再考したが手遅れで、本当に責任のあった者は、許し難いことだが、引っ込んでしまい、彼だけが非難された。(9)

多くの面で世慣れていて抜け目のなかったサミュエルは、ほかの面では甘かった。だが彼が、実際に贋作に関わっていたというのはありうることなのだろうか？　過去において、彼には人を騙す傾向があったのかもしれない。なぜ彼は、マローンのような偉大な専門家に「文書」を見せようとしなかったのだろうか？　疑問は今でも残っている。自己中心的な父は、ぼんくらの息子を利用したのだろうか、あるいは、さほど愚かではなかった息子が、父の蒐集向きの品に対する貪欲ぶり、有名な名前に対して持っていた畏敬の念、騙されやすさに付け込んで「シェイクスピア文書」を作ったのだろうか？

結論は、ウィリアム・ヘンリーただ一人が贋作者だったということである。彼は贋作が暴かれたあと、贋作の材料、やり方、サンプルを人に見せた。そして、情け容赦もなく嘲けられた父を護ろうと、終始心から努力した。さらに、その後に書いた本の数と種類の多さが、文才があったことを証明している。多くの者にとって、その問題が最終的に解決したのは、ずっとのちのこと、つまり、贋作に関するサミュエルの手紙を一八七七年に大英博物館が購入したのちのことなのである。

何が起こったにせよ、サミュエルもウィリアム・ヘンリーも、終生、罵詈雑言を浴びせられるいわれはなかった。父は愚かで、どうしようもなく頑固で、狂ってさえいたが、罪はなかった。息子はそれほど恐ろしいことをしたわけではなかった。学者のパー博士、ウォートン博士、ガーター紋章官サー・アイザック・ハードといった、いわゆる専門家から、編集者のジェイムズ・ボウデン、文人のジェイムズ・ボズウェル、学者のジョージ・チャーマーズ、桂冠詩人のH・J・パイに至るまでの多くの者が一番非難されて然るべきだった。なぜならウィリアム・ヘンリーの欺瞞行為は、最初の贋作で暴かれなければならなかったからである。サミュエル――および夥しい数の信じやすい者たち――は「文書」の内容を吟味せずに、時代ものの材料を完全に信用してしまった。人工品と人間の外観は人を騙すことがある、贋作者自身が争う余地なく証明したように。若いウィリアム・ヘンリーの外観は一見、あまりに知性と精力と活気に欠けていたので、彼が贋作をし得たとは、彼を知る者には到底考うるのである。

えられなかった。だが、「ぼんくら」に見える者が、「専門家」に見える者より賢いということはあり

ウィリアム・ヘンリーが自分の行為を要約した言葉が残されている。「私は、自分の齢《とし》と、私が例の文書を贋作するに至った原因が考慮されてはならないのかどうか、また、少年じみた愚かさを除いてすべて許されてはならないのかどうかについて、寛大なる世人の意見に率直に従う(10)」。確かに若者には愚かさと弱さがあったが、悪意はまったくなかった。贋作から大して金は儲けなかった。それが目的ではなかったからだ。悲劇的な話だが、ウィリアム・ヘンリーは自分の唯一の目的を達成することができなかった。父の愛情と尊敬の念を勝ち取るという目的を。

シェイクスピアの作品の最も目覚ましい贋作は、二百年以上前の一七九五年から九六年の初めにかけて、十九になるやならずの一見ぼんくらな若者によってものされた。その若者は英文学と歴史的な出来事について表面的な知識しか持っていず、最初のうちは聞き覚えで単語を綴り、句読点を一切付けなかった——それがウィリアム・ヘンリー・アイアランドだった。しかしながら彼は、イギリスと、その向こうを何ヵ月にもわたって熱狂的な興奮状態に陥れ、専門家の大半を騙すことに成功した。将来性のなさそうな若者には、素晴らしい将来があったのだ。彼は歴史に印を刻し、生き延びた。世間に対する彼の言葉は今でも残っている——私はここにいた！　私は一廉《ひとかど》の人物だった！

人間世界は悉く舞台です、
さうしてすべての男女が俳優です。
めい〳〵が出たり入ったりして、
一人で幾役をも勤める、
一生は先ず七幕《ななまく》が定《きま》りです。

（『お気に召すまゝ』第二幕第七場――坪内逍遙訳）

解説　シェイクスピアの贋作をめぐって

東京大学助教授　河合祥一郎

ニセモノは巷に横行している。偽ブランド品、贋金、えせ政治家、いんちき学者……数え上げればきりがない。類似品に注意していれば騙されないですむなら話は簡単だが、素人目にはそれとわからぬニセモノが本物であるかのようにまかり通るから厄介だ。

これが学問や芸術の分野になると、厄介さは度合いを増して面倒な事件となる。たとえば、二〇〇〇年末に考古学界の第一人者であった東北旧石器文化研究所の元副理事長が遺跡発掘を捏造していたことが暴露され、日本史の教科書さえ書き換えられる騒ぎになったことは記憶に新しい。

シェイクスピア学界でも同じような大事件があった。十九世紀半ばの優秀なシェイクスピア学者ジョン・ペイン・コリアが、その専門知識を悪用してシェイクスピア関係文書を偽作し、学界を混乱に陥れたのだ。自分だけが知っているという奢った気持ちと、古文書に精通しきった極度の自信とが、第一線の学者を犯行に走らせたらしい。真偽を明らかにする立場にある人間が偽作に手を出すとは、語るに落ちる。

それと較べれば、本書の主人公ウィリアム・ヘンリー・アイアランド少年の偽作などかわいいものだ。そもそも、古綴りにするには、なんでも語尾にeをつければイーなどといういい加減な贋作を当時の人たちが信じてしまったとは、ウソのようなホントの話だ。

その愚かさ加減への怒りが、真のシェイクスピア学者マローンをして四百二十四頁の大反論書を書かせたのだろう。それほどの大著をものせずとも、ande や forre や Londone などというスペルはいかなる時代にもありえないと指摘すれば、それで事足りていたはずなのだけれども。

つまり、時代がそれだけシェイクスピア熱に浮かされていたということだ。シェイクスピア崇拝主義《バードラトリー》が横行して、シェイクスピアのものなら何でもありがたがる風潮のなかで、ウィリアム少年の悪戯が本人の思いもよらぬ大事件に膨らんでしまったのである。

それにしても、父親に認めてもらいたくて始めた贋作が、時代のシェイクスピア熱に煽られて、次第に増長し、果ては化けの皮がはがされて「第四の贋作者」と揶揄されるに至ったことは、ウィリアム少年にとって悲劇以外の何ものでもない。

ところで、この「第四の贋作者」という表現について、本書のまとめを兼ねて、ここで簡単に解説しておこう。

第一の贋作者とは、ウィリアム・ローダー（Willaim Lauder, c. 1710–71）。ミルトンの『失楽園』のラテン語訳の章句を十七世紀のラテン詩人の作品に挿入しておいてミルトンを盗作者と発表した悪戯《いたずら》者だ。ジョンソン博士すら騙されかけたという。

第二の贋作者は、のちに国会議員にもなったスコットランド詩人ジェイムズ・マクファーソン（James Macpherson, 1736–96）。三世紀の吟遊詩人オシアンが語った詩として、ゲール語及びエルス語より翻訳した古代詩「オシアン詩集」で有名になったが、これがのちに贋作と判明した。「アイルランド俗謡の断片からでっちあげられた」とも言われるが、その出来映えがあまりに見事なので、「贋作」とか「でっちあげ」と呼ばずに詩としての価値を認めようという動きが強い。研究社の『英米文学辞典』に至っては、「翻訳ではなく、作者が何らかの方法によって原作の内容を知り、それを材料として作った」という極めて好意的な記述になっている。

第三の贋作者は、これまた文学的価値の高い「ロウリー詩集」で知られるトマス・チャタトン（Thomas Chatterton, 1752–70）だ。本書に言及があるとおり、アイアランド少年の憧れの贋作者である。ブリストル寺院の書記の子として生まれたチャタトンは、架空の中世の修道士をでっちあげて「ロウリー詩集」を書いたが、これがロマン派の詩人たちを感動させたのである。

ところが第四の贋作者アイアランドは、文学的才能がなかったがゆえに、「オシアン詩集」や「ロウリー詩集」の作者とは大きく袂を分かつことになる。

「オシアン詩集」や「ロウリー詩集」は、たとえその出自が怪しくても、価値ある作品として認められ、文壇に影響を与えた。美術品の贋作と違い、翻訳と称して創作を発表する場合はまだ罪が軽いと考えられるところもある。アイアランドを攻撃したホレス・ウォルポールにしたところで、代表作『オトラント城奇譚』(一七六四)をイタリアの古文献の翻訳と偽って発表したのだから、彼が「第四の贋作者」と言われてもいいくらいだったのに、その第二版(一七六六)で早々に自作であることを公表してその罪を逃れたに過ぎない。

何らかの文化的権威を借りて作品を公表し、世間から高い評価を得て受け容れられたところで、これは実は贋作ですと告白して世間をびっくりさせるというパタンは、原典のない翻訳に限らず、美術品においても何度も繰り返されてきた。時代は下るが、一八六五年、イタリア・ルネサンスの傑作テラコッタの胸像をルーブル美術館が高値で購入すると、その一年後にそれを売った画商自ら贋作であることを暴露してみせた事件などは、その有名な例だ。

アイアランドもそうやって世間の度肝を抜くはずだったのに、予想に反して、だれも彼が作者であることを認めてはくれなかった。アイアランド少年の創作には、そもそも文学的にも演劇的にも価値がなかった。それなのに、その本来価値のないはずの文書に、シェイクスピア崇拝熱によって大きな力が与えられたところに不幸があった。

当時のシェイクスピア学は一体なにをしていたのかと疑念の目を向けたくなるゆえんであるが、当時は、まだシェイクスピア学なるものはきちんと立ち上がっていなかったのだ。マローンより年長の学者ジョージ・スティーヴンズは、マローンに先立ってシェイクスピア全集の改訂版(一七七八)を出しているが、その注のつけ方たるや根拠不明なものが多くて今から見れば杜撰にすぎる。本書でも明らかにされているとおり、スティーヴンズ自ら贋作に手を染めたほどなのだから話にならない。

アイアランド少年が生まれた一七七〇年代とは、そうした時代だったのである。天才贋作者チャタトンが自殺をした一七七〇年、シェイクスピアの初期の作品ではないかとしてエリザベス朝の悲劇『ファヴァシャムのアーデン』が出版されたのも関係のない話ではない。みな、シェイクスピアの「新作」を見つけようと、やっきになっていたのだ。こうしたシェイクスピア熱は、シェイクスピアの時代から現代まで続いていると言えるだろう。

＊

シェイクスピア作でない「シェイクスピア作品」を贋作と呼ぶなら、シェイクスピアの贋作はシェイクスピアの時代からあった。「シェイクスピア外典」(Shakespeare Apocrypha) と呼ばれる作品群がそれである。すなわち、実際にシェイクスピアの時代に書かれた作品のうち、シェイクスピア作品と銘打たれたり、シェイクスピア作品ではないかと疑われたりしたことがあるが、専門家の鑑定によりシェイクスピア作と認められないものを指す。

シェイクスピアの外典とは？　正典とは？　という問題を掘り下げていくと、そもそもシェイクスピアの作であるということをどのように決めるのかという根本問題に立ち返らねばならない。アイアランド親子に騙された人たちも、そのあたりを学問的に考えるべきであった――のではあるが、これまた単純に解決のつく問題ではないところがややこしい。以下、この問題をできるだけわかりやすく整理してみる。

話を簡単にするために、白水社Uブックスの小田島雄志訳のシェイクスピア全三十七作品で考えることにしよう。現在これらをシェイクスピア作品と認める大きな基準となっているのは、シェイクスピアの最初の全集である第一・二折本《フォリオ》（一六二三）に掲載された作品であるということだ。そこに三十六作品が収められているのだが、『ペリクリーズ』だけが入っていない。『ペリクリーズ』は、第三・二折本（一六六四）に初めて収録されているのだ。しかし、この第三・二折本には『ペリクリーズ』と一緒に六つの新しい作品も収められている。その六作とは――

一、悲劇『ロクリーン』——初版本(一五九五)の表紙に「W・Sによって監修され、書き直された新版」とある。
二、『サー・ジョン・オールドカースル、第一部』——初版本(一六〇〇)の異本の表紙に「ウィリアム・シェイクスピア作」とある。
三、歴史劇『クロムウェル卿トマス』——初版本(一六〇二)の表紙に「W・S作」とある。
四、『ロンドンの放蕩児』——初版本(一六〇五)の表紙に「ウィリアム・シェイクスピア作」とある。
五、『ピューリタン』——初版本(一六〇七)の表紙に「W・S作」とある。
六、『ヨークシャーの悲劇』——初版本(一六〇八)の表紙に「W・シェイクスピア作」とある。
現在のシェイクスピア学では、『ペリクリーズ』はシェイクスピア作と認めるが、この六作は認めないことになっている。初版本を出版した書籍商が「シェイクスピア作」と嘘をついて売り上げを伸ばそうとしただけであり、内容から判断してシェイクスピアが書いたとは考えられないというのがその理由だ。そうした判断をどのように行なうかは複雑かつ微妙な問題であるが、少なくとも『サー・ジョン・オールドカースル』などは、「ヘンズローの日記」の一五九九年十月十六日の記載から、マンデイ、ドレイトン、ウィルソン、ハスウェイの共同執筆であったことがわかるので、初版本の表紙が当てにならないのは確かだ。

これら六作を含め、全十四作が、C・F・タッカー・ブルックが編んだ『シェイクスピア外典』(一九〇八)に収録されている。そのなかには、現在ではシェイクスピアの筆が入っていることが認められている『二人の貴公子』、『エドワード三世』、『サー・トマス・モア』も含まれている。このあたりの作者問題については、白水社刊の『二人の貴公子』と『エドワード三世』の翻訳などをご参照いただきたい。

タッカーが『シェイクスピア外典』のなかに含めなかった「贋作」もいくつかある。一六一一年版の表紙に「W. Sh. 作」とあり、一六二二年版には「ウィリアム・シェイクスピア作」と記された『ジョン王の乱世』や、一六三一年版にシェイクスピア作と記された『ジャジャ馬馴らし』(*The Taming of a Shrew*

——シェイクスピア作品はaではなくthe）がそれだ。出版登録で「シェイクスピア作」とされたものも含めれば、その数はさらに増えることになる。

こうした作品の作者問題をつきつめていくと、さまざまな手がかりを吟味したうえで最終的に重要なのは鑑識眼だということになる。他人の意見に惑わされずに、自分の判断力でものが言える専門家の眼が必要だということだ。『シェイクスピア贋作事件』が面白く読めるのも、そうした眼を持たない人たちの失態が笑えるからだろう。

よく、美術館で絵画を鑑賞する際に、絵画そのものではなく、絵画の脇についている「ラベル」や「解説」を読んで作品を理解した気になってしまうことがあるが、それは作品そのものを鑑賞しているのではなく、作品の受容体系をなぞっているにすぎないということが言われる。これは、表象文化論の主要な問題だが、そもそも芸術とは何かという大きな問題ともからんでくる。要するに、シェイクスピア作だからといってありがたがる人に、本当にシェイクスピア作のよさがわかるのだろうかということだ。

シェイクスピア作品の「真贋《しんがん》」を見抜くには、ハムレットの言う「心眼《しんがん》」を働かさなければならないのである。

訳者あとがき

本書『シェイクスピア贋作事件』(The Great Shakespeare Fraud——The Strange, True Story of William-Henry Ireland, Sutton Publishing, 2004)は、一七七七年にロンドンで生まれ一八三五年に五十九歳で死んだ、実在したシェイクスピア贋作者ウィリアム・ヘンリー・アイアランドの文字通り数奇な人生を、英国図書館所蔵の第一次資料と数多くの文献をもとにスリリングに描いた特異な評伝である。著者パトリシア・ピアスはカナダに生まれ、現在はロンドンに在住する歴史物の文筆家で、処女作『旧ロンドン橋』は、『サンデー・テレグラフ』、『タイム・アウト』などで高く評価された。

ろくな教育も受けていない十九になるやならずの若者が、何と古今独歩の文豪シェイクスピアの文書を多数贋作し、たとえ短いあいだではあれ、当時の文人、学者、政治家をものの見事に騙したというのは、今から思うと到底信じられないような話である。日本ならば、さしずめ芭蕉の贋作をしたのに当たるだろうか。

ウィリアム・ヘンリーは、二〇〇二年に出た『ブルーワー版・悪党、悪漢、変人辞典』に詐欺師扱いで収録されているが、著者ピアスは、ウィリアム・ヘンリーを決して「悪人」として扱ってはいない。息子を小ばかにしている父から感心されたい一心でシェイクスピアの贋作に手を染め、父を道連れに次第に破滅の淵にみずからを追いやって行く若者に、ピアスは温かい同情を寄せている。本書は、秀逸なヒューマン・ドキュメントであると同時に、「事実は小説より奇なり」というバイロンの言葉通りの評伝である。

ウィリアム・ヘンリー・アイアランドという人物はいまだに一種の魅力を失っていず、昨年も、イギリスの小説家で『チャタトン』の作者であるピーター・アクロイドが、彼を主人公にした小説『ロンドンのラム姉弟』を発表した。これは史実をかなり自由にフィクションにしたもので、ウィリアム・ヘンリーが例の『エリア随筆』の著者チャールズ・ラムと、精神を病む姉のメアリーと付き合い、悲劇的な結末に至るという作品である。

わが国では、ウィリアム・ヘンリー・アイアランドを初めて本格的に紹介したのは、大場建治著『シェイクスピアの贋作』（一九九五年、岩波書店）であろう。同書は、張り扇の音が聞こえてくるようなめりはりの利いた語り口の優れた評伝で、本書を訳出するうえで得るところが多かった。感謝したい。

文中のシェイクスピアからの引用は、特に断っていない短いものも含め、すべて坪内逍遙訳によった。また、コールリッジの処女詩集の題名『くさぐさの事を詠める』は、平田禿木の訳を借用した。

最後に、訳者の質問に懇切に答えて下さった原著者、早稲田大学教授アントニー・ニューエル氏、同ポール・スノードン氏、懇切な「解説」を書いて下さった東京大学助教授・河合祥一郎氏、本書の出版に尽力して下さった白水社の藤波健氏に厚く御礼申し上げる。

二〇〇五年八月

高儀進

訳者略歴
一九三五年生
早稲田大学大学院修士課程修了
現代英文学専攻
日本文藝家協会会員

主要訳書
D・ロッジ「大英博物館が倒れる」

「交換教授」

「どこまで行けるか」

「小さな世界」

「楽園ニュース」

「恋愛療法」

「胸にこたえる真実」

「考える・・・」

「作者を出せ！」

J・ランチェスター「フィリップ氏の普通の一日」

R・マーティン「ベートーヴェンの遺髪」

P・パーカー「越境」

M・フレイン「スパイたちの夏」

シェイクスピア贋作事件
ウィリアム・ヘンリー・アイランドの数奇な人生

二〇〇五年九月五日印刷
二〇〇五年九月二五日発行

訳者 © 高《たか》儀《ぎ》 進《すすむ》
発行者 川村雅之
印刷所 株式会社理想社
発行所 株式会社白水社

東京都千代田区神田小川町三の二四
電話 営業部〇三（三二九一）七八一一
編集部〇三（三二九一）七八二一
振替 〇〇一九〇-五-三三二二八
郵便番号一〇一-〇〇五二
http://www.hakusuisha.co.jp
乱丁・落丁本は、送料小社負担にてお取り替えいたします。

加瀬製本

ISBN4-560-02612-2

Printed in Japan

付録１　シェイクスピア文書

（「発見」の順。日付は「発見」のおよその日付）

最初の実験

⑴　小さなエリザベス朝の四つ折本の祈禱書の見開きの表紙の裏の紙が剝がれている個所に挿し込んだ、エリザベス女王への献辞を記した手紙（1794 年秋）。
⑵　購入したクロムウェルのテラコッタの頭像の後ろにくっついていた、クロムウェルからブラッドショーに宛てた短い文章を記した紙（1794 年秋）。

シェイクスピア文書

⑴　シェイクスピアとジョン・ヘミングがマイケル・フレイザーとその妻に宛てて書いた不動産賃貸借契約書（1794 年 12 月 2 日に父に話し、12 月 16 日に父に渡した）。
⑵　シェイクスピアからヘミングへの約束手形（1794 年 12 月末）。
⑶　ヘミングからシェイクスピアに宛てた ⑵ に関する受領証（1794 年 12 月末）。
⑷　シェイクスピアと俳優ジョン・ロウインとのあいだの金銭上の契約書（1795 年 1 月初旬）。
⑸　シェイクスピアと俳優ヘンリー・コンデルとのあいだの金銭上の契約書（1795 年 1 月初旬）。
⑹　シェイクスピアの顔のスケッチ（1795 年 1 月）。
⑺　シェイクスピアから俳優リチャード・カウリーに宛てた、⑹ のスケッチに言及した手紙（1795 年 1 月）。
⑻　バッサーニオとシャイロックの水彩画の肖像、両面（1795 年初頭）。
⑼　シェイクスピアからサウサンプトン伯への礼状（1795 年 1 月初旬）。
⑽　サウサンプトン伯からシェイクスピアへの返事（1795 年 1 月）。
⑾　シェイクスピアの「信仰告白」（1795 年 1 月）。
⑿　シェイクスピアとレスター。二通の短い手紙。
⒀　シェイクスピアからアン・ハサウェイへの手紙。
⒁　シェイクスピアからアン・ハサウェイに送った詩と彼の一房の髪。
⒂　エリザベス女王からシェイクスピアへの手紙（1795 年 2 月末）。
⒃　⒂ の手紙を保存してある旨をシェイクスピアが書いたもの。
⒄　『リア王』（サミュエルは『リア王』の四つ折本を 1795 年初頭に手に入れた。ウィリアム・ヘンリーはそれを元にただちに贋作を書き始め、1795 年 2 月初旬にサミュエルに渡した）。
⒅　『ハムブレット』、『ハムレット』の断片（1795 年 2 月）。
⒆　シェイクスピアからウィリアム・（ヘンリー・）アイアランドに宛てた贈与証書。

裏に、後者に対する感謝の詩。ウィリアム・(ヘンリー・) アイアランドの家の素描、説明付。アイアランド家とシェイクスピアの紋章。一つの文書 (1795年5月〜6月)。

(20) 『ヴォーティガン』(1795年1月にサミュエルに告げた「新しい劇」。6月に題が付く。最初から一度に一枚ずつ書かれ、サミュエルに渡された。1795年2月〜4月)。

(21) 『ヘンリー二世』(1795年12月初旬に「発見」。それ以前の10週間で書き上げられた)。

(22) ジョン・ヘミング宛の贈与証書 (1795年6月)。

以上のものに加え、シェイクスピアの劇の仕事に関する覚え書き、断片的文章、受領書がある。

付録2　サミュエル・アイアランドの出版物

（初版の発行年順）

A Picturesque Tour through Holland, Brabant, and Part of France Made in the Autumn of 1789 Illustrated with Copper Plates in Aqua Tinta From Drawings made on the Spot by Samuel Ireland, 2 vols, T. and I. Egerton, 1790; second edn（with additions）1795

Picturesque Views on the River Thames, from its source in Gloucestershire to the Nore; with Observations on the Public Buildings and other Works of Art in its Vicinity, 2 vols, T. Egerton, 1792, 1799; second edn 1800–02

Picturesque Views on the River Medway, from the Nore to the Vicinity of its Source in Sussex; with Observations on Public Buildings and other Works of Art in its Vicinity, London, T. and I. Egerton, 1793

Graphic Illustrations of Hogarth, from Pictures, Drawings, and Scarce Prints in the Possession of Samuel Ireland, author of this Work, 2 vols, R. Faulder and J. Egerton, 1794–99

Picturesque Views on the Upper, or Warwickshire, Avon, from its source at Naseby to its Junction with the Severn at Tewkesbury, with Observations on the Public Buildings and other Works of Art in its Vicinity, large and small format, R. Faulder, 1795

Miscellaneous Papers and Legal Instruments under the Hand and Seal of W. Shakespeare, including the Tragedy of King Lear and a Small Fragment of Hamlet, from the Original MSS in the Possession of Samuel Ireland of Norfolk Street [*and edited by him*], Egerton, White, Leigh and Sotheby, Robson, Faulder, Sael, 1796

Vortigern, a malevolent and impotent attack on the Shakespeare MSS, having appeared on the Eve of representation of the play Vortigern, etc [leaflet], 1796

Mr. Ireland's Vindication of his conduct respecting the Publication of the supposed Shakespeare MSS, being a preface or introduction to a reply to the critical labors of Mr. Malone, in his Enquiry into the authenticity of certain papers, etc., Faulder and Robson, Egerton, White, 1796

Picturesque Views on the River Wye From its source at Plinlimmon Hill, to its junction with the Severn below Chepstow. With Observations on the Public Buildings in its Vicinity, R. Faulder, 1797

An Investigation into Mr. Malone's Claim to be the Character of a scholar or critick; being an examination of his inquiry into the authenticity of the Shakspeare Manuscripts, etc., R. Faulder, 1798 [?]

Vortigern, an Historical Tragedy... and Henry II, an Historical Drama, supposed to be written by the author of Vortigern, edited by S. Ireland, J. Barker, 1799

サミュエルの死後に出版されたもの

Picturesque Views, an Historical Account of the Inns of Court in London and Westminster, R. Faulder and J. Egerton, 1800

Picturesque Views of the Severn; with historical and topographical illustrations by T. H. [*Thomas Harral*]*, the embellishments from designs of the late S. Ireland,* 2 vols, 1824

最近の復刊

Picturesque Views, an Historical Account of the Inns of Court in London and Westminster, London, R. Faulder and J. Egerton, 1800. A facsimile limited edition of 300 copies, Kudos & Godine, 1982

Addley, David, and Shally Hunt, *The Medway, sketches along the river, based on Samuel Ireland's 'Picturesque Views on the River Medway'* (*1793*), Foreword by Viscount De L'Isle, Chichester, Prospero, 1998

付録3　シェイクスピア文書以外のウィリアム・ヘンリーの出版物

1799年から1833年にかけてウィリアム・ヘンリー・アイアランドが少なくとも67点出版した本から抽出したもの、および、フランス語から英語に、英語からフランス語に翻訳した数多くの本の数点。（初版の発行年順）

An Authentic Account of the Shaksperian Manuscripts, &c., J. Debrett, 1796

Vortigern, an Historical Tragedy... and Henry II, an Historical Drama, supposed to be written by the author of Vortigern, edited by S. Ireland, J. Barker, 1799

The Abbess, a Romance, 4 vols, Earle and Hemet, 1799

Ballads in Imitation of the Antient [chiefly on historical subjects], T. N. Longman and O. Rees, 1801

Rimualdo. Les Brigands de l'Estremadure, ou l'Orphelin de la Foret (translation of Charles Desrosiers' *Rimualdo; or the Castle of Badajos,* 1800), 2 vols, 'from the English by W. H. Ireland', 1801 [?]; Paris, 1822, 1823

Mucius Scaevola; or, the Roman Patriot: an historical drama [in five acts and in verse] 'by the author of The Abbess, Rimualdo, Ballads, Poems, &c. &c.', R. Best and J. Badcock, 1801

A Ballade Wrotten [*sic*] *on the Feastynge and Merrimentes of Easter Maundy Laste Paste, whereinn is Dysplayed, the Noble Princes Comyne to Sayde Revelerie att Mansyonne Howse; as allso the Dudgeon of Master Mayre and Sherrives, togeder with Other Straunge Drolleries Enactedd Thereuppon,* pseudonym Paul Persius, a Learnedd Clerke and Monke of the Broderhood of the Black Fryers, R. Bent and J. Ginger, etc., 1802

Rhapsodies, 'by the author of the Shakesperian Mss', Longman and Rees, etc., 1803

The Woman of Feeling, pseudonym 'Paul Persius', 4 vols, William Miller & Diderot and Tibbert, 1804

The Angler, a Didactic Poem, pseudonym 'Charles Clifford', 1804

Bruno; or, the Sepulchural Summer, 1804

Gondez the Monk, a Romance of the Thirteenth Century, 4 vols, W. Earle and J. W. Hacklebridge, 1805

Effusions of Love from Chatelar to Mary, Queen of Scotland, translated from a Gallic Manuscript, in the Scotch College at Paris. Interspersed with Songs, Sonnets and notes explanatory, by the translator: To which is added Historical Fragments, Poetry and Remains of the Amours, of that unfortunate Princess, pseudonym 'Pierre de Boscosel de Chastelard' [all by W. H. Ireland], C. Chapple, 1805; London, B. Crosby& Co., 1808

The Confessions of William-Henry Ireland. Containing the Particulars of his Fabrication of the Shakspeare Manuscripts; Together with Anecdotes and Opinions (*hitherto unpublished*) *of Many Distinguished Persons in the Literary, Political and Theatrical World,* London, Thomas Goddard, 1805, 1872; New York, James Bouton, 1874, facsimile with a new introduction by Richard Grant White and additional facsimiles

Youth's Polar Star or, The Beacon of Science. Introductory address. The Editor to his Juvenile Patrons [12-page publication] No. 1, A. Park, *c.* 1805

Flagellum Flagellated, 1807

All the Blocks! or An Antidote to all the Talents, a satirical poem in three dialogues, pseudonym 'Flagellum', Mathews and Leigh, 1807, 1808

Stultifera Navis, or The Modern Ship of Fools, pseudonym 'H. C., Esq.', William Miller, 1807

The Catholic, or the Arts and deeds of the Popish Church, a Tale of English history, etc., J. Williams, 1807, 1826

The Fisher-Boy. A Poem, Comprising his Several Avocations during the Four Seasons of the Year [narrrative poems after the manner of Bloomfield], pseudonym: 'H. C. Esq.', Vernor, Hood & Sharpe, etc., 1808

Chalcographimania, or The Portrait-Collector and Printseller's Chronicle, with Infatuations of Every Description A Humorous Poem in Four Books with Copious Notes Explanitory, pseudonym 'Sartiricus Sculptor' (contributions by James Caulfield), attrib. to W. H. Ireland, assisted by Thomas Coram, B. Crosby & Co., 1808; R. S. Kirby, 1814

The Sailor-Boy. A poem. In four cantos. Illustrative of the navy of Great Britain (narrative poems after the manner of Bloomfield), pseudonym: 'H. C., Esq., author of "The Fisher-Boy"', Vernor, Hood & Sharpe, 1809; Sherwood, Neely & Jones, 1822

The Cottage-Girl. A Poem Comprising her Several Avocations during the Four Seasons of the Year, pseudonym 'H. C. Esq., author of "The Fisher-boy" and "Sailor Boy"', Longman, Hunt, Rees and Orme, 1809, 1810

The Cyprian of St Stephens, or, Princely protection illustrated; in a poetical flight to the Pierian Spring [a satire on the Duke of York and Miss Mary Anne Clarke. With a portrait of the latter], pseudonym 'Sam Satiricus' (that is 'W. Hobday'), Bath, John Browne, 1809

Elegiac Lines, 1810

The Pleasures of Temperance, York, 1810

The State Doctors, or A tale of the Times. A poem, in four cantos, pseudonym 'Cervantes', Sherwood, Neely & Jones, 1811

Monody on the death of the Duke from the Appendix of *Sketch of the Character of the late Duke of Devonshire* [*William Cavendish*] by the Right Hon. Sir Robert Adair, Bulmer & Co., 1811

A Poetic Epistolary Description of the City of York; Comprising an Account of the Procession and Entry of The Judges, at the present March Assizes [poem], pseudonym 'Lucas Lund', York, printed by Lucas Lund, 1811

The Poet's Soliloquy to His Chamber in York Castle, York, 1811

One Day in York Castle [poem], *York, 1811*

Neglected Genius; a Poem; Illustrating the Untimely and Unfortunate Fate of Many British Poets; from the Period of Henry the Eighth to the Aera of the Unfortunate Chatterton. Containing Immitations of their Different Styles, &c., &c. (also imitations of the Rowley Mss. and of Butler's *Hudibras*), 4 vols, George Cowie & Co., and Sherwood, Neely and Jones, etc., 1812

Jack Junk, or a cruise on shore. A Humorous Poem, pseudonym the author of "Sailor Boy", 1814

Scribbleomanus, or The Printer's Devil's Polychronicon. A Sublime Poem, pseudonym 'edited by Anser Pen-Drag-On, Esq.', Sherwood, Neeley and Jones, etc., 1815

France for the Last Seven Years; or, the Bourbons [an attack], G. and W. B. Whittaker, 1822

The Maid of Orleans (translation of Voltaire's *La Pucelle d'Orléans*). Translated into English verse and with notes by W. H. Ireland, 2 vols, John Miller, 1822. New translation by E. Dowson, 'corrected and augmented from the earlier English translation by W. H. Ireland, and the one attributed to Lady Charleville', the Lutetian Society, 1899

Henry Fielding's Proverbs, pseudonym 'Henry Fielding', 1822 (?)

The Napoleon Anecdotes, 1822

The Life of Napoleon Bonaparte, Late Emperor of the French, King of Italy, Protector of the Confederation of the Rhine, Mediator of the Confederation of Switzerland, &c., &c., embellished with anecdotal views of his battles, with coloured fold-out prints, engraved by Cruickshank, 4 vols, John Fairburn, 1823–28

An Attack on the Prince of Saxe-Cobourg, 1823

Memoir of the Duke of Rovigo (M. Savary), relative to the fatal catastrophe of the Duke of Enghein [the duc d'Enghien, a Bourbon prince, was executed by Napoleon], 'annotated by the translator William Henry Ireland', Paris, 1823; London, J. Fairburn, 1823

Memoir of a Young Greek Lady 'Madame Pauline Adelaide Alexandre Panam', against His Serene Highness the reigning Prince of Saxe-Cobourg by Victor E. P. Chasles, translated by W. H. Ireland, J. Fairburn, 1823

Memoirs of Henry the Great and of the Court of France during his reign, 2 vols, Harding, Triphook and Lepard 1824

The Universal Chronologist and Historical Register from the creation to the close of the year 1825, comprising the elements of General History from the French of M. St. Martin, with an elaborate continuation... pseudonym 'Henry Boyle', 2 vols, Sherwood, Gilbert and Piper, 1826

Shakespeariana: Catalogue of all the Books, Pamphlets, etc., relating to Shakespeare (anon), J. Fairburn, 1827

England's Topographer. Or a New and Complete History of the county of Kent from the earliest records to the present time. Including every modern improvement. Embellished with the series of views from original drawings by Geo. Shepherd, H. Gastineau, etc., with Historical, Topographical, Critical and Biograhical Delineations by W. H. Ireland [map and subscribers' list], 4 vols, Geo. Virtue, 1828–34

A reply to Sir Walter Scott's 'History of Napoleon' Louis [Bonaparte] King of Holland, afterwards Count de Saint Leu, translated from the French by W. H. Ireland, London, Thomas Burton, J. Ridgway, E. Wilson and H. Phillips, 1829; another edition: *Answer to Sir Walter Scott's 'History of Napoleon' by Louis Bonaparte, Count of St Leu, formerly King of Holland, Brother of the late Emperor, translated by W. H. Ireland',* 2nd edn, Thomas Burton, J. Ridgway, E. Wilson and H. Phillips, 1829

The Political Devil, 1830

Political squibs, or short, witty writings: 'The Poetical Devil', 'Reform', 'Britannia's Cat-o'Nine

Tails', 'Constitutional Parodie', 1830

Vortigern; an historical play; with an original Preface by W. H. Ireland [with a facsimile of a portion of the MSS], Joseph Thomas (first published 1799), 1832

Shakespeare Ireland's Seven Ages, 2 vols, Miller, *c*. 1830

Authentic Documents Relative to the Duke of Reichstadt and King of Rome [Napoleon Francis Charles Joseph, King of Rome, afterwards Duke of Reichstadt], collected by W. H. Ireland, 1832

The Great Illegitimates, or Public and Private Life of that Celebrated Actress, Miss Bland, otherwise Mrs Ford, or, Mrs Jordan, the late mistress of H. R. H. the D. of Clarence, now King William IV, Founder of the Fitzclarence family, by a confidential friend of the departed, 1832 [withdrawn after a few copies were sold]; *The Life of Mrs Jordan* [A reprint with excisions, anonymous, not illustrated], J. Duncombe, 1886

The Picturesque Beauties of Devonshire… A series of engravings by G. B. Campion, T. Bartlett, with topographical and historical notices, G. Virtue, 1833

W・H・アイアランドによる「中世」の贋作

Bartholomeus de proprietatibus, etc., pseudonym 'Anglicus Bartholomeus', 'Thomae Beriheleti', 'Londini, 1535'. (Place and year of publication unknown.)

Th' Overthrow of Stage-Playes, by the way of controversie betwixt D. Gager and D. Rainoldes, wherein all the reasons that can be had for them are notably refuted [by the latter]…, pseudonym 'John Rainoldes', wherein all the reasons that can be made for them are notably refuted [by the latter]… etc. Middleburgh, 1599, 1600. (Place and year of publication unknown.)

W・H・アイアランドの死後に出版されたもの

Rizzo, or Scenes in Europe during the Sixteenth Century, 3 vols, edited by G. P. R. James from W. H. Ireland's manuscript, 1849, 1859

未発表作品の例

彼は以下のもの以外に少なくとも23点の未発表作品を遺した。その中には3つの劇，数篇の小説，数多くの詩，1篇の諷刺詩が含まれる。

'The Divill and Rychard', a mystery play', '1405', written 1795 (BL Addit. MSS 30348)
'Byronno, Don Juan, the second canto'
'Robin Hood', an opera
'Flitch of Bacon'

最近の出版物

A Treasury of Kent Prints. A series of views from original drawings by G. Shepherd, H. Gastineau &c., &c., contained in W. H. Ireland 'A New and Complete History of the country of Kent', 1828–1831, Sheerness, Arthur J. Cassell, 1972

The Confessions of William-Henry Ireland. Containing the Particulars of his Fabrication of the Shakspeare Manuscripts in, facsimile, Elibron Classics elica Edition, Adament Media Corporation: www.elibron.com

付録４　ウィリアム・ヘンリーの宣誓

（『弁明』より。11～12頁　執筆された当時は未発表）

1795年11月10日

私が事務所の部屋にいるとトールボットがやってきて、シェイクスピアの署名のある一枚の証書を私に見せました。私は非常に驚き、父はそれを見ることができれば非常に喜ぶだろうと言いました。するとトールボットは、きみが見せてもいいと言いました。私は二日間、そうはしませんでした。すると、二日が経った時、トールボットはそれを私にくれました。私は、それをどこで見つけたのか知ろうと、しつこく訊きました。二、三日過ぎてから、彼は私を当人に紹介してくれました。彼は私と一緒に当人の部屋にいましたが、何かを探そうとは、ほとんどしませんでした。私は二番目と三番目の証書と、二、三の、ばらばらの文書を見つけました。また、当人のものであるのがわかった所有地の証書も見つけました。当人はその時、その証書のことは知りませんでした。それを見つけた結果、当人は私たちに、シェイクスピアに関するどんな証書も、どんな紙片も自分たちのものにしてよいと言いました。町［「H氏」の家の部屋］では上述のもの以外、ほとんど何も見つかりませんでしたが、ほかのものは田舎［の家］で見つかったのです。文書類は何年も前にロンドンから移されたので。

S・W・H・アイアランド

付録５　サミュエル・アイアランドに対するモンタギュー・トールボットの宣誓

（『弁明』より、12～16頁）

1795年11月25日、カーマーゼン
前略

見つかったそれらのものを所有していた紳士は、私の友人でした。そして、私がご子息のサミュエル［ウィリアム・ヘンリー］を友人に紹介しました。ある朝、友人の家の戸棚の中にある、証書、本等から成る古いガラクタを単なる好奇心から掻き回していると、ウィリアム・シェイクスピアという署名のある一枚の証書が見つかりました。そこで、その一部を読んでみる気になりました。そして、「ストラットフォード・オン・エイヴォン」という言葉を読んで、それが有名な「イギリスの詩聖」であるのを確信しました。友人（これからはH―氏と呼びます）の許しを得て、私はその証書をサミュエル［ウィリアム・ヘンリー］のところに持って行きました。彼とあなたがその著者の作品に、あるいはその著者が持っていたどんなつまらないものにでも、いかに夢中であるかを知っていたからです。私は友人のサミュエル［ウィリアム・ヘンリー］が、私の渡したものにちょっと嬉しがるだろうとは予期していましたが、彼がその際にあれほど喜ぶとは思っていませんでした。彼は私に、シェイクスピアの自筆のものは、驚くなかれ、ドクターズ・コモンズ（訳注・ロンドンにあった民法博士会館）にある証書あるいは遺言書の署名以外何も知られていないと言いました。そして、私が話したガラクタの中に、そうした遺物が何かあるかどうか見たいので、「H―氏」の家に連れて行ってくれと私にせがみました。私は即座に、その要求に応じました。それが、サミュエル［ウィリアム・ヘンリー］を紹介した最初です。私たちは数日続けて午前中、さまざまな書類や証書を調べて数時間を費やしました。その大半は無用の、興味を惹かぬものでした。しかし、私たちの努力は、シェイクスピアに関連する、さらにいくつかのものを見つけることによって報われました。それらのものを、私たちはHの許可を得て持ち去りました。ついに私たちは、非常に幸運なことに、われらが友人が財産上関係している、ある証書を発見したのです。長いあいだ訴訟の対象だった所有地が、その証書でHのものであるのが明白に証明されたのです。今や彼は、その礼として、きみとアイアランド氏がガラクタの中で何を見つけようと、それはきみたちのものだと言いました（つまり、私たちが、シェイクスピアのものであるので貴ぶはずの品物という意味です)。H氏は私がロンドンを発つ直前に、自分が、そうした文書の持ち主であることを決して他言しないようにと私たちに厳命しました。私はサム［ウィリアム・ヘンリー］が調査を完全に終えるまで、その問題についてほとんど何も口にされないほうがよいとは思いましたが、調査が終了しても、なぜH氏がなおも自分の名前を秘しておきたがるのかわかりませんでした。それは馬鹿げたことと思い、その理由を教えてくれるように頼みましたが、彼を説得することはできませんでした。もっとも、彼がふと洩らしたちょっとした言葉から、彼の先祖の一人が芝居の世界においてシェイクスピアの同時代人だったと、つい

に信じるに至りましたが。また、Hは世間にやや知られた人物で、かつ上流階級に属しているので、そうした状況がおおやけになるのを望まないのではないかとも信じるに至りました。その推測には、すぐにおわかりになることですが、十分な根拠がありました。私はダブリンにいるあいだに、サム［ウィリアム・ヘンリー］がヴォーティガンとロウィーナの劇、『リア王』の自筆原稿等々を発見したことを聞き、大変に喜び、かつ驚きました。私は詳細がどうしても聞きたいと思いました。そして、もっぱらその目的のために先頃ロンドンを訪れたのです。Hは、かねがね思っていた通りの人物、すなわち厳しく名誉を重んずる人物で、私たちが例の証書を見つけた結果、私たちにした約束を喜んで忠実に守る人物であるのがわかりました。その約束を守ってくれたので、彼は世に非常に多くのものを遺すことになったのです。さて、今、Hが一切を秘密にしている理由を説明致しましょう。あなたが目下の事情を世間にいくらか説明したいと思っておられるので、また、そうした説明が必要であると私におっしゃっておられるので、私は彼の名前と、住所と、例の文書を発見するに至った経緯を世間に明かさせてくれるよう改めて彼に頼みましたが、無駄でした。以前私は、真相を隠している愚を、私が去る一月にロンドンを発つ直前に彼自身が戸棚の中で見つけた贈与証書を取り出した際に全力で証明しようとしました。その証書は、それまで見たことがありませんでした。その証書によってウィリアム・シェイクスピアは、ジョン—（彼は、われらの友人Hの先祖であったらしいのです）に、上の部屋にあるすべての品物を譲ったのです。それらの品物とは、家具、カップ、細密画一点その他多くのものでした。しかし、その細密画（最近見つかったもので、シェイクスピアその人に似ていました）と文書を除いて、シェイクスピアの手元には、そのうちのごく少数しか残っていませんでした。残念ながら、ほかのものの行方は突き止められていません。また、多くの貴重な文書は失われたか、破棄されたかだと思われています。というのも、全部のガラクタが、ともかくも尊重されたり、最下層の召使の手から守られたりしたという記憶が家の者にまったくないからです。数週間前にあなたとお別れした際、Hは、上述の贈与証書が、まず譲受人の名前を消去し切り取ったうえで、あなたに送られることを私に約束しました。このような事情をお話しした際に、私が何も省略しなかったのならよいと思います。この説明であなたは、くだらない好奇心からもっと知りたがる多くの者をすっかり満足させることができないかもしれませんが、心の広い者は、私は確信していますが、隠すべき事柄、隠すべき［ではない］事柄を言わずにいる正当な理由をあなたが持っていることを認めるでしょう。「ヴォーティガンとロウィーナ」を一冊お送り下さることを心からお願い申し上げます。ご都合のつき次第、上演する際に省略すべき個所を余白にできるだけ早く書き入れて。

M・トールボット

S・アイアランド様

付録6　ウィリアム・ヘンリーの声明と、「H氏」のところにある「シェイクスピア関連の品物」の一覧表

（『弁明』より、35 ～ 37 頁）

文書が現われた時期、文書の所有者で文書の発見者である紳士の名前、それがどこで、どんなふうに発見されたかの経緯について皆様にお知らせする予定です。まだ発表されていない文書の目録は私の父が持っております。父はそれをお見せするかもしれません、また、それについて私がご説明することになるでしょう。

S・W・H・アイアランド

［サミュエルは、上記の文はトールボット氏の声明と一致しないと述べている。］

1796 年 1 月 10 日の時点での一覧表

［彼は、実際に見たと自分で言っているものには＊の印を付け、間もなく父に渡すと言っている。］

＊　シェイクスピアの自筆原稿の劇『リチャード二世』
＊　劇『ヘンリー二世』
＊　劇『ヘンリー五世』
＊　『ジョン王』の六十二葉
＊　『オセロ』の四十九葉
＊　『リチャード三世』の三十七葉
＊　『アテネのタイモン』の三十七葉
＊　『ヘンリー四世』の十四葉
＊　『ジュリアス・シーザー』の七葉
＊　彼［シェイクスピア］の自筆原稿にある彼の本のカタログ
＊　彼がベンジャミン・キールとジョン・ヘミングと一緒にカーテン座の共同出資者になった時の証書
＊　羊皮紙に描かれたグローブ座の素描二葉
＊　エリザベス女王に捧げられた詩
＊　サー・フランシス・ドレイクに捧げられた詩
＊　サー・ウォルター・ローリーに捧げられた詩
＊　銀の台に嵌め込まれたシェイクスピアの細密画
　　彼の自筆注釈のあるチョーサー
　　彼の自筆注釈のある、エリザベス女王に関する本
　　彼の自筆注釈のある『ユーフェイーズ』
　　彼の自筆注釈のある聖書
　　彼の自筆注釈のあるバッチャス（訳注・ウィリアム・ヘンリーがでっち上げた架空

の文人）作品集
彼の自筆注釈のあるバークレーの『愚者の船』
彼の自筆注釈のあるホリンシェッドの『年代記』
彼［シェイクスピア］自身の手になる短い自伝
彼［シェイクスピア］を描いたとされる等身大の油彩肖像画

付録7　ウィリアム・ヘンリーの自発的宣誓証言

（治安判事に提出するつもりで捺印された紙に書かれたが、宣誓もされず公表もされなかった。その代わり、オールバニー・ウォリスが書いた新聞広告のほうが適切と判断された［付録6を参照のこと］。）

（『弁明』より、28～29頁）

本供述人、ミドルセックス州、聖クレメント・デインズ教会教区にあるノーフォーク街に居住する紳士、サミュエル・ウィリアム・ヘンリー・アイアランドは、1794年12月16日以降、前述のノーフォーク街居住の父サミュエル・アイアランドの家に、Wm・シェイクスピア他によって署名され書かれたと思われるいくつかの証書と自筆原稿を数度にわたり預けたことを自発的に宣誓する。さらに本供述人は、本供述人の父の家で目下公開されている証書および自筆原稿は、本供述人が前述のように預けたものと同一のものであることを誓約し約束する。前述の証書と自筆原稿が原物であるか否かに関して幾度か論議が交わされているにもかかわらず。また、前述のミドルセックス州にある聖メアリー=ル=ボーン教会の教区内のクイーン・アン街東に居住するエドモンド・マローンが、自分は前述の文書と自筆原稿は贋作であるのを発見したという意味の主張を公式に宣伝したにもかかわらず、あるいは宣伝させたにもかかわらず。その主張は、本供述人の父の評判を傷つける傾きがあろう。今、本供述人は、彼すなわち本供述人の父、上述のサミュエル・アイアランドも、サミュエル・アイアランドの家族の誰も、本供述人以外、本供述人が前述の証書あるいは自筆原稿あるいはその一部を所有するに至った経緯あるいはそれに関する状況あるいは事情について何も知らないことを誓う。

S・W・H・アイアランド

1796年3月――日のこの日、私［立会人］の前にて宣誓さる

付録８　モンタギュー・トールボットからサミュエル・アイアランドに宛てた手紙

（『弁明』より、32～34頁）

1796年4月15日、ダブリン

アイアランド氏が立たされている不運な苦境に心から同情しておりますので、私の名誉と誓い［彼がウィリアム・ヘンリーにした約束］に背かずに、全力を挙げて氏をその苦境から救わねばなりません。それゆえ、これから私が申し出ることを、ほかの案を私に押しつけることなしに間違いなく受け入れて頂きたいのです。なぜなら、私がほかの案を拒否するのはすでに決まっているからです。秘密を守ることによって、たとえ命を落とそうとも。私はサム［ウィリアム・ヘンリー］と一緒に次のような内容の供述書を作成します。「アイアランド氏は、氏がものしたとされている贋作について何の関わりもない。氏は、世間一般の人間同様、文書の発見にも関知していない。氏は、それを出版したに過ぎない。そして、文書に関する秘密はサムと私と第三の人物しか知らず、アイアランド氏は、その第三の人物の知り合いではない」。

もし、この供述書を作成し公表することがアイアランド氏を救うのに役立つならば、サム［ウィリアム・ヘンリー］と私は敢然と進み出る用意があります。

私見を敢えて申せば、私は依然として、文書は本物であり、ヴォーティガンはシェイクスピアの劇作の最初の試みではないかと思っております。

劇のヘンリー二世もヴォーティガンの原稿も、また、それに関連する何物も私は見たことがありません。私は、ヴォーティガンの原稿をシェリダン氏が手にしたずっとあとになってからロンドンに行ったのです。したがって私は、それらの出所は私が最初にロンドンを去る前に見たいくつかの原稿の出所と同じであるという、ほかの者の言葉を真実として受け入れざるを得ません。

アイアランド氏は二人の立派な紳士にあらゆる事情を話し、原稿が真正のものであるのを世間に断言してもらうという氏の案に関して私の意見を求めました。

それは、私たちの約束と誓いに背くことになるでしょう。

M・トールボット

（『弁明』より、38～39頁）

1796年9月16日、コーク

前略

あなたのこの前のお手紙に、もっと早くご返事をすべきでした、また、お約束した供述書をお送りすべきでした、もし、あれからしばらくして私が書い手紙に対するご子息からの返事を手にすることができていましたなら。

と申しますのも、ご子息の賛同が得られなければ、たとえご子息がそうしたことに加わらないとしても、何であれ何かの手段を講ずる権利は自分にはないと考えたからです。

あなたが遭遇しておられるであろう困難な状況からあなたをお救いするために、私は自分にできるすべてのことをするつもりでおります。そして、ご子息から何の連絡もありませんので、自分がご子息と親しいという事実と、原稿の謎に関する自分自身の知識にもとづき、あなたには世間の人間を誤解させ欺く意図は何もなかったという内容の供述書を単独で作るつもりでおります。

罪なく苦しんでおられるあなたを守るために敢然と進み出るのは私の最大の喜びであるということをお請け合いするのをお許し下さい。

M・トールボット

付録9 「シェイクスピア文書」のための広告（ウィリアム・ヘンリーに代わってオールバニー・ウォリスが書いたもの）

（『弁明』より、30～31頁）

シェイクスピア自筆原稿

父の名誉のために、また、シェイクスピアの自筆原稿として父によって出版された文書に関して父が罪もなく蒙っている非難を一掃するために、私はここに、それらの文書は、シェイクスピアの真作として私によって父に渡されたものであるということ、また、それらの出所と、それらを巡る事情に関して、私が父に話したこと、および父が刊行した本の序文で言明していること以外、父はまったく何も知らなかったし、今も知らないということを厳粛に宣言する。それらは、父の私に対する信頼の念と私の確言にもとづいた、それらの真正に対する固い信念と確信をもって世に問われた。このことは、将来のある時期に、それらが得られた手段を明かすのが適切であると判断された時に、さらに確固としたものになるであろう。

S・W・H・アイアランド二世

証人
オールバニー・ウォリス
トマス・トラウデイル（ウォリス氏およびトロワード氏の事務員）
ノーフォーク街
1796年5月24日

原 注

贋作の「シェイクスピア文書」からの引用は、すべて『雑纂』による（英国図書館、追加原稿 30350）。

第一章

⑴ 『タウン・アンド・カントリー・マガジン』、1769 年 9 月、Ⅰ、477 頁。
⑵ ボイデル、ジョン、『シェイクスピア画廊』、口絵の反対側。
⑶ グリバニエ、B、『シェイクスピア大贋造』（クロフトによって再録されたニュートン夫人からの手紙）、67 頁。

第二章

⑴ アイアランド、W・H、『シェイクスピア自筆原稿等に関する真相』、ロンドン、J・デブレット、1796 年、マローンの覚え書き、1 頁。
⑵ グリバニエ、『シェイクスピア大贋造』、51 頁。
⑶ 同書、42 頁。
⑷ アイアランド、W・H、『ウィリアム・ヘンリー・アイアランドの告白。彼のシェイクスピア自筆原稿の偽造の詳細に関して。多くの文学界、政界、演劇界の傑出した人物の挿話と意見（これまで未発表）を含む』、ロンドン、トマス・ゴダード、1805 年、1872 年、3 頁。
⑸ 同書、2 頁。
⑹ アイアランド、S、『1789 年の秋にしたオランダ、ブラバント、フランスの一部の探勝の旅、サミュエル・アイアランドによって現地で描かれた素描を腐食銅版画にした挿絵入り』、2 巻本、ロンドン、T および I・エジャトン、1790 年、130 頁。
⑺ アイアランド、W・H、『告白』、5 頁。
⑻ 同書、6 頁。
⑼ アイアランド、S、『ホガース画集、本書の著者、サミュエル・アイアランド所有の油彩、素描、稀覯本より』2 巻本、ロンドン、R・フォールダーおよびエジャトン、1794 年～ 99 年、序文、ix 頁。

第三章

⑴ アイアランド、W・H、『告白』、45 頁。
⑵ アイアランド、W・H、『ヴォーティガン――歴史劇、W・H による元の序文付［原稿の一部の複製付］、ロンドン、ジョーゼフ・トマス（1799 年初版）、1832 年、序文、ii 頁。
⑶ アイアランド、W・H、『告白』、7 ～ 8 頁。

(4) 同書、19頁。
(5) アイアランド、S、『エイヴォン川……景観』、186頁。
(6) アイアランド、W・H、『告白』、20頁。
(7) 同書、21頁。
(8) アイアランド、S、『エイヴォン川……景観』、211頁。
(9) ウィーラー著『ストラットフォード=アポン=エイヴォン案内』、1814年。
(10) アイアランド、S、『エイヴォン川……景観』、11頁。
(11) アイアランド、W・H、『告白』、31頁。
(12) アイアランド、S、『エイヴォン川……景観』、20頁。
(13) 「メディアにおける歴史」、『ヒストリー・トゥデイ』、2003年2月、10頁。
(14) アイアランド、W・H、『告白』、19頁。
(15) 同書、37～38頁。
(16) 同書、39～40頁。

第四章

(1) アイアランド、W・H、『告白』、50～51頁。
(2) 同書、52～53頁。
(3) 同書、70～71頁。
(4) 同書、40頁。
(5) 同書、181～182頁。
(6) 同書、48頁。
(7) 同書、33～34頁。
(8) 同書、56～61頁。
(9) 同書、67頁。
(10) 同書、68頁。
(11) 同書、61～62頁。
(12) 同書、69頁。
(13) メア、ジョン、『四人目の贋作者』、66頁。
(14) アイアランド、W・H、『告白』、62頁。

第五章

(1) アイアランド、W・H、『告白』、202頁。
(2) 同書、202頁。
(3) 同書、121～122頁。
(4) 同書、99～100頁。
(5) 同書、98頁。
(6) 同書、197頁。
(7) マローン、エドモンド、『1795年12月14日に出版された、「シェイクスピア、エ

リザベス女王、サウサンプトン伯ヘンリーのものとされている雑纂および法律文書、当該貴族と女王陛下の真筆の複写入り……」の真正に関する調査報告』、T・キャデルおよびW・T・デイヴィス、1796年、19頁。

(8) アイアランド、W・H、『告白』、122～123頁。
(9) 英国図書館、追加原稿30350。
(10) アイアランド、W・H、『告白』、73頁。
(11) アイアランド、W・H、同書、109頁。
(12) 同書。110～111頁。

第六章

(1) アイアランド、W・H、『告白』、280頁。
(2) ヘンリー八世とエリザベス一世の治世には、国璽は羊皮紙からではなくリボンから下がっていた。
(3) アイアランド、W・H、『告白』、84頁。
(4) 英国図書館、追加原稿、30346。
(5) 同。
(6) グリバニエ、B、『シェイクスピア大贋造』、124頁。
(7) アイアランド、W・H、『告白』、115頁。
(8) メア、J、『四人目の贋作者』、46頁および『リア王』、第二幕第三場。
(9) アイアランド、W・H、『告白』、117～118頁。
(10) メア、J、『四人目の贋作者』、48頁。
(11) アイアランド、W・H、『告白』、118頁。
(12) 同書、119頁。
(13) 英国図書館、追加原稿30346。
(14) 同。
(15) 同。
(16) アイアランド、W・H、『告白』、184頁。
(17) 同書、185頁。
(18) 英国図書館、追加原稿30346。
(19) アイアランド、S、『エイヴォン川……景観』、序文。

第七章

(1) アイアランド、W・H、『告白』、77頁。
(2) 同書、96頁。
(3) 英国図書館、追加原稿30349。
(4) 英国図書館、追加原稿30346。
(5) メア、J、『四人目の贋作者』、66頁、脚注。
(6) アイアランド、W・H、『告白』、277頁。

(7) 同書、235頁。
(8) メア、J、『四人目の贋作者』、94頁。
(9) 英国図書館、追加原稿30346。
(10) 同。

第八章

(1) アイアランド、W・H、『告白』、126頁。
(2) 同書、138～139頁。
(3) 同書、129頁。
(4) アイアランド、S、『ウィリアム・シェイクスピアの雑纂および署名と印章のある法律文書、自筆原稿からの悲劇「リア王」と「ハムレット」の断片を含む、所有者［および編纂者］ノーフォーク街居住サミュエル・アイアランド』、エジャトン、ホワイト、リー、サザビー、ロブソン、フォールダー、セイル、1796年、序文、1～2頁。
(5) 同書、序文、4頁。
(6) ボウデン、ジェイムズ、『ジョージ・スティーヴンズ氏への手紙、サミュエル・アイアランド氏出版のシェイクスピア自筆原稿の批判的検証を含む。〈ヴォーティガン〉の抜粋付』（ジョージ・スティーヴンズによる自筆注釈）、第2版、マーティンおよびベイン、1796年、4～5頁。
(7) アイアランド、S、『弁明』、40頁。
(8) メア、J、『四人目の贋作者』、137～138頁。
(9) 英国図書館、追加原稿30349。
(10) グリバニエ、B、『シェイクスピア大贋造』、194～195頁。
(11) ボウデン、J、『ジョージ・スティーヴンズ氏への手紙』、2頁。
(12) ワイアット、マシュー、『シェイクスピア自筆原稿に関する1795年2月、3月、4月のジェイムズ・ボウデン氏（『オラクル』編集長）の意見と、1796年2月のジェイムズ・ボウデン氏（『フォンテンヴィルの森』および『ジョージ・スティーヴンズ氏への手紙』の著者）の見解の比較検討、筆名「一貫性の友」著』、G・セイル、1796年およびメア、14頁。
(13) ウェッブ、『アイアランド氏の所有するシェイクスピア自筆原稿吟味』、13頁。
(14) 同書、21頁。
(15) 同書、25頁。

第九章

(1) メア、J、『四人目の贋作者』、63頁。
(2) グリバニエ、B、『シェイクスピア大贋造』、139頁。
(3) メア、J、『四人目の贋作者』、72頁。
(4) アイアランド、W・H、『告白』、227頁。

(5) 英国図書館、追加原稿 30348。
(6) 同。
(7) 英国図書館、追加原稿 30349。
(8) アイアランド、S、『弁明』、41 頁。
(9) 同書、42 頁。
(10) マローン、E、『調査報告』、7 頁。
(11) 同書、29 頁。
(12) 同書、71 頁。
(13) 同書、33 ～ 34 頁。
(14) 同書、126 頁。
(15) 同書、162 頁。
(16) 同書、164 頁。
(17) 同書、301 頁。
(18) 同書、29 頁。
(19) 同書、289 頁。
(20) 同書、352 ～ 353 頁。
(21) アイアランド、W・H、『告白』、158 頁。

第十章

(1) 英国図書館、追加原稿 30346。
(2) 同。
(3) 同。
(4) 同。
(5) 同。
(6) 英国図書館、追加原稿 30348。
(7) 英国図書館、追加原稿 30346。
(8) メア、J、『四人目の贋作者』、212 頁。
(9) アイアランド、W・H、『告白』、8 頁。
(10) 英国図書館、追加原稿 30348。
(11) 同。
(12) 英国図書館、追加原稿 30348。
(13) アイアランド、W・H、『告白』、15 ～ 16 頁。

第十一章

(1) 英国図書館、追加原稿 30346。
(2) 同。
(3) アイアランド、W・H、『シェイクスピア自筆原稿等の真相』、43 頁。
(4) アイアランド、S、『弁明』、40 頁。

⑸ シェーンボーム、サミュエル、『シェイクスピア伝さまざま』、第2版、オックスフォード大学出版局、1993年、165頁。
⑹ 英国図書館、追加原稿30346。
⑺ メア、J、『四人目の贋作者』、227頁。
⑻ 英国図書館、追加原稿30346。
⑼ アイアランド、W・H、『尼僧院長』、序文、i～xii頁。
⑽ アイアランド、S、『景観、ロンドンおよびウェストミンスターの法学院の歴史的説明付』、ロンドン、R・フォールダーおよびJ・エジャトン、1800年、序文、x頁。
⑾ レイサン博士、ジョン、『糖尿病に関する事実と見解』、ロンドン、ジョン・マリー、1811年。エディンバラ、ブラックウッド、ブラウン・アンド・クロンビー、1811年、175～176頁。

第十二章

⑴ アイアランド、W・H、『告白』、序文。
⑵ 『英国人名辞典』の「サミュエル・アイアランド」の項。そこに引用されている、リチーからリチャード・ガーネットに宛てた自筆の手紙（1811年11月）。
⑶ アイアランド、W・H、『ナポレオン伝』、第2巻、表題紙。
⑷ 同書、第3巻、259頁、脚注。
⑸ 同書、第4巻、序文、viii頁。
⑹ アイアランド、W・H、『ヴォーティガン』、1832年版、序文、xii頁。
⑺ 同書、序文、i頁。
⑻ アイアランド、W・H、『告白』、316頁。
⑼ 『ヒストリー・トゥデイ』、第53巻⑷、2003年4月、4頁。『プロスペクト』、2003年3月、ダンカン・ファロウェル「横顔、ヒュー・トレヴァー=ローパー」。
⑽ アイアランド、W・H、『告白』、315頁。

参考書目

刊行場所は断りのない限りロンドン。他の「付録」も参照のこと。

英国図書館所蔵原稿

Addit. Mss 30346: Samuel's hand-written record of events.

Correspondence between Samuel Ireland and William-Henry Ireland, Samuel and Mr H., Samuel and Montague Talbot, Mrs Freeman and Talbot, Samuel and Albany Wallis, Prologues to *Vortigern,* and so on. Correspondence purchased by the British Museum in 1877.

Addit. Mss 30347: Remnants of seals, a piece of thread from the tapestry used to tie forged documents together, facsimiles of signatures, Samuel Ireland's list of books and their value and money given to his son; copy of record of William-Henry's marriage; some correspondence; ticket to view Exhibition of Shakespeare Papers at Norfolk Street; Gillray's caricature; poem 'The Fourth Forger' ; John Jordan letter, Samuel and his lawyer Mr Tidd correspondence, William-Henry's *Authentic Account, Samuel's Vindication; Prospectus for Miscellaneous Papers;* and other original and printed material.

Addit. Mss 30348: Correspondence regarding *Vortigern* between Samuel Ireland and R. B. Sheridan, John Kemble, John Byng, Sir Isaac Heard, J. Linley, Mr Stokes-the Drury Lane secretary, Herbert Croft, and others regarding the events leading up to the stage production of *Vortigern, Vortigern* handbill, the reaction to the performance, numbers attending, monies earned. Samuel Ireland's pre-performance 'Vortigern' handbill. Prologues to *Vortigern,* Notes from those who wished to, could or could not attend the Exhibition of the Shakespeare Papers at Norfolk Street, William-Henry's unpublished mystery play, 'The Divill and Rechard', and other papers.

Addit. Mss 30349: Press cuttings relating to the Shakespeare Papers, especially the build-up to *Vortigern.*

Addit. Mss 30350: Large-format volume *Miscellanous Papers.*

Addit. Mss 37831: William-Henry's letter to Kemble, two pages from Lear, drawing by Samuel, Samuel's correspondence with Mr Tidd, illustration of 'waterjug' paper mark, article from *Cobbett's Register after Samuel's death.*

Addit. Mss. 12052: *Henry II* facsimile made by William-Henry Ireland after the exposure, as a means of earning money.

Addit. Mss. 27466: Volume *Mary Doggett's Book of Recipes,* 1602, from William-Henry's library. (She was the wife of the player Doggett, who founded Doggett's Coat and Badge.)

There are other relevant MSS at the British Library giving samples of the forged signatures, among other things.

本

Anonymous, *Precious Relics; or the tragedy of Vortigern rehears'd. A dramatic piece in two acts* [*and in prose*] *written in immitation of the critic* with a facsimile of a portion of the manuscript affixed [a satire on the play of that name attributed to Shakespeare by S. Ireland], 1796

Boaden, James, *A Letter to George Steevens, Esq. containing an Examination of the Shakespeare MSS; published by Mr. Samuel Ireland to which are added Extracts from 'Vortigern'* (Ms. notes by George Steevens), 2 edns, Martin and Bain, 1796

Bodde, Derk, *Shakspeare and the Ireland Forgeries,* Harvard Honours Theses in English, Number 2, Harvard University Press; Oxford University Press, 1930

Books and Authors: Curious Facts and Characteristic Sketches from Nimmo's Series of Commonplace Books (and press cuttings related to forgeries), Edinburgh, W. P. Nimmo, 1861, 1868, 1869

Boydell, John, *The Shakespeare Gallery: A Reproduction Commemorative of the Tercentenary Anniversary,* London and New York, George Routledge and Sons, 1803, 1867

Chalmers, George, *An Apology for the Believers in the Shakespeare-papers which were exhibited in Norfolk Street,* Thomas Egerton, 1797

——, [pseudonym 'Junius'] *A Supplemental Apology for the Believers in the Shakespeare Papers Being a Reply to Mr. Malone's Answer which was early announced but never published with a Dedication to George Steevens F. R. S. S. A. the Author of the Pursuit of Literature and a postscript to T. T. Mathias, F. R. S. S. A.,* Thomas Egerton, 1799, 1800

Dudley, Sir Henry Bate and Lady Mary Dudley, *Passages selected by distinguished personages on the great literary trial of Vortigern and Rowena; a comic-tragedy. 'Whether it be–or be not from the immortal pen of Shakespeare?'* [A satire on leading characters of the day, in a series of passages professing to be quotations from Ireland's play] *; dedication signed 'Ralph Register', with a facsimile of a portion of the manuscript prefixed, 2 vols, 5 edns, J. Ridgway, 1796–1807.* (*Originally appeared from time to time in the Morning Herald*).

Feaver, William (Introduction and commentary), *Masters of Caricature from Hogarth and Gillray to Scarfe and Levine,* Weidenfeld & Nicolson, 1981

Grebanier, Bernard David N., *The Great Shakespeare Forgery, a new look at the career of William Henry Ireland,* Heinemann, 1966

Harazti, Zolán, *The Shakespeare Forgeries of William Henry Ireland, the Story of a Famous Literary Forgery.* Reprinted from Moree Books, the collection of the Boston Pubic Library, 1934

Hardinge, George, *Chalmeriana: or, a collection of papers, literary and political, entitled, Letters, verses, &c. occasioned by reading a late heavy supplemental apology for the believers in the Shakespeare papers by G. Chalmers....* Reprinted from the *Morning Chronicle.* Collection the first, pseudonym: 'Arranged and published by Mr. Owen, Junior, assisted by his friend and clerk Mr. J. Hargrave', Owen (Hardinge), 1800

Hastings, William Thomson, *'Shakespeare' Ireland's First folio.* (Reprinted for the Colophon, New Graphic Series.) Books at Brown, vol. 2, no. 3. Providence, Rhode Island, Friends of

the Library of Brown's University, 1940

Haywood, Ian, *The Making of History, A Study of the Literary Forgeries of James Macpherson and Thomas Chatterton in Relation to Eighteenth-century Ideas of History and Fiction*, Cranbury, NJ, London, Toronto, Associated University Presses, 1986

Hinman, Charlton, *The Norton Facsimile, The First Folio of Shakespeare,* 2nd edn, intro. Peter W. M. Blayney, New York, London, Norton, 1996

Horne, Alistair, *Napoleon, Master of Europe, 1805–1807,* 1979

Ingleby, Clement Mansfield, *The Shakespearian Fabrications; or, the MS;* appendix on the Ireland forgeries, John Russell Smith, 1859

Ireland, Samuel,, *see* Appendix II

Ireland, William-Henry, *see* Appendix II

Kelly, Linda, *The Marvellous Boy, The Life and Myth of Thomas Chatterton,* Weidenfeld & Nicolson, 1971

Kendall, Alan, *David Garrick, A Biography,* Harrap, 1985

Latham, Dr John, *Facts and Opinions concerning Diabetes,* London, John Murray, 1811; Edinburgh, Blackwood, Brown and Crombie, 1811

Leigh, Sotheby and Son, *A Catalogue of the Books, Paintings, Miniatures, Drawings, Prints, and various curiosities, the Property of the Late Samuel Ireland, Esq.*, Sold by Auction on May 7, 1801, London 1801

Levi, Peter,, *The Life and Times of William Shakespeare,* London, Macmillan, 1988, New York, Wings, 1988

Mair, John, *The Fourth Forger, William Ireland and the Shakespeare Papers,* Cobden-Sanderson, 1938

Malone, Edmond, *An Inquiry into the authenticity of certain Miscellaneous Papers and Legal Instruments published Dec. 24, MDCCXCV. And attributed to Shakespeare, Queen Elizabeth, and Henry, Earl of Southampton: Illustrated by Facsimiles of the Genuine Hand-writing of that Nobleman, and of Her Majesty; A new Facsimile of the Hand-writing of Shakespeare, And other Authentic Documents, in a Letter addressed to the Right Hon. James, Earl of Charlemont* (In an appendix is a copy of a genuine stage contract), T. Cadell and W. T. Davies, 1796

Mumby, Lionel, *How Much is that Worth?,* Chichester, Phillimore for British Association for Local History, 2nd edn, 1989, 1996

Oulton, W. C., *Vortigern under Consideration, with General Remarks on Mr. James Boaden's Letter to George Steevens, Esq., relative to the manuscripts, drawings and seals, etc ascribed to Shakespeare in the Possession of S. Ireland.*, 1796

Schoenbaum, Samuel, *Shakespeare's Lives,* 2nd edn, Oxford, OUP, 1993

Smith, George, Sir Leslie Stephen and Sir Sidney Lee, eds, *The Dictionary of National Biography,* Oxford University Press

Thomson, Peter, *Shakespeare's Professional Career,* Cambridge University Press, 1992

Tomalin, Claire, *Mrs Jordan's Profession, the story of a great actress and a future king,* Viking, 1994

Vorbrodt, *Ireland's Forgeries,* Meissen, 1885

Waldron, Francis Godolphin, *Free Reflections on miscellaneous papers and legal instruments,* [*purporting to be*] *under the hand and seal of W. Shakespeare, in the possession of S. Ireland;* [*but fabricated by his son S. W. H. Ireland*]*... to which are added, extracts from an unpublished MS. play, called The Virgin Queen, written by, or in imitation of, Shakespeare,* 1796

Webb, Francis, *Shakespeare's Manuscripts in the Possession of Mr. Ireland examined the internal and external evidences of their authenticity,* pseudonym 'Philalethes', J. Johnson, 1796

Williams, Neville,, *Elizabeth I, Queen of England,* Weidenfeld & Nicolson, 1967; Sphere 1971

Woodward, George M. [anon, but by], *Familiar Verses, from the Ghost of Willy Shakespeare to Samuel Ireland. To which is added, Prince Robert, an auncient ballad,* R. White, 1796

Wyatt, Matthew, *A Comparative Review of the Opinions of Mrs. James Boaden;* (*Editor of* The Oracle), *in February, march and April 1795; and of James Boaden, Esq., author of Fontainville Forest, and of a Letter to George Stevens Esq., in February 1796, relative to the Shakespeare MSS,* pseudonym 'A Friend to Consistency', G. Sael, 1796